LES PETITES SŒURS DU MAL

CELIA DALE

LES PETITES SŒURS DU MAL

Traduit de l'anglais par
François Dupuigrenet-Desroussilles

ROBERT LAFFONT

Tous les personnages de ce livre sont fictifs, toute ressemblance avec des personnes, vivant ou ayant existé, n'est que pure coïncidence.

Couverture : photos Tim Hill et Jerry Bauer.
Maquette : Jean Denis.

Titre original : SHEEP'S CLOTHING
© Celia Dale, 1988
Traduction française : Éditions Robert Laffont, S.A., Paris, 1992.

ISBN 2-221-06958-7
(Édition originale :
ISBN 0-385-24607-2 Doubleday, New York)

Première partie

1.

« Deux femmes se tenaient dans l'ombre, sous la saillie du passage piétonnier. Mrs. Davies habitait au rez-de-chaussée d'une vieille H.L.M. C'était à la fois une chance — pas d'escalier à monter, pas besoin de se demander si l'ascenseur n'était pas *encore* en panne — et une calamité. Les passants pouvaient impunément tirer sa sonnette, tambouriner sur sa boîte aux lettres ou frapper au carreau, et les chiens du quartier faisaient leurs besoins devant sa porte. Il aurait pu lui arriver bien pis, mais elle avait toujours eu de la chance et n'ouvrait jamais sans mettre la chaîne de sûreté.

— Bonjour, ma chère ! dit l'aînée des deux femmes d'une voix bien timbrée.

— Qu'est-ce que c'est ?

— La Sécurité sociale.

— Comment ?

— Pourrions-nous entrer un instant ?

La femme pouvait avoir cinquante ans. Elle portait une serviette d'allure officielle, et un sac à main dont elle sortit une carte plastifiée qu'elle tendit à Mrs. Davies. Par la porte entrebâillée, la mauvaise lumière du passage ne permit à celle-ci que de saisir une vague ressemblance.

— Minute, minute !

Très agitée, elle referma la porte, enleva la chaîne, puis ouvrit de nouveau.

— La Sécu ? Qu'est-ce qu'ils veulent ?

— Rien de grave, ma chère. Au contraire. Ce sont plutôt de bonnes nouvelles.

— De bonnes nouvelles... C'est mes allocs ?

— Presque.

— Bon, ben, vous feriez mieux d'entrer.

— Merci.

La femme pénétra dans la pièce en souriant de toutes ses dents. Mrs. Davies revint au salon où le poste diffusait en sourdine l'émission comique de Radio 2. Les deux femmes lui emboîtèrent le pas. La seconde, nettement plus jeune que la première, pâle avec de longs cheveux bruns qui évoquaient le défunt John Lennon, portait un fourre-tout à fermeture Éclair.

— Je vous présente ma collègue Mary, dit l'aînée des deux femmes. Je suis Mrs. Black, de la section B 22. Vous n'avez encore jamais eu affaire à elle. C'est d'ailleurs pour cela que nous sommes ici. Pourrions-nous nous asseoir ?

Mrs. Davies s'effondra dans son fauteuil. Elles s'installèrent autour de la table, sur des chaises affreusement dures. Le speaker de Radio 2 annonça qu'il était trois heures.

Mrs. Black parcourut la pièce du regard.

— C'est joli, chez vous. Vraiment douillet. Il y a longtemps que vous habitez ici ?

— D'puis qu'y l'ont construit. L'était handicapé, voyez-vous. Blessure de guerre. Dans les premiers, qu'on était.

— Vous avez dû en voir des changements...

— Ah, pour ça, incroyable ! Quand Mr. Davies et moi on est v'nus, y avait pas un arbre, pas un brin d'herbe. Rien que des gravats partout, et le plâtre était encore frais. Mais on s'plaignait pas, trop heureux d'êt'là ! Y z'avaient bombardé not'maison, à moi pis au gamin, pendant qu'mon homme était au service. Au Moyen-

Orient, El Alamein, tout ça, l'Italie. Juste à la fin, il a chopé c'te blessure quand y z'ont passé l'Rhin. Des mois à l'hosto. Jamais qu'y s'est r'mis.

— C'est lui ?

Mrs. Black se leva et prit une photo sur la cheminée. L'homme qui lui faisait face avait un visage de bon chien toujours satisfait de son sort, et portait un calot crânement posé de travers, au-dessus de ses grandes oreilles.

Mrs. Davies se détendit quelque peu.

— Exact. Et lui, là, c'est mon gamin.

Elle montra une autre photo encadrée, où l'on reconnaissait le même visage de bon chien. Il ne manquait que le calot.

— Tout l'portrait d'son père, fit-elle en remettant la photo en place. C'est c'que tout l'monde me dit. J'l'avais jamais r'marqué.

— Est-ce qu'il habite près d'ici ?

— Non, à Wolverhampton. Électricien qu'il est. Marié, trois mômes. Y a les photos dans ma chambre.

— Je serais très heureuse de les voir. Mary, voulez-vous me les apporter... avec votre accord, bien entendu, Mrs... ?

Elle farfouilla dans sa sacoche.

— Davies, m'dame, Mrs. Annie Davies.

— Bien sûr. Ah, nous y voilà !

Elle sortit d'une chemise un formulaire d'allure officielle.

— Allez-y, m'dame — elles sont dans ma chambre, près du lit.

Mary se leva et sortit de la pièce.

— Ainsi vous êtes seule à présent ? soupira Mrs. Black. C'est dur, n'est-ce pas ? Moi aussi je suis veuve. Depuis vingt ans. On ne s'habitue jamais vraiment. Enfin, je suis sûre que vous êtes entourée d'amis. Vous habitez le quartier depuis si longtemps...

— Des amis ? J'en avais. Mais y sont décédés. Presque tous. C'est des drôles de gens qui vivent par ici, à c't'heure. Pas comme dans le temps, que chacun s'donnait la main. Aujourd'hui c't'à peine si on vous dit l'heure qu'il est. C'est mélangé, quoi. Jamais j'sors quand y fait noir, l'hiver surtout. Et ma porte, elle est toujours bouclée.

— Une sage précaution ! De nos jours, on n'est jamais trop prudent.

Mary revint avec les photographies. Mrs. Black sourit en les examinant.

— Comme c'est charmant, ma chère, quelle belle famille vous avez ! La petite fille, mais c'est vous tout craché ! Les jolis cheveux ! Vous devez en être bien fière... Ils viennent souvent vous voir, bien sûr.

Les yeux las de Mrs. Davies s'embuèrent, et deux grosses larmes roulèrent bientôt au creux de ses rides crevassées.

— La dernière fois, c'tait à Pâques y a deux ans. Il a pas de temps à perdre, au prix qu'est l'essence... Il écrit, quand même. J'ai toujours une carte postale pour mon anniversaire. J'les ai toutes gardées. Elles sont dans la vieille boîte à caramels. Vous voulez les voir ?

Mary se leva de nouveau et alla chercher la boîte. Elles examinèrent avec la plus grande attention les cartes postales, les vieux instantanés, le bouquet froissé de fleurs artificielles qui avait orné le chapeau de Mrs. Davies le jour du mariage du petit, les avis de décès qu'elle avait fait passer plusieurs années de suite dans le journal local pour l'anniversaire de la mort de Mr. Davies, la broche que sa grand-mère lui avait léguée, et une paire de boucles de chaussures d'origine inconnue mais qui étaient si jolies avec leurs brillants. On n'en faisait plus des comme ça, de nos jours.

— Vous pourriez en tirer quelques shillings, dit Mrs. Black en les tournant à la lumière.

— Pour ça oui, mais j'veux pas les vendre une livre ou deux. Ce s'rait pas sérieux.

— Justement, venons-en aux choses sérieuses, reprit Mrs. Black en rangeant les reliques dans la boîte à caramels dont elle referma vivement le couvercle. Il ne faut pas vous faire perdre votre temps, chère Mrs. Davies. Et puis nous avons d'autres personnes à visiter. Au fait !

Mrs. Davies prit l'air inquiet.

— Je vous ai dit qu'il s'agissait de bonnes nouvelles, allons ! J'ai juste besoin que vous me donniez certains détails. Voyons...

Elle ouvrit la sacoche et en disposa le contenu sur la table.

— Vous bénéficiez d'une pension complète, n'est-ce pas ? Et d'une retraite complémentaire. Pour quel montant au juste ?

Mrs. Davies le lui donna.

— C'est cela. Il semble qu'en raison du handicap de votre mari on ait cessé de vous verser les sommes qui vous étaient dues six mois après son décès.

Mrs. Davies en resta bouche bée.

— Eh oui, chère madame. Cela paraît incroyable qu'avec leurs centaines d'employés, leurs dossiers, leurs ordinateurs, et je ne sais quoi encore, ils puissent commettre une erreur pareille. Quand est-il décédé ?

— En 76, en octobre. L'était à l'hôpital d'puis mars.

Mrs. Black jeta un coup d'œil à ses dossiers.

— Exact. C'était en octobre, parfaitement. Vous devriez toucher depuis avril 1977. Cela vous fait dix années d'arriéré, Mrs. Davies.

— Eh ben, ça alors !

Mrs. Black rayonnait.

— Je vous l'avais bien dit. Rien ne peut nous faire plus plaisir que d'apporter de bonnes nouvelles. Trop de gens s'imaginent que notre vieille Sécu ne sert qu'à compliquer la vie des gens. Nous avons un cœur, nous aussi. Surtout dans un service comme celui pour lequel nous travaillons, Mary et moi. N'est-ce pas, Mary ?

Celle-ci ouvrit la bouche pour la première fois.

— Bien entendu.

— Je me demande...

Mrs. Black s'arrêta.

— Je me demandais si nous ne pourrions pas fêter cela en buvant une bonne tasse de thé ? À dire vrai, je meurs de soif.

Mrs. Davies se leva de son fauteuil, mais Mrs. Black la retint par le bras.

— Restez ici, ne vous fatiguez pas Mary ira le préparer. N'est-ce pas, Mary ? Dites-lui simplement où se trouvent les choses. La cuisine est par ici ?

— Elle est toute sens dessus dessous. Je ne m'attendais pas... Le thé est dans la boîte sur l'étagère, celle du couronnement... le sucre, le lait...

— Elle saura trouver tout cela. Restez tranquillement assise, laissez-vous chouchouter.

— Vous êtes bien aimable...

— Ça me fait plaisir, dit Mary en se rendant dans la cuisine.

Pendant qu'elle s'affairait, Mrs. Black encouragea Mrs. Davies à lui parler de sa vie. Elle savait par expérience que, lorsque les vieilles personnes ne se recroquevillent pas dans leur coquille de silence, elles ont plus que tout envie de parler, de retourner dans ce passé où tout le monde était vivant et en pleine santé, et de revivre par la parole les jours où leurs corps étaient encore pleins de force, répondaient docilement à leurs sollicitations, et n'étaient pas devenus ces valises éculées qui n'abritent plus que des mémoires en parfait état de marche. Quand Mary revint avec le plateau à thé, Mrs. Davies était devenue intarissable et ne fit aucune objection lorsque Mrs. Black versa le thé et lui tendit sa tasse.

— J'ai mis du sucre, j'ai eu raison ?

Mrs. Davies fit oui de la tête, ne s'arrêtant de parler que pour tremper ses lèvres dans le breuvage corsé et sucré. Elle racontait des vacances que son mari et elle avaient passées ensemble, à la veille de la guerre. Ils étaient jeunes mariés, c'était bien avant la naissance du petit, et ils étaient allés à l'Hippodrome voir Grace Fields. Après, ils l'avaient attendue à la sortie des artistes et elle leur avait donné un autographe. Elle l'avait toujours, le programme aussi. La boîte à thé lui avait rappelé l'année du couronnement, celui de George VI. Avec son amie May elle était restée toute la nuit devant Whitehall, à côté du cénotaphe. Il y avait des milliers de gens qui chantaient. Tout le monde avait l'air si content. Son chéri n'avait pas voulu venir, il était plutôt contre la famille royale, et pourtant il avait rejoint l'armée dès qu'Adolf avait commencé ses histoires, mais ça n'avait rien à voir, n'est-ce pas ? Avec May elles avaient vu tous les cortèges, d'aussi près qu'on pouvait. Le roi, avec sa couronne sur la tête, avait les traits tirés alors qu'elle était si jolie, si souriante. Elle agitait la main exactement comme elle fait maintenant, avec ce joli sourire...

Après deux tasses de thé, Mrs. Black endigua gentiment le flot de paroles et ramena Mrs. Davies à l'objet de leur visite. Elle passa en revue les divers types de cotisation (tels qu'ils existaient à l'époque), et ce à quoi ils ouvraient droit, le handicap de Mr. Davies, les allocations qu'il aurait dû toucher si le groupe OAP B551A avait fait son travail et dont les Davies n'avaient jamais vu la couleur. En résumé, bien que Mrs. Davies ait déjà touché sa retraite complémentaire (mais seulement depuis que le coût de la vie avait tellement augmenté que sa retraite principale, voir le formulaire NP32, s'était révélée insuffisante), elle avait droit au versement rétroactif des indemnités de son mari depuis 1977, au taux plein jusqu'en avril 1979, et à 50 % jusqu'en avril 1987. À partir de là il faudrait faire réexaminer son dossier par le groupe OAP B22 et le désinvolte OAP B551A. Bref, elle allait toucher un joli paquet.

Mrs. Davies n'en croyait pas ses oreilles. Elle se renversa dans son fauteuil, les joues en feu, le souffle court, et demanda d'une voix altérée :

— Combien ça fait ?

Mrs. Black procéda à quelques additions.

— Eh bien, chère madame, ce n'est qu'une estimation rapide, mais douze mois à douze livres trente-huit, de 77 à 79, puis à peu près six livres dix-sept par la suite, de 79 à avril 87, devraient faire à peu près... — je n'ai pas ma calculette sur moi — en tout cas plusieurs centaines de livres.

— Des centaines de livres !

Mrs. Davies s'étouffait presque. Elle semblait ivre, et ses paupières retombaient sur des yeux extasiés.

— Au bas mot, ajouta Mrs. Black.

Mrs. Davies sourit une dernière fois, puis se laissa glisser dans son fauteuil. L'instant d'après, elle ronflait.

Quand elle se réveilla tout était sombre. Une voiture passait de temps en temps, loin derrière la pelouse négligée de la H.L.M. Une pâle lumière tombait du réverbère au-dessus de l'allée piétonnière, en face de sa fenêtre. Quelqu'un avait tiré les rideaux, mais la lumière entrait quand même.

Pendant un long moment, Mrs. Davies fut incapable de comprendre ce qui s'était passé. Pourquoi était-elle assise dans son fauteuil en plein milieu de la nuit ? Elle avait dû s'assoupir. Puis elle se souvint des deux dames. « Oh, mon Dieu, qu'est-ce qu'elles ont dû penser ? Ben vrai, quelle cloche ! Ça m'apprendra ! »

Elle se leva non sans mal, et se dirigea en titubant vers la lampe. La pièce s'illumina soudain et retrouva ses dimensions familières. « Juste ciel, il n'est pas onze heures, quand même ! Eh ben, quelle cloche... Qu'est-ce qu'elles vont penser ? » Elle repassa dans la cuisine. « Et elles ont tout rangé. Propre comme un sou neuf. Non mais c'est pas croyable ! Eh ben, quelle cloche ! »

Ce n'est qu'après s'être déshabillée et installée dans son lit avec sa bouillotte et ses chaussettes qu'elle se souvint de la raison de leur visite. La pension d'invalidité ! Des années d'arriéré ! La dame avait parlé de centaines de livres. Elle pourrait se payer une bouilloire électrique, ou bien un manteau pour l'hiver, avec un petit col de fourrure. Une télé ? Non, elle aimait mieux

16

sa T.S.F. Des vacances ? Des centaines de livres. C'est son chéri qui aurait été content. Tu parles !

Mrs. Davies s'endormit heureuse.

Le lendemain, elle s'aperçut que sa radio avait disparu. Et aussi le petit pot de lait rose avec ses images vieillottes. Il venait de sa grand-tante. La boîte à thé du couronnement n'était plus là non plus, ni sa tasse assortie. Au cours des jours et des semaines, elle découvrit qu'avait disparu tout ce qui avait une valeur quelconque : la broche, les boucles de chaussure, les bracelets et les bagues qui se trouvaient dans le tiroir de sa chambre, l'étole en rat musqué qu'elle avait portée le jour de son mariage, la brosse à vêtements à manche d'argent que lui avait léguée sa tante Nell, les bonnes chaussures qu'elle ne portait jamais parce qu'elles lui faisaient mal aux pieds, le double cadre en argent avec découpe ovale où se trouvaient les photos de ses parents (il portait un col cassé, elle un chapeau à fleurs) — elles avaient quand même laissé les photos. Sa tirelire aussi avait disparu. Elle était pourtant sûre qu'on ne la trouverait jamais, dans sa cachette sous la planche à pain. Il y avait quatre-vingt-douze livres dedans. Envolées.

Mrs. Davies ne dit rien à personne. À qui en aurait-elle parlé ? Et puis elle avait trop honte de s'être laissé rouler dans la farine... Surtout, elle avait peur qu'on ne la croie plus capable de vivre seule...

2.

Grace Bradby aimait se lever tôt. « Au chant du coq », disait-elle souvent à Janice (sans résultat), bien qu'elle n'ait jamais entendu de coq de sa vie, ayant toujours habité en ville. C'était une femme d'habitudes, une vie agitée lui avait appris combien elles étaient reposantes. L'habitude, c'était tellement mieux que le bonheur. Elle s'efforçait d'être toujours impeccable, nette et sans bavures. À chaque instant elle voulait savoir où elle en était.

Dès qu'elle posait le pied sur la descente de lit, elle chaussait ses mules roses. Le grand lit avait un creux au milieu, mais elles avaient installé un gros traversin qui leur permettait d'être presque aussi isolées qu'elles l'auraient été si elles avaient eu des lits séparés, comme elle l'aurait souhaité. Mais on ne pouvait pas tout avoir, et la chambre était vaste — autrefois il y avait même eu une porte-fenêtre au milieu. Derrière un paravent on avait installé une kitchenette. Grace défroissa sa robe de chambre et alla préparer du thé et des toasts.

Les murs étaient couverts d'un papier peint sombre et graisseux, et le mobilier plus que disparate. Mais la chambre n'était pas chère, sans doute à cause des lézardes qui crevassaient le mur autour de la fenêtre — une bombe était tombée tout près pendant la guerre, et les maisons bon marché alentour s'étaient toutes affaissées. Elles étaient toutes bâties en brique jaune, avec un perron et, sous un portique, une porte d'entrée couverte de poussière qu'on ne fermait plus depuis bien longtemps. Autour de 1870, on les avait construites pour des chefs de bureau aux prétentions artistiques et leurs familles nombreuses. Elles tombaient en ruine, toutes sans exception, les autorités locales ne sachant si elles devaient les démolir ou les rénover. La maison d'à côté avait été murée, et on voyait des barres de fer rouillées aux portes et aux fenêtres. Son jardin était envahi de débris de béton, d'herbes folles et de détritus divers, mais celui sur lequel donnait la fenêtre de Grace n'était pas trop mal. Il avait été uniformément recouvert de bitume. Les sacs noirs étaient en général bien rangés au fond des poubelles. Une moto déjetée, dressée sur ses ergots, appartenait au jeune homme du dessus. Elles ne le voyaient jamais, les autres locataires non plus d'ailleurs. Grace mettait beaucoup de soin à les éviter, mais ce n'était pas difficile. Certains paraissaient ne jamais être à la maison, les autres ne devaient jamais sortir. On entendait seulement des parquets qui craquaient et, venant de la chambre tout en haut, des bouffées de rock qui signalaient une présence humaine. Le propriétaire non plus ne se montrait jamais. Tous les vendredis, elles payaient le loyer à une vieille Chypriote qui tenait le kiosque à journaux où elles avaient vu l'annonce. Il y avait un pressing pas loin, une supérette pakistanaise, un magasins de primeurs, et le métro n'était qu'à dix minutes à pied. C'était bien commode.

Après le petit déjeuner, Grace fumait une cigarette devant la fenêtre ensoleillée et dressait son plan pour la journée — comme le printemps était beau, cette année ! Le mardi et le mercredi, Grace faisait les repérages, et, le jeudi et le vendredi, elles vidaient les appartements. Quatre par jour, quand cela marchait bien. Puis le samedi, sans attendre, on fourguait la camelote sur les marchés. Il y avait toujours plein de monde et personne ne posait trop de questions.

Ce jour-là, c'était un mardi, elle éteignit sa cigarette (elle n'en fumait pas plus de cinq par jour car elle avait vu ce qu'on était capable de faire quand on était en manque), sortit aux W.-C. sur le palier, revint faire sa toilette à l'évier derrière le paravent, passa une jupe et un chemisier bleu marine, se maquilla légèrement à la fenêtre qui donnait sur un autre jardin, plus vaste et plus négligé que devant, une vraie jungle où l'on ne voyait jamais que des chats. Elle ne se gêna pas pour faire du bruit. Il était grand temps que Janice se remue.

Elle rinça sa tasse et sa soucoupe, jeta les feuilles de thé dans le seau à ordures, prit son manteau bleu marine à la patère derrière la porte, posa un fichu sur ses cheveux teints en auburn, et secoua Janice en sortant.

— Il est presque neuf heures et demie. C'est l'heure de se lever !

Janice poussa un grognement et se retourna contre le mur.

— Allez, remue-toi, grosse vache. Il faut que je file !...

— Quelle heure est-il ?

Elle avait fini par ouvrir les yeux.

— L'heure de te lever. N'oublie pas que c'est aujourd'hui que tu pointes, alors n'y va pas trop tard si tu ne veux pas faire la queue. On a besoin de provisions aussi — du sucre, une demi-livre de margarine. On n'a presque plus de Nes non plus.

— D'accord.

— Ne te rendors pas, ma fille. Lève-toi et marche. Un beau jour comme aujourd'hui ! Je crois que je vais aller à Putney, ça doit être joli au bord de la rivière.

Elle s'assura qu'elle avait bien pris son carnet et son guide, referma son sac et gagna la porte.

— Tu devrais prendre un paquet de Bronco aussi, tant que tu y seras. Au revoir !

Elle quitta la maison et marcha d'un bon pas jusqu'au métro Kentish Town. Encore heureux qu'avec ses soixante ans elle ait reçu une carte de circulation gratuite, sinon le coût du transport aurait été beaucoup trop élevé. À Embankment elle prit la District Line et attendit qu'un train se dirige vers Wimbledon — elle n'avait aucune envie de changer à Earl's Court. C'était la bonne heure. Il ne servait à rien de commencer avant onze heures. Les vieux ne sortaient presque jamais avant, il leur fallait si longtemps pour se mettre en route. Un beau jour comme cela, elle pouvait prendre son temps.

East Putney devrait mieux rendre, mais elle descendit à Putney Bridge pour jouir du spectacle de la rivière qui brillait sous le soleil. Les immeubles et les arbres qui la bordaient brillaient eux aussi, tout comme les autobus qui traversaient le pont, les éclats de mica sur la chaussée, et les statues dorées sur les clochetons aux deux extrémités du pont. Tout scintillait sous la dure bise d'avril. Un jour comme cela, c'était un bonheur d'aller travailler.

Elle traversa le pont et remonta la rue principale. Elle jeta un coup d'œil aux boutiques, s'amusant à les comparer avec celles de son quartier. Il y avait plus de boutiques de mode, de coiffeurs, plus de comestibles de luxe dans de grands bocaux de verre. C'était plus huppé, incontestablement, mais elle savait que derrière cette brillante façade s'ouvraient les mêmes labyrinthes de garnis et de meublés minables, ignorés des bureaux d'urbanisme de la ville comme des promoteurs. Rien ne pouvait mieux lui convenir.

Sans hésiter elle se dirigea vers la bibliothèque municipale.

Il faisait bon dans la grande salle de lecture, car le soleil donnait à plein. Sous le soleil, on voyait chaque atome de poussière et on devinait chaque respiration. On n'entendait d'autre bruit que celui des pages et le souffle court de quatre vieux qui lisaient des magazines à la grande table du milieu. Grace prit le *Times* et s'assit dans un coin tranquille.

Il y avait des gens plus jeunes dans la bibliothèque,

mais Grace ne s'intéressait pas à eux. Ils étaient là dans un but bien précis : étudier les petites annonces, faire leur papier pour les courses, voire lire la chronique parlementaire. Ils ne restaient pas longtemps et se gardaient bien de déranger les trois vieillards et la dame d'âge mûr qui lisaient chaque page avec une sage lenteur, s'attardant sur tous les détails. L'un des vieux s'endormit. Mais Grace ne s'intéressait pas aux hommes. Tout en lisant le courrier des lecteurs, elle concentra son attention sur la femme.

Une ruine. Elle arborait un turban qui, jadis, avait dû être bleu pastel. Son visage était négligé. À ses doigts noueux on ne voyait qu'une alliance repoussée très loin de l'articulation. Ses lunettes étaient du modèle Sécu.

Très peu pour elle.

Le vieil homme finit par se réveiller. Il s'ébroua et s'en alla. La femme aussi, ce qui permit à Grace de découvrir ses mauvaises chaussures. Très peu pour elle, décidément. Grace lut la page des beaux-arts et un article sur la maternité chez les bourgeoises d'âge mûr. Un rasta accompagné de deux très jeunes filles firent une brève apparition. Une autre vieille femme entra et se plongea dans le *Daily Mail*.

Elle avait nettement meilleure allure : feutre noir, joues poudrées, broche au revers de sa veste — du toc, mais quand même —, alliance et chevalière, sac à main de bonne qualité.

Quand elle quitta la bibliothèque, Grace la suivit dans la rue principale. Elle acheta une plaque de chocolat au supermarché, du savon à la pharmacie, puis s'engagea dans une ruelle, traversa un jardin public et arriva devant une vaste demeure victorienne où l'on pouvait lire : SOCIÉTÉ IMMOBILIÈRE MARGARET POCOCK.

Très peu pour elle.

Grace revint dans la rue principale et entra dans un café où elle déjeuna d'une omelette au jambon, d'un chausson aux pommes et d'une tasse de thé. Un peu après deux heures, elle entra dans une officine de paris. Les parieurs avaient l'air plutôt patibulaires, mais il y avait aussi quelques femmes qui remplissaient leurs tickets de paris. Grace joua cinquante pence sur la course de deux heures et demie à Sandown et attendit le résultat, les coudes appuyés sur le comptoir métallique que jonchaient des bouts de papier, des crayons en bout de course attachés à des ficelles, et des cendriers en cuivre, éraflés et pleins de mégots. L'annonce des mises, dans le haut-parleur trop puissant, donna à la scène un tour hystérique, mais les parieurs, tous des habitués, comme les employés derrière leurs guichets, gardaient le calme stoïque de ceux qui en ont vu d'autres.

Une femme d'un certain âge, près de Grace, fumait nerveusement. Elle était mal mise dans des vêtements informes, et pourtant dégageait une impression d'énergie. Ses yeux brillaient au-dessus de rides profondes. Lorsque retentit le rituel « attention au départ ! » on n'entendit plus un bruit. Le speaker s'égosillait, comme toujours. La femme fixait l'écran avec ferveur, les mains serrées sur le fermoir de son sac. La voix du speaker monta dans l'aigu, le suraigu, puis retomba. Prince d'Écosse avait gagné.

La femme écrasa sa cigarette sur le plancher, se rua jusqu'au guichet et agita son ticket devant l'employé. Grace se rapprocha et vit que la femme avait misé sur le bon cheval. Les mains tremblantes, le rouge aux joues, elle remplissait son sac de billets de cinq livres. Bien vite, elle fut dans la rue.

Grace, dont le cheval n'était même pas placé, la suivit.

La femme se hâtait. Bientôt elle entra dans un bar. Grace, qui faisait semblant de guetter le bus un peu plus loin, n'eut pas à attendre trop longtemps l'heureuse gagnante. Quand celle-ci sortit, deux bouteilles gonflaient son sac à provisions. Elle prit une petite rue qui conduisait à une rangée de pavillons de brique rouge, encore coquets mais bien vétustes, et passa un

23

portillon brisé dans la haie de troènes. Grace arriva au moment où la porte d'entrée se refermait. Aux fenêtres, les rideaux étaient tous de couleur différente. Elle remarqua aussi les cinq cartes de visite jaunies punaisées à côté de la sonnette.

Elle marcha jusqu'au coin de la rue, sortit son carnet et prit note de l'adresse. Puis elle consulta son plan et retrouva sans peine la rue principale. La journée avait été agréable, mais peu fructueuse. Elle avait beaucoup marché pour pas grand-chose. Elle décida d'arrêter les frais, prit l'autobus 14 jusqu'à Warren Street, puis rentra en métro. Janice était sortie. Grace se prépara une tasse de thé et écouta la radio.

3.

Grace et Janice s'étaient connues à la prison de Holloway. Grace avait été condamnée à six mois pour vol simple, Janice à trois mois pour une série de vols à l'étalage plus maladroits encore qu'à l'ordinaire.

Grace avait été relâchée la première et avait trouvé une chambre minable, près de King's Cross, où Janice l'avait rejointe une semaine plus tard. Janice ressemblait à tout le monde, et c'est cela qui avait plu à Grace, de trente ans son aînée. Elle n'avait pas deux sous de bon sens. « Tu n'as pas plus de tête que l'enfant qui vient de naître », avait-elle déclaré un soir que Janice avait rapporté, d'une expédition à Oxford Street, une robe et deux paires de collants à peine dix jours après sa sortie de prison. « Tant que tu resteras avec moi tu n'auras plus besoin de ça. Alors ne recommence jamais. Compris ? »

Grace avait besoin de quelqu'un comme Janice pour mettre en œuvre un plan qu'elle avait ourdi durant ses dernières semaines de prison. L'idée lui en était venue en repensant aux rares emplois avouables qu'elle avait occupés depuis la guerre. Pendant deux ans — un record —, elle avait travaillé dans une maison de retraite dont elle avait été renvoyée dès qu'une nouvelle directrice, plus perspicace que prévu, avait découvert le pot aux roses. La maison de retraite, qui était privée et voulait éviter une mauvaise publicité, avait renoncé à porter plainte. D'autres emplois du même genre avaient suivi (elle s'était toujours fabriqué d'excellents certificats), mais après une assez longue période comme aide ménagère, le ministère de la Santé lui était tombé dessus et elle avait fini à Holloway. On ne plaisantait pas avec les aides ménagères indélicates, et bien que personne ne se fût plaint de son service — elle était aimable, efficace, tout le monde l'adorait, surtout les vieux —, elle avait quand même pris six mois fermes quand on avait trouvé dans sa chambre un réveille-matin, un transistor et d'autres menus objets dont elle n'avait pas eu le temps de se défaire. N'étant pas femme à se laisser aller, elle avait profité de sa mise à l'ombre pour mettre au point des projets nouveaux.

Grace, l'aînée de cinq enfants, était née dans un affreux lotissement à la périphérie de Chelmsford. Son père travaillait au chemin de fer, et dans son temps libre cultivait un lopin de terre beaucoup trop vaste pour lui. Il en rapportait des légumes noueux, couverts de boue séchée, mangés aux limaces de l'espèce la moins appétissante. Ses enfants devaient le seconder dans son entreprise en charroyant des arrosoirs, des brouettes pleines de mauvaises herbes, ou en bêchant la terre grasse et collante avec des pelles trop lourdes pour eux. Leurs petits pieds nageaient dans de vieilles bottes en caoutchouc qui venaient toujours de quelqu'un d'autre — de son père, dans le cas de Grace. Sa mère n'avait jamais daigné venir jusqu'au jardin. Elle préférait rester à la maison pour fumer ses cigarettes ou lire les magazines féminins que lui passait une voisine qui faisait le ménage d'un médecin. Au moment où la mère de Grace les recevait, les pages fichaient déjà le camp. Elle connaissait rarement la fin des feuilletons, et les recettes de Noël n'arrivaient qu'en août. Les enfants étaient presque toujours de corvée de courses — Grace, en général — et les parents passaient le plus clair de leurs soirées au pub du coin. Sa mère y allait seule, les soirs où son père faisait partie de l'équipe de nuit.

Quand Grace avait eu quatorze ans, ses grands-parents maternels étaient venus habiter avec eux. La grand-mère avait eu une attaque, et le grand-père n'arrivait plus à s'en tirer. Le salon était devenu leur chambre à coucher et avait bien vite pris une odeur entêtante d'essence de wintergreen, de tabac et de peau mal lavée. Après une nouvelle attaque, grand-mère était morte. Grand-père était quand même resté chez eux. C'était un vieux dégoûtant, aussi répugnant qu'il l'avait été toute sa vie : un aigri, un fier-à-bras prétentieux. En tant qu'aînée, Grace avait été chargée de s'occuper de lui. Elle avait appris à surmonter sa répugnance lorsqu'elle devait couper ses ongles de pied trop longs, nettoyer son dentier malpropre, ou repousser les assauts d'une lubricité larmoyante — dernier vestige de ses jeunes années.

Dès qu'elle avait pu quitter l'école, Grace s'était placée. Dans une boulangerie, d'abord, puis derrière le comptoir de marbre du rayon crémerie d'une grande chaîne d'épiceries fines. Rien n'aurait pu davantage lui plaire que cette atmosphère hygiénique, froide et neutre, où l'on n'entendait que le cliquetis net des spatules de bois sculptant les morceaux de beurre et le glissement du fil à travers le fromage. Bien nette dans son tablier, les cheveux retenus par une mousseline, elle avait tout l'air d'une infirmière s'affairant dans un bloc opératoire. Elle était efficace, s'exprimait avec urbanité — très tôt elle avait compris qu'il était bon de parler l'anglais de la B.B.C. À peine avait-elle eu l'assurance que c'était une bonne place qu'elle avait déménagé dans une petite chambre sombre, pourvue d'un unique réchaud à gaz, mais où il n'y avait ni boue ni bottes, ni enfants ni grand-père. Jamais elle n'avait remis les pieds chez elle, même pas à Noël.

Elle s'était fait quelques amis parmi ses collègues. Ils allaient ensemble au cinéma ou au dancing. Le soir

27

elle prenait des cours de comptabilité car elle entendait bien passer caissière. Puis la guerre était venue. D'abord, rien n'avait changé. D'un caractère naturellement placide, elle avait continué son train-train quotidien tout en songeant que le départ des hommes pour l'armée pouvait accélérer son avancement. La ville, comme tout l'East Anglia, commença d'accueillir de nombreux soldats. L'aspect des rues changea. Le public du dancing aussi. Certaines des filles firent de grosses bêtises, mais pas Grace. Elle choisit toujours avec soin ses cavaliers, et ne leur permit pas la moindre privauté — si c'était pour recommencer comme avec le grand-père, merci bien !

Puis, un beau jour, elle en avait eu assez. Assez du couvre-feu, des militaires en goguette, des clients qui se plaignaient du rationnement et de la vieille caissière dont elle guignait l'emploi, mais qui paraissait indéracinable maintenant que les hommes étaient au service. C'étaient les vieux qui raflaient les places pendant que les jeunes étaient partis. Du coup, elle s'était portée volontaire pour entrer dans les NAAFI et avait parcouru toute l'Angleterre, de cantine en cantonnement, infime rouage de l'énorme machine de guerre bringuebalante dont elle avait cru, avant d'en faire partie, qu'elle ressemblerait à une grosse crémerie.

C'était un peu ça, d'ailleurs. En tout cas, cela valait mieux que de faire l'exercice dans un uniforme tire-bouchonné, les cheveux relevés en chignon au-dessus du col, de se faire crier après par des peaux de vache jouant aux officiers, ou de finir au diable vauvert, dans un dépôt de munitions sur lequel il pleuvait en permanence. L'expérience lui avait enseigné à concevoir plus de mépris encore pour la nullité de congénères avec lesquels elle se sentait moins que jamais en communion de pensée, et à rester en toute circonstance sur son quant-à-soi. Elle avait beaucoup appris, au fond, et n'avait pas perdu son temps. Sauf avec Harold, mais cela n'avait pas duré. Il était cuistot, et ils s'étaient mariés peu après avoir été démobilisés. Quelle mouche avait bien pu la piquer ?

Enfin, bien de l'eau avait coulé sous les ponts depuis. Elle s'était toujours débrouillée pour gagner sa vie d'une façon ou d'une autre, sans excès de scrupule ni grand amour du prochain. Malgré quelques alertes, elle avait toujours réussi à ne pas plonger. Elle gardait un bon souvenir de ces emplois réguliers qui lui donnaient maintenant droit à une pension, à une carte de transport et même à une allocation complémentaire qu'elle aurait très bien pu réclamer. Mais elle se gardait bien de le faire. Elle se méfiait des documents officiels. Une fois qu'ils vous avaient dans leurs fichiers... C'est ainsi qu'avait mûri son plan, dans un coin de la prison de Holloway où cette vache du DHSS l'avait fait enfermer. Elle avait pensé à tous les détails, et s'était aperçue qu'il lui faudrait une partenaire, car deux femmes inspiraient plus confiance. Mais c'était son projet, pas d'embrouilles, et elle entendait bien diriger les opérations. L'allure passe-partout et la mollesse de Janice en faisaient la partenaire idéale.

Son plan était excellent, en béton, et ça rapportait gros. Grace avait parfaitement identifié les endroits que devaient fréquenter ses futures victimes : guichets de pari mutuel et bibliothèques de quartier, bien sûr, mais elle n'avait eu garde d'oublier les salles de bingo, les supermarchés, les hôtels des ventes, les bureaux de poste les jours de pension et, lorsqu'il faisait beau, les bancs publics des parcs. Toutes ces petites vieilles avaient mis de côté une foule d'objets dont elles ignoraient totalement la valeur — aucun n'était très précieux, mais il y en avait tant que cela finissait par faire un joli paquet. Et puis il y avait presque toujours de l'argent liquide dans des cachettes que Grace avait appris à repérer. De grosses sommes parfois — un jour elle avait trouvé huit cent vingt-sept livres sous un matelas dont un chien n'aurait pas voulu. Le plus difficile, c'était d'arriver jusqu'à eux sans se faire repérer.

Hospices et maisons de retraite étaient évidemment exclus, et dans les H.L.M. on risquait toujours de tomber sur un voisin ou un enfant. L'idéal, c'était un meublé dans une zone pavillonnaire. Grace avait toujours réussi à en dénicher. Elle avait un instinct pour ce genre de chose.

Une fois qu'elle avait passé la porte d'entrée, tout s'enchaînait avec une facilité déconcertante. Après trois mois d'exercice, elle aurait pu faire son numéro les yeux bandés. Il suffisait d'une photo, type passeport, collée sur un bout de carton imprimé (les vieux ne le regardaient jamais, mais il avait effectivement une allure officielle car Grace aimait faire les choses comme il fallait), d'une serviette pleine de papiers couverts de chiffres, et, avec son autorité et ses manières aimables, le tour était joué. À partir de là il suffisait d'attendre son heure. Il fallait éblouir les chers anciens en leur faisant miroiter un avenir radieux, décrit dans les termes les plus bureaucratiques possible. Ils fournissaient eux-mêmes à Grace de quoi ourdir sa toile. Les vieux étaient aux anges, battaient des mains, racontaient leur vie en long et en large. Pendant ce temps, Janice avait tout loisir de repérer bibelots, transistors et pacotille avant de servir le thé. Dans une des tasses elle versait une poudre somnifère, et en quinze ou vingt minutes les chers vieux tombaient dans un profond sommeil. Elles avaient alors le champ libre. Il y avait toujours abondance de sacs en plastique pour emporter le butin, en plus des cabas dont elles ne manquaient jamais de se munir. Quoi de plus anodin que deux femmes portant des cabas ? On ne risquait pas de s'en souvenir.

Bien sûr, il lui était arrivé de rater son coup. On pouvait toujours tomber sur une bonne femme mal embouchée qui refusait de vous laisser entrer parce qu'elle ne vous connaissait pas. On ne peut pas décrocher le gros lot à tous les coups. D'autres fois, elle se rendait compte qu'il n'y avait rien d'intéressant à glaner, et elle laissait les braves gens dormir sans demander son reste.

Ils en seraient quittes pour la déception en constatant que la manne annoncée ne tomberait jamais. En tout cas, pas question de s'attaquer à des hommes. Elle avait essayé une ou deux fois, au début, mais c'était peine perdue. Ils possédaient rarement des objets de valeur, leurs appartements étaient en général vides, ou d'une saleté repoussante. Un vieux débris avait même tenté de lui mettre la main sous la jupe pendant qu'elle versait le thé. Ils pouvaient aussi devenir mauvais et, même âgés, risquaient d'être trop costauds pour elle. Elle avait fait une croix sur les hommes.

C'était une combine qui exigeait du savoir-faire, des nerfs solides, une bonne connaissance de la nature humaine, et surtout ce goût du risque qui faisait battre plus fort le cœur sec de Grace Bradby. Sous ses dehors froids, elle aimait à la passion la traque, la chasse, la mise à mort, ce pouvoir absolu que lui donnait son système. Sans compter que, si tout allait bien, elle pouvait se faire dans les cinq mille livres par an. Net d'impôts.

Le plus délicat était d'écouler la marchandise, mais Grace avait noué d'utiles contacts au cours des années. Il y avait les petites bijouteries poussiéreuses qui se nichaient dans les recoins des plus vieux quartiers de Londres. Certaines fourguaient, d'autres non. On pouvait aussi recourir aux prêteurs sur gages, mais on y perdait. Surtout, il y avait les marchés où, parmi la foule des badauds, on pouvait acheter et vendre en toute tranquillité. On exigeait rarement de connaître le nom des vendeurs, et neuf fois sur dix il était faux. Les objets volés se perdaient vite dans la marée de marchandises qui s'abattait sur les étalages. On trouvait de tout, du manteau en peau de lapin à la broche en toc. Comme leurs marchandises, les vendeurs changeaient souvent. On voyait des jeunes gens anonymes brader des souvenirs de guerre, des chemises orientales ou des poteries artisanales, et de beaux parleurs chargés de cartons de T-shirts, de parapluies pliants ou de cassettes, qui ne restaient que le temps de vider leurs camionnettes. Mais il y avait aussi les habitués, des vendeurs chevronnés, durs en affaires, qui réussissaient à vivre correctement de leur métier. Grace connaissait certains d'entre eux depuis des années. Ils ne posaient pas de questions ; elle ne leur racontait pas d'histoires. Ils lui offraient toujours un bon prix, car elle avait soin de ne pas leur proposer de marchandises qui n'auraient pas trouvé preneur.

Parfois la police venait mettre son nez sur les marchés pour retrouver des objets volés, mais ceux dont s'occupait Grace avaient trop peu de valeur pour attirer son attention. Selon toute probabilité, le vol n'avait même pas été signalé.

Et c'était là que la combine de Grace avait quelque chose de génial. Neuf fois sur dix les vieux ne se rendaient compte qu'ils avaient été dévalisés que bien longtemps après sa visite. Encore pensaient-ils le plus souvent qu'ils avaient dû ranger Dieu savait où les objets manquants, qu'ils avaient oublié où ils les avaient mis. Et même quand le doute n'était plus permis, ils avaient bien trop honte pour le dire à âme qui vive. Au pis, une vieille dame à moitié sourde se présentait au commissariat de police dans un état de grande agitation et expliquait qu'elle ne retrouvait plus la montre de gousset de son défunt mari. Elle la gardait toujours dans une boîte à chaussures au fond de l'armoire, mais ne l'avait pas vue depuis une éternité... Deux dames de la Sécu étaient passées lui demander quelque chose à propos de sa pension d'invalidité, à moins que ce ne fût son allocation chauffage, ou sa prothèse. Elle ne les avait plus revues depuis, et son assistante sociale n'en avait jamais entendu parler. En tout cas, elle était sûre que la montre était dans la boîte à chaussures. En plus, on lui avait volé l'argent de sa pension. Était-elle bien sûre de ne pas l'avoir dépensé ? Cela se pouvait, mais elle ne pensait pas puisqu'on n'était que jeudi. Pouvait-elle préciser le jour et l'heure du vol ? Oh, ça faisait plusieurs jours, pour sûr ! Elle avait mis une semaine à s'apercevoir que la montre manquait, en gros. L'argent, elle le gardait toujours caché jusqu'au vendredi, jour des courses. Les policiers se montraient aimables, patients et protecteurs avec la petite dame qui avait le double de leur âge. Ils faisaient un rapport qui allait se perdre dans les sables, et se disaient qu'il faudrait quand même faire quelque chose. Seulement il n'y avait pas grand-chose à faire. La vieille dame repartait en se demandant si tout cela n'était pas un peu sa faute. On classait l'affaire, et le tour était joué.

Ah, le joli métier !

Janice suivait le mouvement. Elle s'était toujours laissé faire, suivant le mouvement comme une méduse dans l'eau tiède. Elle avait grandi à Nottingham, où sa godiche de mère avait été bien soulagée quand son mari avait fichu le camp : plus de gosses, plus de fausses couches, comme chaque année depuis son mariage. S'il n'était pas parti, Dieu sait combien Janice aurait eu de frères et sœurs en plus des six qu'elle avait déjà — elle était la quatrième. De dix à quinze ans, lorsqu'elle avait fugué, elle avait subi les privautés de son oncle Charley, le frère de sa mère. Lorsque son père était parti, l'oncle Charley s'était plus ou moins chargé de la famille. Janice aimait bien l'oncle Charley et le laissait faire sans protester tout ce qui lui faisait tant plaisir. Quelques semaines après son départ de la maison, sur une aire de stationnement de l'autoroute, elle comprit, en payant en nature son voyage à Londres au fond de la camionnette d'une entreprise de chauffage central, qu'on pouvait aller plus loin que l'oncle Charley. La chose la laissa complètement froide, et, comme elle passa le plus clair des années suivantes à la charge de diverses institutions, elle n'eut guère l'occasion de changer d'avis. Elle tapinait en amateur, quand elle ne pouvait pas faire autrement, mais se contentait généralement de petits boulots dont elle complétait les maigres revenus en volant à l'étalage. Elle squattait à droite à gauche, ou bien vivait dans de petites pensions. On l'arrêtait bien de temps en temps, mais on la remettait vite en liberté surveillée. Jusqu'au jour où elle avait fini par lasser la patience de tout le monde et s'était retrouvée à Holloway. À vingt-six ans, cette grande fille rêveuse, sans caractère ni désir particulier, n'avait pas de domicile fixe, et pratiquement plus de famille. Elle ne détestait pas la vie en prison, au fond. Cela lui évitait d'avoir à penser, à prendre des décisions. Mais certaines détenues lui faisaient peur. Aussi s'était-elle mise sous la protection de Grace Bradby, qu'elle avait connue à la blanchisserie. Plus tard, elle avait été soulagée de la rejoindre dans la chambre que Grace avait trouvée. Avec Grace, elle se sentait en sécurité. C'était une mère idéale. Autoritaire, compétente, agréable à vivre, et totalement dépourvue d'appétit sexuel. Le traversin, au milieu du lit, aurait pu être en béton.

Jamais elle n'avait connu de vieilles personnes. Ses grands-parents étaient morts, ou absents, quand elle était enfant. Le seul homme d'âge mûr qu'elle ait connu était l'oncle Charley. Lorsque Grace lui avait exposé son plan, elle s'était inquiétée.

— Ils ne vont pas se douter de quelque chose ?

— Penses-tu ! Tu ne t'imagines pas le nombre de gens qui passent voir ces pauvres chers vieux. La moitié du temps, ils ne savent même pas de qui il s'agit, et puis ça fait quelqu'un à qui parler. Ne t'en fais pas, Jan. Je sais ce que je fais.

— D'accord, mais... je veux dire, ils nous auront vues et tout. Ils ne vont pas appeler les flics ?

— Pas tant qu'on sera là, en tout cas, et il leur faudra un bon bout de temps avant de subodorer qu'il s'est passé quelque chose de pas catholique. Au début, ils croiront avoir trop dormi, et il leur faudra des jours pour remarquer qu'il manque des choses, si jamais ils le remarquent. De toute façon, même s'ils portaient plainte dans l'heure qui suit, au jour d'aujourd'hui personne ne fait attention à ce que racontent les vieux. Surtout qu'ils n'auront quand même pas perdu les joyaux de la Couronne.

Janice finit par céder, elle cédait toujours. Grace paraissait tellement sûre d'elle, et puis elle devait connaître son affaire après toutes ces années passées dans des hospices.

— Tu verras, Jan. Ça va marcher comme sur des roulettes. Mais surtout n'ouvre pas le bec. Je m'occuperai de tout.

Pendant des mois, tout avait effectivement marché comme sur des roulettes. C'était dû à Grace, à son sens de l'organisation, à ses repérages minutieux, au soin avec lequel elle choisissait leurs victimes, et surtout à son excellente présentation — toujours aimable, toujours bien mise... Elles n'avaient pas eu le moindre pépin. Jamais elles ne travaillaient dans leur quartier, et jamais plus de quinze jours dans le même coin. Repérage, action, et puis elles fichaient le camp après le grand nettoyage. Si jamais on devait porter plainte, elles étaient déjà loin.

Bien sûr, de temps en temps la belle mécanique avait des ratés. Un jour, elles sonnèrent à la porte d'une maison édouardienne jusqu'à laquelle Grace avait suivi une victime potentielle quarante-huit heures plus tôt — on pouvait être assuré qu'une vieille personne ne vivait pas en étage. On déchiffrait « Andrews » écrit à l'encre pâle, et, lorsque la porte finit par s'ouvrir, Grace arbora son plus beau sourire pour demander :

— Miss Andrews ?

— Oui.

— Nous appartenons aux services sociaux.

— Ah, bon !

— Pourrions-nous entrer un moment ?

— Pourquoi ?

Miss Andrews était petite, râblée, avec un visage carré et comme tanné, et un toupet de cheveux blancs de coupe masculine. Grace se rendit compte que, si la

35

vieille dame boitait — elle se servait d'une canne lorsque Grace l'avait suivie depuis la poste —, elle n'avait rien de frêle.

Elle baissa la voix.

— C'est à propos de votre... handicap.

— Quel handicap ?

Grace montra la canne.

— Eh bien oui, j'ai de l'arthrose ! Ça ne fait pas de moi une handicapée.

Elle fit mine de refermer la porte.

Grace se hâta d'expliquer que, si le cas de Miss Andrews ne relevait pas de la loi sur les handicapés, elle n'en avait pas moins droit à des allocations.

— Des allocations ?

— Oui. Pourrions-nous entrer ? Ce n'est pas bien commode de discuter sur le pas de la porte.

— Très bien.

Miss Andrews tourna les talons et boitilla le long du couloir jusqu'à sa chambre. Tout y était d'une netteté spartiate, comme dans une cabine de bateau. Un paravent, dans un coin, dissimulait un réchaud à gaz et un lavabo. On remarquait deux beaux chandeliers de cuivre sur le manteau d'une cheminée où ronflait un poêle à gaz, et un bon poste de radio sur un tabouret près du lit.

— Qui êtes-vous, au juste ?

— Je suis Mrs. Black, de la Sécurité sociale, et je vous présente ma collègue Mary. Nous appartenons au groupe OAP B22 dont vous n'avez sans doute jamais entendu parler car on vient de le créer précisément pour s'occuper de cas particuliers, comme le vôtre.

— Vous avez une carte ? demanda Miss Andrews toujours appuyée sur sa canne.

— La voici, ma chère.

Grace sortit la carte de son sac à main et la lui tendit. Janice, très nerveuse, fit un pas vers la porte tandis que Miss Andrews examinait le document, mais Grace garda son calme.

— Ça ne fait pas sérieux. On dirait un faux.

Grace sourit en reprenant la carte.

— Vous avez raison, malheureusement. Avec toutes ces restrictions budgétaires nous préférons imprimer nous-mêmes au lieu de passer par l'Imprimerie nationale pour nos formulaires, nos cartes, etc. Cela aide peut-être Mr. Lawson à équilibrer son budget, mais, comme vous le constatez, cela nous met parfois dans des situations bien embarrassantes! Il ne nous reste qu'à faire le gros dos et compter sur le bon sens de nos interlocuteurs. Pouvons-nous nous asseoir?

— Si vous y tenez.

Elles s'assirent donc. Grace ouvrit sa serviette, sortit sa doc, et commença son baratin.

Quand elle en arriva au passage sur l'allocation spéciale pour handicapés, Miss Andrews répéta qu'elle n'était pas handicapée.

— Bien sûr, bien sûr. Comme je vous l'ai dit en commençant vous n'êtes pas concernée par la loi sur les handicapés, du moins au départ, mais par un nouvel article du code de la santé — enfin, nouveau, il date de 1981, mais c'est maintenant seulement qu'il entre vraiment en application. Nous avons eu des restrictions de personnel tellement draconiennes que nous mettons un temps infini à prendre contact avec tous les allocataires.

— Je ne demande la charité à personne, dit Miss Andrews en prenant une cigarette qu'elle alluma d'un air de défi.

— Il ne s'agit pas de charité, chère madame, mais d'un droit. Tous ceux qui ont atteint l'âge de la retraite peuvent recevoir cette allocation. Si vous le préférez, il est d'ailleurs possible de vous la verser en nature.

— Du genre?

— Du genre, du genre... Ah, vous avez le sens de l'humour, Miss Andrews! N'est-ce pas, Mary? Je me dis souvent que c'est le plus précieux des dons de Dieu, l'humour. Bien...

Elle fourgassa dans ses papiers, étouffa un petit rire.

— Le genre dépend... du montant de l'allocation, bien sûr, et de la situation personnelle du bénéficiaire. Dans votre cas...

Elle s'interrompit.

— Miss Andrews, auriez-vous la gentillesse de laisser Mary nous préparer une tasse de thé ? Nous sommes debout depuis des heures, et nous avons encore une visite à faire. Une tasse de thé serait vraiment la bienvenue. Mary...

Janice se leva. Elle s'apprêtait à passer derrière le paravent, mais Miss Andrews l'arrêta net.

— Pas question ! Elle n'entrera pas dans ma cuisine.

— Chère madame, c'est juste pour mettre la bouilloire sur le feu.

— Personne n'entrera dans ma cuisine.

— Préférez-vous le faire vous-même ? Nous voulions seulement vous aider.

— Ça me ferait plaisir, dit Janice d'une voix blanche.

— Je ne laisse personne entrer dans ma cuisine, reprit Miss Andrews en martelant ses mots. De toute façon, votre histoire, c'est foutaise et compagnie. Toutes ces allocations, ces codes de ceci, ces articles de cela. Foutaise, je vous dis !

— Chère madame, c'est la loi.

— Foutaise ! Je n'ai besoin de rien, et je ne demande rien à personne. C'est ça qui a fichu l'Angleterre par terre. Tout le monde tend la main et attend que l'État y aille de son obole. Parasites, pique-assiette ! Moi j'ai appris qu'il fallait travailler dur et mettre de l'argent de côté pour ses vieux jours. C'est ce que j'ai fait. Je n'ai pas besoin que le gouvernement me fasse la charité, qu'il me jette des miettes... J'ai une bonne retraite pour laquelle Dieu sait que j'ai trimé, et avec ce que j'ai mis à gauche j'ai tout ce qu'il me faut, merci. Le gouvernement devrait arrêter les frais et obliger les gens à se montrer responsables. Il ferait bon vivre alors, comme pendant la guerre, et les gens comme vous seraient obligés de travailler au lieu de tirer au flanc.

Grace, les lèvres pincées, rassembla ses papiers et les fourra dans sa serviette.

— Eh bien, chère madame, si c'est là votre dernier mot...

— Ne m'appelez pas chère madame. Je ne suis pas votre chérie. Je m'appelle Elizabeth Andrews et je vous souhaite le bonjour.

— Je suis désolée que vous preniez les choses ainsi, Miss Andrews, dit Grace.

Elle se leva avec dignité, referma la fermeture Éclair de sa serviette, et s'avança vers la porte que Janice avait déjà ouverte.

— Je crains qu'en vous comportant de la sorte vous ne perdiez vos droits à l'allocation. Tout citoyen a le droit de recevoir ce que l'État lui accorde, mais si vous voyez les choses autrement, libre à vous. Venez, Mary. Au revoir, Miss Andrews. Désolée que vous ne nous laissiez pas vous aider.

Elles fermèrent la porte derrière elles, traversèrent le couloir et le vestibule où des manteaux sales étaient accrochés, passèrent devant la porte principale (toujours fermée), un carton de bouteilles de soda vides, et sortirent enfin dans la rue.

— La vieille vache! dit Grace tandis qu'elles s'éloignaient d'un bon pas.

— Elle avait un drôle d'air en regardant ta carte, dit Janice.

— Ah, la salope! Sans leurs lunettes elles n'y voient goutte, normalement. Ne traînons pas par ici, elle pourrait devenir mauvaise.

Elles débouchèrent dans la grand-rue et se hâtèrent de prendre le métro. Grace n'aimait pas s'attarder dans un quartier où leurs affaires avaient mal tourné.

Elles n'échangèrent que quelques mots sur le chemin du retour. Les rues étaient on ne peut plus paisibles en ce milieu d'après-midi, et leur chambre ensoleillée, avec son mobilier dépareillé, leur donna un sentiment de sécurité retrouvée. Janice sortit dans le couloir pour aller aux toilettes pendant que Grace allumait une cigarette et branchait la bouilloire électrique qu'elle avait achetée un mois plus tôt.

Lorsque Janice fut de retour, Grace dit :

— Elle ne nous a même pas offert une tasse de thé !

— On n'a pas tout perdu. Regarde ce que j'ai ramené !

D'une poche de son jean, Janice sortit un médaillon d'or ciselé serti de perles de culture autour d'une petite turquoise. Une des perles manquait.

— Tu as ramené quoi ?

— Ça, voyons !

— Connasse !

Grace s'empara vivement du médaillon pour mieux l'examiner.

— Qu'est-ce qui t'a pris d'aller piquer ça quand elle était déjà dans tous ses états ?

— Mais ça traînait sur la commode près de la porte, au milieu de ses pinces à cheveux, de ses pilules, de tout son fourbi. Jamais elle ne s'en apercevra.

— Qu'est-ce que tu en sais ? Elle a bien le genre, au contraire. C'était peut-être à sa mère ou je ne sais quoi. Jan, sans blague, tu n'as pas de bon sens.

Janice prit son air buté.

— Il n'y a même pas de chaîne, elle ne le portait pas. C'était dans ce fourbi...

— Écoute-moi bien, ma fille. Je te l'ai déjà dit et je te le répéterai autant qu'il faudra. Quand ça tourne au vinaigre, on s'en va. D'accord ? On ne traîne pas, on n'essaie pas de sauver les meubles, on ramasse ses cliques et ses claques, et on se taille. Vite fait. D'accord ?

— Oui, mais...

— Il n'y a pas de mais. On se taille. J'ai plus de bon sens dans mon petit doigt que toi dans ta petite tête. Quand je te dis de faire quelque chose, tu le fais, sinon tu te débrouilles toute seule. Compris ?

— Je pensais...

— Non, tu ne penses pas. C'est moi qui pense ici, et ça vaut mieux pour tout le monde. Tu ne sais pas reconnaître ta gauche de ta droite quand tu es toute seule. Tu n'as pas plus de bon sens qu'un chaton nouveau-né.

Janice sentit ses yeux se remplir de larmes.

Grace lui tendit le médaillon.

— Tiens, reprends ça. Je ne veux rien avoir affaire avec. Tu l'as piqué, tu le fourgues. Je ne veux pas qu'il passe avec mes trucs à moi.

Janice remit le colifichet dans sa poche.

— Demain tu iras au marché et tu te débrouilleras pour t'en débarrasser. Je ne veux pas que ça traîne ici et je n'ai pas l'intention de m'en occuper. (Elle était hors d'elle.) Tu aurais dû faire plus attention.

— Mais ça traînait...

— Pour l'amour du ciel, ma fille, va préparer le thé et boucle-la !

Grace alla enlever ses chaussures.

— Demain, tu n'oublieras pas ? Pendant que je ferai mes affaires tu iras t'en débarrasser vite fait, compris ?

Janice prépara sans mot dire le thé qu'elles burent en silence, puis retourna dans sa chambre en boudant. Elle se coucha et s'endormit à l'instant. Elle avait un étonnant talent de dormeuse. Grace s'assit au bord de la fenêtre. Un plaisant soleil filtrait à travers les vitres sales. Elle alluma une cigarette et regarda dans la rue. Janice se comportait parfois comme une enfant. Pas un gramme de bon sens... Mais pas de bobo. Jan avait raison. La vieille vache ne s'apercevrait sans doute jamais de rien puisqu'elles n'avaient pris que le médaillon. L'après-midi était fichu, mais la matinée avait bien rendu — en deux visites elles avaient récolté une jolie somme en liquide et pas mal d'objets intéressants. Comme le bilan de la veille n'était pas mauvais non plus, il n'y avait pas lieu de se plaindre. Une bonne semaine, en somme...

Pour la fourgue, rien ne valait les marchés du week-end. Il y avait toujours un monde fou, des tonnes de marchandises, la foule y était à la fois trop nombreuse et trop apathique pour qu'on se souvînt de quelqu'un en particulier, et le bruit trop assourdissant pour qu'on vous entendît marchander. Les transactions se concluaient sans traîner, ni Grace ni les acheteurs — surtout ceux qui connaissaient la musique — n'ayant envie de s'attarder. Grace savait où s'adresser — elle connaissait les spécialistes du transistor, de l'argenterie, des souvenirs victoriens ou des vieilles fourrures. Souvent, elle s'apercevait que les objets qu'elle avait vendus en arrivant sur un marché avaient déjà changé de mains quand elle repassait devant les étalages au moment de partir. Les bijoux, les babioles en général, elle s'en défaisait plutôt dans de minuscules boutiques aux vitrines pleines d'horloges et de montres poussiéreuses, aux portes mal protégées par un mince grillage, à peine éclairées par une unique lampe derrière le comptoir où s'accumulaient des mécanismes d'horloges de toute espèce qui avaient l'air de viscères.

Si elle se rendait seule dans ces boutiques, elle laissait Janice l'accompagner sur les marchés. La jeune femme flânait entre les étalages pendant que Grace s'occupait de leurs affaires. De temps en temps elle piquait un petit truc, mais se gardait bien de le dire à Grace depuis le jour où elle s'était fait gifler à toute volée. Grace, qui ne plaisantait pas avec les principes, aimait qu'on garde son nez propre devant les voisins.

Mais pour se débarrasser du petit pendentif de Miss Andrews, Grace l'avait envoyée toute seule au casse-pipe. Pas question qu'elle aille au marché.

— Je ne prendrai pas un risque pareil, Jan. C'est toi qui l'as piqué, c'est toi qui le planques.

— Tu es dingue, dit Janice, l'air morose, en tortillant une mèche entre ses doigts comme elle le faisait toujours quand elle était nerveuse. Complètement parano.

— Exactement. C'est pour ça qu'on s'entend si bien toutes les deux.

Elle s'était assise sur un bras du fauteuil et regardait Jan avec indulgence. Sa colère était tombée. Elle se rendait compte que Janice dépendait totalement d'elle, et se surprenait à éprouver pour la jeune femme une sorte d'affection, comme pour un chat ou une perruche.

— Tu es la reine des cloches, Jan. Tu veux vraiment retourner au trou ? Avec les matons, les gouines et les vieilles putes décaties ? Si c'est ça, tu iras toute seule, ma petite fille. Autant se dire au revoir tout de suite.

Janice continuait de tortiller sa mèche.

— Alors tu vas bien gentiment me bazarder cette horreur le plus loin possible. Je ne veux pas qu'elle traîne par ici. On est bien d'accord ?

Mais Janice n'alla pas loin. Juste deux arrêts de bus. Elle en voulait à Grace de lui avoir parlé comme ça. Elle en voulait souvent à Grace de la prendre pour une demeurée ou Dieu sait quoi. Évidemment, c'était commode de la laisser décider. Janice avait toujours été incapable de prendre une décision, et c'est pour ça qu'elle s'était retrouvée à Holloway. Grace, elle, avait l'œil à tout et ne laissait rien au hasard. Mais si elle se soumettait docilement à l'autorité de Grace, Janice avait plaisir à lui en vouloir. Pour qui se prenait-elle ? non mais !

Elle se prenait pour ce qu'elle était — et toutes les deux le savaient bien. Elle était la patronne, le cerveau derrière leur petite vie douillette. Mais elle n'aurait pas dû parler à Janice comme ça, comme si elle était une demeurée ou Dieu sait quoi.

Voilà pourquoi Janice, l'air maussade, se contenta d'un petit marché à un mile ou deux de chez elles. Elles y allaient de temps en temps. C'était plutôt fruits et légumes, mais on y vendait aussi des vêtements bon marché, et un gros jeune homme au regard perçant faisait dans la brocante. Il la regarda tourner autour de son étal.

— Envie de quelque chose, poupée ?

— Ça se pourrait.

43

— Un petit bracelet ?

— C'est pas mon truc. En fait, je suis là pour vendre.

Il se refroidit aussitôt.

— Et tu vends quoi ?

Elle sortit le médaillon et défit le papier qui l'enveloppait.

— C'était à ma grand-mère.

Il regarda sans aménité l'objet qu'elle tenait dans le creux de sa main.

— Ça m'intéresse pas, poupée.

— C'est de l'or.

— Justement. Il se passera pas cinq minutes avant qu'on me le barbote. Désolé.

Elle le remballa en haussant les épaules — « bon ben... d'accord » — et passa son chemin. Qu'il aille se faire voir, et Grace avec ! Dommage...

Une porte étroite, une vitrine poussiéreuse pleine de réveille-matin et de bagues bon marché. Elle entra. Un vieil homme s'extirpa d'un trou de souris.

— Vous êtes acheteur ?

— Ça dépend, poupée. Tu vends quoi ?

Elle défit le paquet. Il prit l'objet dans sa grosse patte, l'examina à la lumière.

— Il manque une pierre.

— C'était à ma grand-mère.

— D'accord, mais il manque une pierre. Trop facile à repérer. Ça m'intéresse pas. Désolé, poupée.

— Il est vieux...

— Ça se voit. Moi aussi je suis vieux. Mais il manque rien à l'appel.

Il eut un sourire bien viril, et en lui remettant le médaillon lui prit les mains et l'attira vers lui, par-dessus le comptoir.

— Reviens après la fermeture. Y a rien qui manque.

Elle se dégagea.

— Bas les pattes !

— Reviens, peut-être que j'achèterai quand même.

Elle lui jeta un regard noir et quitta la boutique, claquant la porte derrière elle le plus fort qu'elle put — elle espérait que la vitre se briserait. Ah, le cochon !

Si c'était comme cela, elle n'avait plus envie de se bagarrer. Grace n'avait qu'à aller se faire voir. Elle n'avait pas besoin de lui dire. Au diable Grace !

Vers huit heures, ce soir-là, elle était juchée sur un tabouret du *King's Crown Bar*. Devant un verre de vodka-Coca à moitié vide, elle se sentait protégée contre la tristesse du monde extérieur par la musique d'ambiance, les lumières tamisées, l'atmosphère chaude du bar. Personne ne lui avait adressé la parole, personne ne lui avait fait l'aumône d'un regard. Le bar n'était pas trop loin de chez elles, pas trop près non plus. Elle était venue là dans l'espoir de rencontrer des gens de connaissance, et aussi pour faire la nique à Grace. Grace serait furieuse si elle apprenait que Jan avait essayé de fourguer de la marchandise si près de chez elles. Pas question de faire des affaires sur le pas de leur porte, comme elle disait. Grace serait encore plus furieuse si elle savait que le médaillon se trouvait toujours dans une poche du jean de Janice, qui n'avait aucune envie de rentrer à la maison regarder la télé. Non, Grace n'avait pas le droit de lui sonner les cloches. Qu'elle aille au diable !

Janice acheta un paquet de chips et regarda autour d'elle. Elle ne voulait pas rester toute seule. Le pub était à moitié plein. Il y avait des groupes de jeunes bruyants, et des couples qui préféraient visiblement qu'on les laisse tranquilles. Des gens se levèrent, et elle vit un homme seul à une table. Janice prit son verre et ses chips, et se dirigea vers lui.

— Je peux ?

L'homme fit oui de la tête. Il était appuyé contre le mur, la tête penchée, et faisait tourner entre ses doigts un verre de bière à moitié vide.

Elle s'assit — la chaise était encore chaude —, but une gorgée, et observa l'homme à la dérobée. Pas mal du tout. La trentaine, les cheveux châtains coupés court, il portait une cravate avec une banale veste de tweed et un pantalon marron. Il ne faisait pas attention à elle et ne retira même pas ses jambes de sous la table. Ses pensées l'absorbaient tout entier.

Elle lui tendit le paquet de chips.

— Vous en voulez ?

— Comment ? Oh... Merci !

Il en prit une poignée. Ils mastiquèrent un moment en silence, et il se sentit obligé de dire quelque chose.

— Belle soirée.

— Oui.

Ils burent chacun une gorgée. Janice était un peu partie, et elle avait envie d'un autre verre, mais il ne faisait pas attention à elle. Elle se sentit déprimée de nouveau. Désespérée, même.

— Vous avez l'air au bout du rouleau.

— Pardon ?

— J'ai dit que vous avez l'air au bout du rouleau Quelqu'un est mort chez vous ?

— Presque.

À son tour :

— Pardon ?

— Un pote à moi est presque mort. Il a failli y passer. Je reviens de l'hosto.

— Je suis désolée. Il est mal en point ?

— Ça va maintenant. Il a un bras cassé, une commotion. On a cru à une hémorragie interne, mais c'est fini.

— Un accident ?

— Oui. Il s'est fait prendre en écharpe. Une sale histoire.

— C'est bête.

— Pour ça...

Ils burent.

— Vous travaillez ensemble ? finit-elle par demander.

— Ouais.

— Où ça ?

— Dans... dans l'administration.

— Vous n'avez pas l'air d'un rond-de-cuir !

46

Elle se força à rire.

— J'espère que non.

Pour la première fois de la soirée il la regarda.

— Finissez votre verre. Je vous en offre un autre.

Elle se hâta de boire, et l'observa quand il alla chercher les consommations au bar. Il avait réussi sans mal à attirer l'attention du barman. Beaucoup d'hommes n'y arrivaient jamais. Il n'était pas très grand, mais il avait les épaules solides. De beaux cheveux aussi. C'était gentil de s'en faire comme ça pour son pote.

Il revint à la table.

— Vous êtes dans quoi exactement ?

— Ben, disons les communications.

— Les télécoms ?

— Oui, en gros, c'est ça. Et vous ? Vous êtes mannequin, non ? Vous ne passez pas à la télé ?

— Vous vous moquez de moi.

— Pas du tout !

Mais on voyait qu'il se payait sa tête. Elle n'était pas contente.

— J'ai vraiment été mannequin. Pour des magazines, ce genre de trucs.

Elle s'était souvent dit qu'elle avait d'aussi jolies jambes que celles qu'elle voyait placardées sur les murs du métro.

— Ah oui ?

— Oui.

Il ne l'écoutait pas vraiment. Il devait toujours penser à son copain. Il avait de beaux yeux, mais il ne la regardait pas. S'il était habillé plus relax, il serait génial. Elle revint à la charge.

— Maintenant je suis secrétaire. Enfin, assistante de direction. Dans le cinéma.

Un jour elle avait répondu à une petite annonce qui proposait un poste d'assistante de direction. Huit mille livres par an. On ne lui avait même pas répondu.

— C'est passionnant. Je vois des stars tout le temps.

— C'est pas vrai !

Elle avait l'impression qu'il ne la croyait pas. Elle finit son verre.

— Là je suis en congé maladie. À cause de mon dos. J'ai une vertèbre en trop, et elle sort tout le temps.

— Pour aller où ?

— Pardon ?

— Rien, je plaisantais.

— Ah...

Le pub se remplissait peu à peu, et tout le monde avait l'air gai. Elle avait envie d'aller au restaurant. Un italien, peut-être, ou un chinois. Ensuite ils pourraient aller en boîte — il devait avoir les moyens — et puis, on verrait ce qu'on verrait. Elle n'était pas contre. Ses ongles étaient bien soignés...

Il regarda l'heure à sa montre digitale.

— Désolé, ma jolie. Ce sera juste une brève rencontre. Je reprends à huit heures. Horaires à la carte. Flexibilité, comme ils disent.

Il sourit de toutes ses dents, tant la déception se lisait sur le visage de la jeune femme.

— On se reverra peut-être par ici.

— C'est ça, peut-être.

Elle sentait le sol se dérober sous ses pieds.

— Demain ?

— Peut-être bien. Tant que mon pote sera toujours à l'hôpital.

— C'est ça.

— Bon, j'y vais.

Il se perdit dans la foule des buveurs. Janice le regarda partir avec plus de regret qu'elle ne s'y attendait. Non seulement sa soirée était fichue, mais il lui avait tapé dans l'œil.

Le lendemain, elle était de retour au *King's Crown*. C'était un dimanche, et le public était moins bruyant que la veille. Les gens buvaient sec, comme pour se donner du courage au début de la semaine. Elle avait mis son meilleur jean avec un pull et de grandes boucles d'oreilles qui se balançaient contre ses longs cheveux qu'elle avait essayé de faire bouffer pour ressembler à Julia Somerville quand elle présentait le journal du soir. Elle était arrivée un peu avant le moment où elle pensait que finissait l'heure des visites, et s'était installée sur une banquette d'où elle pouvait surveiller la porte. Deux hommes tentèrent de l'aborder, mais elle les découragea sans peine.

Il ne venait toujours pas.

Le bar se remplit petit à petit. Elle se sentait de trop, mal à l'aise au milieu des dragueurs et des gens qui convoitaient son siège. Elle tripotait nerveusement son verre.

Et puis il arriva.

Elle était si heureuse qu'elle se leva et se mit à gesticuler.

— Salut !

Il sourit, agita la main, passa par le comptoir et rapporta les verres. Elle avait l'air d'une enfant comblée.

— Salut, vous !

Il se glissa à côté d'elle. Il était habillé plus relax, ce soir. Un pull, un jean. Elle le trouvait formidable.

— Comment ça va ?

— Pas mal. Et votre ami ?

— Ça va mieux. Il va s'en tirer.

— Il est marié ?

— Non, pourquoi ?

— Ça serait dur pour elle, si c'était grave et tout ça.

— Sûr.

Tout autour d'eux, dans la fumée des cigarettes, les gens avaient l'air de s'amuser. Il ne disait rien, et elle ne savait pas quoi dire. En réalité, elle ne pensait pas qu'il viendrait. L'expérience lui avait appris que les hommes faisaient rarement ce qu'ils promettaient, surtout quand c'était quelque chose d'agréable. Elle avait pris l'habitude d'être déçue. C'était naturel. Et voilà qu'il était là devant elle, et elle ne savait pas quoi dire pour le retenir.

— Qu'est-ce qui se passe de beau? finit-il par demander.
— Pas grand-chose. Et vous?
— Je suis allé au boulot.
— Un dimanche?
— Je vous ai dit que c'était l'horaire à la carte. Chez vous c'est quoi, neuf heures-cinq heures?
— Je vous l'ai dit, je suis en congé maladie. À cause de mon dos. D'ailleurs, je crois que je vais laisser tomber.
— Un boulot pareil?
— Ce n'est pas toujours tout rose. Je me fais exploiter jusqu'à la garde.
— Pas étonnant.
Ils burent en silence.
— Vous habitez par ici?
— Non, je suis venu ici parce que ce n'est pas loin de l'hôpital. Et vous?
— Moi non plus. J'habite du côté de Camden Town.
Grace lui avait toujours dit de rester dans le vague.
— Je vis avec ma tante. Je suis orpheline.
— C'est dur.
— Je me souviens à peine d'eux. Ils sont morts dans un accident de voiture quand j'étais toute petite.
— Plus de gens meurent sur les routes que du cancer du poumon.
— Vous fumez?
— Non. Je veux rester jeune et beau.
— Vous avez toujours l'air en forme. Vous faites du jogging?
— Ça m'arrive.
— Tout le monde en fait, maintenant. Impossible de marcher tranquillement dans la rue sans tomber sur ces types tout dégoulinants de sueur.
— Ils ne vous bottent pas, on dirait.
— Pas quand ils sont comme ça tout mouillés dans leurs espèces de caleçons.
— Moi j'ai un beau survêtement. Quand je transpire, on n'y voit goutte.

50

— Merci bien, je n'ai pas envie d'aller y voir.

Ils avaient fini par se dérider un peu.

— Pourquoi n'irait-on pas manger un curry quelque part ? À moins que votre tante n'ait quelque chose sur le feu.

Elle rougit.

— Formidable. Vous ne travaillez pas ce soir ?

— Non, je suis dans l'équipe de jour cette semaine. J'ai le temps de sortir. On y va ?

— D'accord.

En glissant sur la banquette, elle sentit sa chaleur à l'endroit où il s'était assis. C'était bien.

Son affreuse Volkswagen bleue la déçut. Elle s'attendait à mieux. Ils allèrent dîner dans un petit restaurant indien où les serveurs le connaissaient et souriaient de toutes leurs dents. Il lui dit que tout était très bon, et il fit servir mille sortes de plats trop épicés pour elle. Elle fut contente de finir par une glace. Elle lui raconta des histoires qui parurent l'amuser. Il se moquait d'elle, mais pas méchamment. Il avait l'air de ne pas croire un mot de ce qu'elle racontait — et il n'avait pas tort. Elle essaya d'en apprendre un peu plus sur lui, mais il se contenta de dire qu'il s'appelait Dave et avait des horaires flexibles. Elle n'insista pas, car elle savait que les hommes n'aimaient pas qu'on pose trop de questions, et que de toute façon ils disaient rarement la vérité. Surtout, elle avait peur qu'il s'en aille. Il était mignon. Il n'avait pas vraiment l'air de s'intéresser à elle, plutôt de ne pas vouloir lui faire de peine. C'était bizarre. D'habitude, les hommes ne tardaient pas à en venir au fait. Ou alors ils ne prenaient pas la peine de vous sortir. Dave était différent, intrigant. Il avait un beau sourire.

— Vous avez un beau sourire, fit-elle en rougissant.

Elle se sentait idiote, mais il rit gentiment et se fit apporter l'addition.

— Je vous raccompagne.

Se souvenant des instructions de Grace, mais n'ayant

pas envie de marcher, elle lui dit d'aller sur Kentish Town. Elle avait espéré qu'il proposerait d'aller en boîte d'abord, mais au fond elle était contente qu'il ait envie de baiser sans attendre. Mais quand ils furent arrivés devant la station de métro de Kentish Town, il ralentit.

— Où va-t-on maintenant ?

Elle ne savait pas quoi dire.

— Ça ira comme ça.

— Arrêtez de me mener en bateau, où habitez-vous ?

— Au coin de la rue.

Il passa le coin de la rue.

— Vous n'habitez pas ici, ma petite. Il n'y a que des boutiques fermées et un magasin de voitures d'occasion.

— Ça ira très bien, je vous assure.

Il se gara.

— Qu'est-ce qu'il y a ? Vous vous méfiez de moi.

Il avait toujours l'air de s'amuser.

— Non, c'est pas ça. C'est ma tante. Elle est... comment dire...

— D'accord, je n'insiste pas.

Et il lui ouvrit la portière. Pas de pelotage, pas de soupirs, pas d'histoires... Elle n'avait plus qu'à s'en aller. Il lui sourit à travers la vitre.

— À la revoyure !

— Je suis là presque tous les soirs...

— D'accord.

— Si vous retournez voir votre ami...

— Ça se peut.

— Bon, eh bien, merci pour le dîner !

— C'est rien. Faites attention à vous.

Il ne lui restait plus qu'à refermer la portière et à remonter la rue. Il remit le contact, la dépassa et klaxonna en passant à côté d'elle. Elle lui fit au revoir de la main. Quelle déception ! Il était à peine onze heures et elle se retrouvait toute seule, comme une imbécile. Mais elle ne lui en voulait pas. Dave était plein de mystère, de mystère et de charme. Il lui plaisait vraiment beaucoup.

Il fallut deux ou trois semaines à Grace pour s'apercevoir que Janice n'était plus tout à fait la même. Elles habitaient ensemble, mais ce n'étaient pas des amies. Elles ne s'occupaient que de leurs affaires et n'avaient pas le temps de songer aux autres. Leur association avait un caractère tout pratique : Grace était la patronne; Janice la bonne. Ce que Janice faisait de son temps libre ne concernait pas Grace, du moment que leur combine n'était pas en danger. Janice pouvait revenir tard le soir, ou ne revenir que le matin, encore vaseuse, sentant l'alcool et l'homme, Grace ne disait rien. Le sexe ne l'avait jamais tracassée, mais il fallait bien que des nunuches comme Janice passent à la casserole de temps en temps.

Ces temps derniers, pourtant, Janice avait changé. Toujours aussi évaporée, elle se montrait nerveuse, se maquillait de pied en cap certains soirs et, les yeux en billes de loto, se précipitait dehors pour rentrer tristement, bien avant la fermeture.

— Tu rentres tôt, disait Grace. C'était calme ?

— Tu parles ! Y avait pas un chat.

Et Janice allait se coucher. Elle se réfugiait facilement dans le sommeil — quelle que soit l'heure.

Elle dormait debout, aussi. Grace avait dû lui parler rudement.

— Fais attention à ce que tu fais, ma fille, dit-elle un jour qu'elles rentraient d'une H.L.M. qui avait bien rendu. Tu as failli tout fiche par terre.

— Pardon !

— Si tu dors, tu ne me sers à rien. Quand on bosse, tu gardes les yeux ouverts. D'accord ?

Mais le jour où, un après-midi de relâche, Janice revint de chez le coiffeur avec des mèches jaunasses au milieu de ses cheveux châtains, Grace perdit son calme.

— Pour l'amour de Dieu, Jan, qu'est-ce que tu as fait ?

Janice s'assombrit.

— Je me suis fait faire des mèches.

— Je le vois bien. Mais pourquoi ?

53

— C'est chouette. Comme ça je suis... élégante...

— Élégante ? Tu ressembles à un chaton tigré qui a reçu l'averse. La prochaine fois tu les feras teindre en rose, comme les punks. Tu as passé l'âge.

Janice prit un air buté.

— Moi, ça me plaît. C'est plus gai. J'en avais marre de mes cheveux châtains.

— Et ton petit ami, qu'est-ce qu'il en dit ?

— Qui ça ?

— Laisse tomber, Jan, je ne suis pas idiote. Si tu te mets en quatre, c'est bien pour un homme, non ?

Janice se retourna.

— Il n'a pas vu ma nouvelle coiffure.

— Il va avoir un choc. Il s'appelle comment ?

— Dave.

— Dave comment ?

— Je ne sais pas.

— Eh bien, les gens n'ont plus de nom, de nos jours ? Qu'est-ce qu'il fait dans la vie ?

— Il travaille à la poste.

— Et c'est quoi, son travail ?

— Je ne sais pas.

— Tu n'as pas l'air de savoir grand-chose sur ton chéri. Tu le vois souvent ?

— Ça dépend. Des fois, il ne vient pas.

Grace alla chercher des cigarettes dans son sac à main. Elle en alluma une et souffla très lentement la fumée.

— Écoute-moi bien, Jan. Je me moque de ce que tu fais en dehors des heures de boulot. Mais tu n'as pas le droit de mettre notre combine en danger. Je ne veux pas que tu voies quelqu'un régulièrement, et je t'interdis de garder ces mèches.

— Mais...

Janice leva timidement une main.

— Dès que tu as un jules, tu es faite. Petit à petit tu finis par dire où tu travailles, d'où tu viens, etc. Pour que notre combine marche, il faut que nous soyons seules. Pas de famille, pas d'attache. L'anonymat. C'est pour ça qu'il faut te débarrasser de ces mèches. Elles sont trop voyantes. Les vieilles n'ont pas beaucoup de mémoire, mais elles sauront se souvenir qu'une des dames avait des mèches jaunes. Tu vas les faire disparaître, Jan. Je veux te revoir avec tes cheveux châtains qui pendouillent avant la fin de la semaine.

— Je ne comprends pas...

— Mais si, tu comprends, tu n'es pas si bête. Ou alors on arrête tout et chacun pour soi.

Elle alla remplir la bouilloire dans la kitchenette. Tout en faisant couler l'eau, elle ajouta :

— Si c'est ça que tu veux, tu n'as qu'à le dire. Mais je me demande où tu iras. Peut-être que ton Dave te prendra avec lui. On ne sait jamais.

Elle posa sur un plateau deux tasses, des sachets de thé, du sucre et du lait. Janice, l'air morose, était assise près de la fenêtre. Elle tordait une mèche entre ses doigts.

La bouilloire chanta. Grace prépara le thé et le servit.

— Ça ne dépend que de toi.

Ce soir-là, il lui posa un nouveau lapin, mais le lendemain il était de retour.

— Désolé. Le boulot...

Elle se sentit comme inondée de bonheur sans comprendre pourquoi. Ce n'était qu'un mec, après tout. Mais il était si propre. Les types qu'elle rencontrait portaient généralement de vieux survêtements sales, ou des anoraks qui avaient l'air de sortir d'une vente de charité. Ils ne se rasaient pas, sentaient la bière et la sueur. Mais Dave n'était pas comme ça. Il sentait l'eau de toilette et avait les cheveux bien coupés. Il avait aussi de belles dents, et des mains... — si seulement il voulait la toucher, elle était sûre qu'elle ne se sentirait pas salie.

Mais il n'avait pas l'air accro. Jamais elle n'était sûre qu'il viendrait à leurs rendez-vous. Quand il venait, il lui payait à boire, l'emmenait dîner, la taquinait, et lui donnait une petite tape sur l'épaule avant qu'elle descende de voiture. « À la revoyure ! » et puis il s'en allait. Cela la rendait folle. Qu'est-ce qui clochait ? Qu'est-ce qui n'allait pas ?

Comme tous les êtres passifs, elle était très obstinée. Le manque d'intérêt de Dave ne faisait qu'augmenter sa curiosité. Ce soir-là, quand ils arrivèrent au coin de sa rue, elle ne descendit pas de la voiture. Elle lui mit les bras autour du cou et se pendit à ses lèvres comme elle avait appris à le faire.

Il ne tarda pas à réagir. Ils se lovèrent sur les sièges, mais le levier de vitesse les gênait. Elle lui mit la main à la braguette : il y avait ce qu'il fallait.

Elle murmura :

— On peut aller chez toi ?

— Pas question, ma belle.

— Sur le siège arrière, alors ?

— Pas ici.

Il démarra, et elle eut tout d'un coup une pensée inquiétante.

— Tu n'es pas pédé ?

Il lui prit la main et la reposa sur sa braguette.

— A ton avis ?

Sans un mot, ils gagnèrent un parking près de Hampstead Heath. Il n'y avait pas beaucoup de place à l'arrière de la Volkswagen, mais ça suffisait.

— Tu es une drôle de gosse, dit-il quand ils eurent fini leur affaire.

— Tu m'excites, répondit-elle.

Il eut un petit rire gêné.

— Fais attention à ce que tu dis. Il y a des gars qui feraient des kilomètres pour entendre ça.

— Hon hon !

La voiture s'arrêta.

— Quand est-ce que je te reverrai ?

— Je ne sais pas, mais on se reverra.

— Promis ?

— Promis, mon amour de bistro.

56

Il la prit dans ses bras, l'embrassa gentiment, dégagea ses cheveux de ses joues pâles et l'embrassa encore.

— Tu es vraiment une petite tête, toi !

Elle sortit et referma la portière. Il klaxonna, démarra, et elle rentra chez elle toute rêveuse.

4.

Grace remarqua que les mèches blondes avaient disparu, et elle ne parla plus à Janice de son petit ami. Il la laisserait tomber, comme d'habitude, ou l'inverse. Grace était si sûre de tenir Janice à sa merci qu'elle ne s'inquiétait guère, et d'ailleurs, en ce moment, cela l'arrangeait que Janice ne soit plus dans ses pattes le dimanche soir.

Les premières semaines, quand elles habitaient encore leur chambre minable de King's Cross, elles avaient pris l'habitude de passer la soirée du dimanche dans un grand pub de Tottenham Court Road, pas loin de leur station de métro. Il y avait plusieurs salles, et elles pouvaient choisir. Grace préférait un coin tranquille, avec de confortables banquettes de moleskine rouge et des tables octogonales, ce qui n'empêchait pas Janice d'aller voir ce qui se passait dans une salle plus jeune, pleine de jeux vidéo et de boules de lumière de toutes les couleurs, où le battement assourdissant de la *dance music* couvrait tous les bruits.

Grace restait sur sa banquette jusqu'à dix heures. Elle ne prenait qu'un seul verre qu'elle faisait durer. Très droite dans son tailleur bleu marine et son imperméable, les cheveux bien permanentés, maquillée avec discrétion, elle aimait la chaleur, les lumières tamisées, le murmure des voix et les rires étouffés, le tapis aux motifs grossiers sur lequel elle posait ses grosses chaussures, la musique d'ambiance. Tout cela créait une atmosphère où elle se sentait chez elle. Un peu comme à l'armée, mais en moins bruyant.

La clientèle était surtout de passage, car on était dans le West End, mais il y avait aussi quelques habitués avec lesquels, après une semaine, elle échangeait un bref salut — rien de plus, elle n'était pas là pour nouer des relations, mais pour se détendre : un ou deux couples, une femme d'âge mûr, aux joues trop rouges, qui passait son temps à boire avec les hommes, au bar, et un vieux monsieur solitaire qui s'asseyait toujours dans le même coin, saluait aimablement et ne disait plus rien de la soirée. Il était grand, massif, silencieux, à moitié chauve, et portait un complet bleu de bonne coupe avec chemise et cravate assorties. Il était toujours là quand Grace et Janice arrivaient, et toujours parti quand elles s'en allaient, à neuf heures et demie précises, et commandait invariablement une bouteille de bourgogne d'un prix raisonnable. C'était cela qui avait attiré l'attention de **Grace**, dans un endroit où l'on buvait surtout de la bière ou des alcools. Il buvait de façon réfléchie, solidement installé sur la banquette de moleskine, indifférent mais pas hostile au brouhaha qui l'entourait. Grace, elle aussi, choisissait une banquette quand il y avait de la place, car elle détestait avoir quelqu'un dans le dos et aimait bien voir ce qui se passait dans les pièces où elle se trouvait. Janice l'avait à peine remarqué, mais Grace n'avait pas manqué de noter le complet de bonne coupe, les joues bien rasées, et la chevalière qu'il portait au doigt.

Un soir, Grace avait parcouru toute seule les interminables couloirs de la Northern Line, était entrée dans le pub, avait commandé à boire et s'était assise à une table proche de celle de l'homme. Ils avaient échangé un petit signe de tête. C'était un beau soir de mai, et le bar était loin d'être plein. Il n'y avait personne sur la banquette qui les séparait. Elle but une gorgée de son gin-vermouth et parut s'absorber dans ses pensées.

Après un moment, il dit :

— Belle soirée.

Elle parut tirée en sursaut de sa rêverie.

— En effet, on sent que c'est bientôt l'été.

— S'il y a un été.

— C'est vrai que l'année dernière il a tellement plu que le jardin était trempé.

— Heureusement, je n'ai pas de jardin.

— Ah !

Elle trempa ses lèvres dans son verre ; il but à longs traits.

— Vous habitez Londres, n'est-ce pas ?

— Oui, Notting Hill.

— Ce n'est pas sur la Central Line ?

— Si. Et vous ?

— Belsize Park. Sur la Northern.

— Ah oui ?

Le silence retomba. Autour d'eux la musique d'ambiance se mêlait au murmure des voix.

À neuf heures et demie il se leva et salua.

— Eh bien, bonne nuit !

— Bonne nuit ! répondit-elle avec un froid sourire.

Il s'en alla.

Le dimanche suivant, au grand dam de Grace, Janice l'accompagnait. Elle était cafardeuse car son Dave était au travail, et n'alla même pas traîner au bar. Elle s'installa juste à côté de Grace, avec une face de carême. Des bonsoirs furent échangés entre Grace et le monsieur flegmatique, mais ils ne dirent pas un mot. Janice aurait glacé les plus enthousiastes. Il vida sa bouteille et s'en alla à neuf heures et demie, après avoir salué.

Mais le dimanche suivant, Grace était seule et il lui sembla qu'il était temps de prendre une initiative prudente. Après avoir dit bonjour et trempé ses lèvres dans son verre, elle dit :

— Quel temps !

Il sembla se détendre légèrement.

— Oui, c'était trop beau pour durer.

— Quand j'ai vu que ça commençait à tomber, j'ai failli ne pas venir.

— Ah !

— Et puis je me suis dit non, je ne vais pas laisser trois gouttes de pluie m'empêcher de sortir. Ça fait du bien de s'aérer.

— Oui.

Une pause, une gorgée.

— Ma nièce — vous l'avez vue la semaine dernière — est sortie avec son petit ami. Évidemment, il a une voiture.

— C'est bien commode.

— Moi, j'ai toujours trouvé qu'à Londres c'était un luxe inutile. Au prix où sont les parkings et l'essence, je préfère prendre les transports en commun.

— Vous avez bien raison. Les gens râlent toujours, mais ça marche plutôt bien.

— Les gens râlent pour tout, de nos jours. Vous ne trouvez pas ? Nous sommes un peuple de râleurs.

— C'est bien vrai.

Il remplit son verre, puis, d'un ton qu'il s'efforçait de rendre gai, lui proposa de « remettre ça ».

— Eh bien, c'est très aimable à vous mais d'habitude je ne prends qu'un verre.

— Je sais.

Elle le fixa droit dans les yeux, et ne vit pas sans surprise une vive lueur dans son regard pâle. Elle s'autorisa un sourire, et finit par accepter un autre gin-vermouth.

À partir de là, la conversation, sans être animée, ne languit plus. Ils restèrent dans les généralités. Elle n'apprit rien sur lui, et était trop fine mouche pour le presser de questions. Elle ne lui dit rien sur elle non plus, et le peu qu'elle consentit à lui révéler était évidemment un tissu de mensonges. Elle se garda de lui laisser entendre qu'elle était veuve — sachant que certains hommes s'en effraient —, et elle apprit seulement qu'il avait pris sa retraite après avoir longtemps travaillé pour une grosse boîte. Comme il était toujours seul, il devait être célibataire, et s'il avait travaillé longtemps, sa retraite était probablement confortable — ni le bourgogne ni ses vêtements n'étaient bon marché. Elle s'imagina qu'il était veuf depuis de longues années déjà et avait pris des habitudes de vieux garçon. Il devait vivre dans un immeuble des années trente où quelqu'un venait trois fois la semaine lui faire les courses et le ménage. Il préparait ses repas lui-même et ne dérangeait personne. Peut-être avait-il un hobby : les timbres, ou les monnaies anciennes.

À neuf heures et demie elle sortit avec lui, et ils gagnèrent la station de Tottenham Court Road sous l'immense parapluie de l'homme. Ils se serrèrent solennellement la main au pied de l'escalier roulant, puis se séparèrent. Grace était ravie de sa soirée, ravie aussi du plan qu'elle avait commencé à élaborer.

Grace ne pouvait rester à ne rien faire. Il fallait sans relâche dresser des plans et se préparer à toutes les éventualités, surtout si on voulait ne pas retourner à l'ombre. De plus, même si Janice lui avait obéi et avait fait disparaître ses mèches blondes, elle devait toujours voir son Dave. Elle avait toujours été évaporée, mais là il lui arrivait de perdre les pédales. Comme le mercredi précédent...

Elles travaillaient dans West Hampstead, avec ses rangées de maisons grises qui s'étageaient jusqu'à Kilburn — tout y était uniformément gris, sauf la peau des habitants et les graffitis qui couvraient les murs. Elles avaient descendu trois marches et, sur le rebord d'une fenêtre où poussaient difficilement menthe et ciboulette, découvert une carte de visite racornie près de la sonnette. C'était bien commode.

La porte s'était ouverte à moitié. Grace avait arboré son plus beau sourire.

— Miss Greenham ?

La porte s'était alors ouverte en grand et Miss Greenham les avait attirées à l'intérieur. Elle avait l'air très agitée.

— Dieu soit loué, vous êtes là ! Vous êtes deux ?

— Je vous présente Mary, mon assistante.

— Vous êtes bien Miss Pennyquick ? Entrez vite avant qu'ils ne nous aient repérées.

Janice était entrée dans le couloir complètement noir maintenant que Miss Greenham avait refermé la porte d'entrée à double tour.

— Je ne ferme jamais quand je suis seule parce qu'ils ne savent pas, mais comme vous êtes là il faut nous protéger.

Elle avait poussé les deux femmes devant elle.

— On ferait mieux de s'installer au fond. Ils ne pourront pas nous voir. Et la télé est devant.

Grace ne s'étonnait jamais de rien. Elles avaient suivi la vieille dame dans la cuisine aux rideaux tirés. Il y régnait une odeur entêtante que Janice prit pour celle du haschich alors qu'il ne s'agissait que de tisane parfumée.

— Asseyez-vous, asseyez-vous, avait glapi Miss Greenham. C'est tellement gentil à eux de vous avoir envoyées si vite.

C'était une femme bien bâtie — d'habitude Grace les préférait un peu frêles, au cas où quelque chose irait de travers —, mais la veille, à la poste où elle observait la queue des vieilles personnes venues toucher leur retraite, Grace avait bien remarqué les lunettes à double foyer qui barraient le large visage de la femme, la canne et la jambe bandée. Elle avait aussi remarqué qu'elle avait touché quatre mois de pension d'un coup, et l'avait suivie jusque chez elle le cœur léger.

Elles étaient maintenant assises autour de la table sur laquelle on voyait des brochures et de vieux numéros du *Guardian* à côté d'épluchures de haricots et d'un pot de chutney à moitié vide.

— Je suis Mrs. Black, de la Sécurité sociale...

— Pas la peine, pas la peine, l'avait interrompue Miss Greenham, vous pouvez tout me dire. On est en sécurité ici. Devant, c'est différent, même si je mets toujours une couverture sur la télé. Ils sont dans la boutique de vidéo à côté, vous savez. Ils surveillent tout ce qu'on fait, c'est pour ça que je vous ai fait venir ici.

Elle s'était enfoncée dans son fauteuil contre lequel une canne était appuyée.

— C'est très confortable chez vous, avait dit Grace.

— L'important, c'est qu'on y soit en sécurité. Quand j'ai écrit au ministère de l'Intérieur, je lui ai bien dit que ma cuisine était *sûre* et qu'il pouvait m'envoyer ses collaborateurs sans crainte.

— Vraiment ?

Janice, assise dans un coin près de la cuisinière, ouvrait des yeux ronds.

— Je ne voudrais pas faire courir de risque aux agents de Sa Majesté, ni à une, ni à deux, avait ajouté la vieille dame en regardant d'un air entendu Janice qui avait eu la présence d'esprit de lui sourire. C'est bien qu'ils vous aient envoyées si vite. Il y a urgence. Ils ne se doutent pas que je sais des choses, mais je les entends, surtout la nuit. Ils en veulent aux pauvres Noirs. Eux, et l'I.R.A. aussi. Je veux dire... avec l'I.R.A. ils veulent attaquer les Noirs... et rien ne les arrêtera, rien... Eux qui sont si travailleurs, si gentils, toujours ouverts même le dimanche. Si on écoutait les autres, les transports en commun se seraient arrêtés depuis belle lurette. Mais vous savez tout ça.

Grace avait hoché la tête. Il y avait deux beaux chandeliers d'argent sur le manteau de la cheminée, au-dessus du poêle à gaz, et deux statuettes de porcelaine tout à côté. On voyait aussi le sac à main bien rempli de Miss Greenham posé près de sa canne.

— Mais ce que vous ne savez pas, et le ministre de l'Intérieur non plus, continua Miss Greenham à voix basse, c'est qu'il y a un complot pour les renvoyer tous

64

chez eux. Pourquoi croyez-vous que Freddy Laker a fait faillite ? Parce qu'il n'en a pas voulu. Et Mr. De Lorean — un homme si bien de sa personne —, ils en voulaient à ses voitures. Et Mr. Heseltine, dans cette histoire d'hélicoptères...

— Eh bien, ça alors !

— Oui, dit-elle en se rasseyant. Je me doutais bien que vous seriez surprise. Et ce n'est pas tout.

Le visage poupin de Miss Greenham, que surmontait une forêt de cheveux blancs coiffés à l'afro, rosissait à vue d'œil tant elle était exaltée. Grace l'écoutait patiemment (mais elle avait rangé ses papiers, pas la peine), tandis que Janice bayait aux corneilles sans retenue ni pudeur.

Quand Miss Greenham arrêta enfin son moulin à paroles, Grace l'avait remerciée chaleureusement :

— Tout cela est de la première importance, chère madame. Je vous promets de transmettre ces informations à qui de droit. On vous en sera très reconnaissant.

— Je fais ça pour le Commonwealth, dit Miss Greenham avec simplicité.

— Chère madame, je voudrais que tout le monde ait votre civisme...

Puis elle avait lancé son sourire carnassier.

— Cela vous ferait-il plaisir que Mary vous prépare une tasse de thé ? Vous devez avoir soif après toutes ces explications.

— Bien sûr, bien sûr...

Miss Greenham avait fait mine de se lever, mais Grace l'avait retenue à temps.

— Non, non ! Mary va le préparer. N'est-ce pas, Mary ? Continuez votre histoire, Miss Greenham.

— Je ne bois que de la camomille, ou de la verveine. C'est sur l'étagère...

— Mary va trouver tout cela...

Elle avait jeté un coup d'œil à Janice, qui avait quand même fini par aller remplir la bouilloire.

— Continuez...

Et elle avait continué. En attendant que l'eau se mette à bouillir, Janice regardait par une déchirure du rideau le jardin à l'abandon. Elle songeait à Dave. À ses cheveux, à son odeur. À la façon dont ils se serraient à l'arrière de sa petite voiture. Elle faisait tout pour qu'il prenne du plaisir, et il disait toujours que cela lui avait plu — elle n'était jamais sûre, mais quand même les hommes ne pouvaient pas faire semblant comme les filles. Elle songeait à sa voix, à la manière qu'il avait de se moquer d'elle, mais toujours gentiment, comme s'il avait vraiment de l'affection pour elle. Il l'appelait « petit amour », et elle y croyait. Quand il l'embrassait, il l'embrassait pour de bon, pas comme d'autres qui avaient l'air de baver sur un morceau de viande. Et pourtant, à l'arrière de la voiture, il avait toujours l'air comme absent. Il ne s'abandonnait jamais, et ne disait rien sur lui. Ni où il habitait, ni où il travaillait. Il plaisantait, souriait, se montrait gentil et prévenant, et s'amusait des mensonges éhontés qu'elle lui débitait. Mais, si elle ne s'était pas jetée sur lui, il ne l'aurait jamais touchée malgré ses avances. Elle s'était demandé s'il n'était pas fêlé, ou pédé. Mais non, il était juste... lointain, même quand ils baisaient.

La bouilloire s'était mise à chanter, et Janice, toujours rêvant, avait disposé les sachets de verveine dans les tasses (« camomille », ce devait être un shampooing), avait versé l'eau chaude et, le dos tourné vers la vieille dame, comme elle avait appris à le faire, avait fouillé dans la poche de son jean à la recherche de la boîte de sucrettes où elle tenait les somnifères... Dave ne prenait jamais de sucre. Il disait en riant que cela le ferait grossir. Il ne buvait que de la bière blonde, et son corps était dur de partout, avec cette odeur qui la faisait chavirer (elle frémit au plus secret d'elle-même rien que d'y penser)... Le bouchon sauta tout d'un coup, et les comprimés se répandirent sur l'évier.

Grace avait tout vu. Elle s'était précipitée dans la cuisine, s'était emparée du plateau, avait mis trois comprimés dans une des tasses et posé le plateau sur la table. Sans perdre son sang-froid, elle avait dit à Janice de rester tranquillement à boire son infusion pendant que, d'une main sûre, elle faisait disparaître les traces de poudre somnifère — leur indispensable outil de travail — sur la cuvette et le bois vermoulu de l'évier de Miss Greenham. « Bois bien tout, Mary », avait-elle dit sans toucher à sa tasse. Miss Greenham avait avalé sans méfiance son breuvage nauséabond tout en expliquant les véritables objectifs du Front national et ce que devraient faire le ministre de l'Intérieur et le chef du contre-espionnage.

— Pauvre conne ! avait sifflé Grace lorsqu'elles étaient allées prendre leur métro. Tu as failli tout foutre en l'air ! Pour qui tu te prends ? La Belle au bois dormant ?

— J'ai pas fait exprès. Ma main a glissé.

— Elle a glissé ! Tu as laissé filer la moitié du tube, connasse. Il restait à peine de quoi finir le boulot. C'est un miracle qu'elle soit tombée comme une fleur.

Malgré tout, leurs cabats étaient bien remplis. Elles avaient emballé les bibelots chinois dans un chemisier en soie, et les chandeliers dans une toque de fourrure pleine d'antimite.

— Disparais, Jan. Fous le camp. Je ne veux pas te revoir avant que tu aies retrouvé ton état normal.

Et chacune était partie de son côté. Grace se laissait rarement aller à être grossière, et quand cela arrivait, Janice savait qu'il valait mieux ne pas s'attarder.

Oui, Grace en avait sa claque de Janice. Cela voulait dire qu'il faudrait changer de boulot. Elle pourrait le faire seule, bien sûr, mais c'était risqué. En dehors même du fait que deux femmes sur un pas de porte avaient quelque chose de rassurant, il fallait penser au côté pratique des choses : impossible de verser discrètement le somnifère si un comparse ne s'occupait pas de distraire les vieilles dames, et puis il fallait être deux pour transporter des horloges, des radios ou des paires de chaussures.

De toute façon, c'était Janice qui leur procurait les somnifères qu'on lui avait prescrits à sa sortie de prison et qu'on lui renouvelait sans problème depuis. Grace aurait sans doute pu s'en procurer, mais il était plus simple et plus sûr de demander à Janice.

Non, si Janice s'en allait, la combine était à l'eau. Elle avait bien rapporté pendant trois mois, et les flics n'avaient pas bronché. Ils ne risquaient pas de bouger, d'ailleurs, à moins qu'ils ne tombent par hasard sur un receleur qui leur permettrait de remonter jusqu'à elles, mais c'était très peu probable. Le vol à l'étalage, le vol à la tire, tout ce qui donnait lieu à plainte, à constitution de dossiers, etc., risquait de mettre à vos trousses des gens au moins aussi malins que vous. Tandis qu'avec les vieux on était tranquille comme Baptiste. Ils étaient comme des bébés avec leur mauvaise vue, leurs mauvaises jambes, leur mauvaise ouïe, et puis ils avaient horreur de tout ce qui était officiel.

Grace avait appris tout cela en travaillant dans des maisons de retraite. Elle était entrée comme bonne à tout faire en tablier bleu, mais ses excellentes manières lui avaient bien vite permis de porter la blouse blanche et de s'occuper des pensionnaires — pas d'un point de vue médical, évidemment, elle n'avait pas les qualifications requises, mais elle passait le plateau de médicaments et avait appris quantité de choses sur les dosages et les propriétés de tel ou tel comprimé. Elle en avait mis à gauche un certain nombre, d'ailleurs, se disant qu'elle en aurait peut-être besoin un jour...

Elle n'avait pas été assez ferme avec Janice. Le côté lisse de cette fille l'avait séduite. Dieu sait ce qui lui serait arrivé à sa sortie de prison si Grace n'avait pas pris les choses en main. À près de trente ans, elle n'avait pas plus de jugeote qu'un serin. Mais (comme on le répétait lors des offices de la chapelle), il y avait une saison pour toute chose, et la saison de Janice était passée. Elle avait bien failli tout fiche en l'air chez Miss Greenham, et, double foyer ou pas, la vieille folle aurait pu leur tomber dessus si Grace n'avait pas été si prompte. Et les mèches blondes, et ce Dave... — Dieu sait ce qu'elle avait été lui raconter. Elle avait perdu la boule. Il fallait s'en débarrasser.

Mais pas tout de suite, pas avant que Grace soit prête. La nouvelle combine dont elle venait d'avoir l'idée était la plus ambitieuse qu'elle ait imaginée jusqu'alors. Elle exigeait beaucoup de doigté, et il ne fallait pas brusquer les choses. Janice n'y avait aucune place. Il lui fallait tous les pouvoirs.

— Pourquoi tu mets ça ? demanda Janice, qui interrompit un instant le vernissage de ses ongles.

Ses cheveux, sans mèches blondes, mais bien lavés, lui couvraient la figure, et, dans la lumière de ce beau soir de mai, elle faisait plus jeune que son âge. Depuis sa rencontre avec Dave elle n'avait plus l'air apathique mais étonné, et même un peu enfantin, si la lumière et le maquillage s'y prêtaient.

— Occupe-toi de tes affaires, dit Grace.

De son séjour en maison de retraite, elle avait gardé une grande habileté à poser les bandages. Elle n'eut aucun mal à enrouler le crêpe autour de sa cheville et à y faire un nœud très propre.

— C'est mauvais pour la circulation, dit Janice en revenant à ses ongles.

— Je ne suis pas si bête !

Elle étendit la jambe, vérifia la pose du bandage, en parut satisfaite, remonta son bas et s'apprêta à sortir.

— Tu sors ?

— Hon hon...

— N'oublie pas de fermer à double tour.

Janice était si tête en l'air qu'il lui arrivait d'oublier de fermer la porte de leur chambre, et, dans une maison où personne ne se connaissait, on risquait toujours de se faire voler comme au coin d'un bois.

Il ne pleuvait pas, mais Grace n'en prit pas moins un

parapluie dans un coin poussiéreux du hall d'entrée. Elle se dirigea à grands pas vers le métro.

Avant de pousser la porte de l'*Old George*, elle fit une pause. L'établissement était à moitié vide car il faisait encore beau, et on entendait trop bien la musique d'ambiance au-dessus du murmure des rares conversations. Mr. Robinson (ils s'étaient présentés) était assis à sa table habituelle. À côté de lui la banquette était vide. Il avait déjà bien entamé sa bouteille de bourgogne. Elle pensait (et espérait) qu'il la guettait, mais elle s'appuya sur son parapluie de toutes ses forces et avança en boitant bas, comme si marcher lui coûtait un tel effort qu'elle ne reconnaissait plus personne.

En la voyant s'approcher de la banquette, Mr. Robinson se leva à moitié et renversa un peu de vin, l'air vaguement inquiet.

— Eh bien, eh bien, vous revenez du front ?

Elle eut un pauvre et courageux sourire tout en se laissant tomber à côté de lui. Elle reprit son souffle et posa son parapluie à côté d'elle. La main sur la poitrine, elle dit :

— Dieu ! J'ai bien cru que je n'y parviendrais jamais.

— Qu'est-ce qui vous est arrivé ?

— Je suis tombée d'une chaise en époussetant le haut de l'armoire. Vous imaginez ça ? Mon pied a dû glisser et je me suis étalée.

— Rien de cassé ?

— Non, c'est juste une foulure. Je peux encore remuer les orteils.

Elle sourit.

— Vous n'auriez pas dû sortir. Il faudrait vous reposer. Tenir votre pied en l'air.

— Sans doute, mais j'aime passer mes dimanches soir ici. La musique... C'est une distraction.

— Je vais vous chercher à boire.

— C'est très gentil à vous. Je ne suis pas sûre d'arriver jusqu'au bar !

Cette fois elle rit franchement. Il eut un pâle sourire. C'était vraiment le roi des balourds.

Il revint avec un gin-vermouth, un double.

— Oh, vous n'auriez pas dû. Ça va me monter à la tête.

— Mais non, vous verrez. L'alcool est souverain contre les foulures.

— Mais en application *externe*, Mr. Robinson. J'ai été assez longtemps infirmière pour savoir cela. Allez, sans rancune... À la vôtre !

— *Santé !* répondit-il avec componction.

Et ils vidèrent leurs verres.

La soirée se passa le mieux du monde. L'infirmité temporaire de Grace semblait avoir un peu libéré Mr. Robinson. Grace apprit qu'il n'habitait pas du tout là où elle le croyait, mais dans un vieil hôtel particulier divisé en appartements, et qu'il faisait sa cuisine lui-même. Malgré plusieurs tentatives habiles, elle n'arriva pas à savoir s'il vivait seul. Ce n'était pas grave. Elle l'apprendrait bientôt. Il avait un poste de responsabilité dans le bâtiment et était très au courant des cours de la Bourse. Il devait prendre sa retraite en février prochain. Tous les ans, au mois de septembre, il faisait un voyage à l'étranger.

Il en apprit infiniment plus sur elle. Elle était veuve (le pauvre était mort après une longue maladie, elle l'avait soigné avec dévouement), et touchait une bonne pension. Avant son mariage elle était infirmière. Sa nièce, qu'elle traitait comme sa propre fille, travaillait comme réceptionniste chez un dentiste de Hampstead et ne tarderait sans doute pas à se marier. Lorsque ce serait fait, Grace chercherait un petit appartement. Au cours des années, elle avait appris que la meilleure façon d'obtenir des renseignements était d'en donner le plus possible. Comme cela, les gens se sentaient supérieurs.

Mais, avec Mr. Robinson, échec total.

À neuf heures et demie il vida son verre, boutonna sa veste et la regarda d'un air gêné.

— Eh bien... quand il faut y aller
C'était sa formule.
— Moi aussi, il faut que je me sauve. J'ai quand même été pas mal secouée.
Son verre était vide depuis longtemps déjà.
— C'est le choc.
— Sûrement. Mr. Robinson, auriez-vous la gentillesse d'aller me chercher un taxi ? Je n'ai pas osé prendre le métro. Les taxis s'arrêtent plus facilement pour un homme que pour une femme.
— Bien sûr, bien sûr. Puis-je...
Il se leva et tira la table pour qu'elle puisse se mettre debout avec l'aide du parapluie. Elle grimaça légèrement en posant le pied par terre. Il lui offrit son bras, qu'elle accepta. Il était raide comme un bout de bois.
Les taxis étaient nombreux à cette heure, et, dès que Mr. Robinson leva sa grosse main, l'un d'eux vint docilement se garer devant eux.
— Belsize Park, dit-elle au chauffeur, et se tournant vers Mr. Robinson : Merci mille fois, vous avez été très aimable.
— Ça ira ?
— Ne vous tracassez pas pour moi.
— Faites attention à vous.
— Promis.
Elle entra dans le taxi, ferma la portière, fit au revoir de la main, et dès qu'ils eurent disparu elle baissa la vitre de communication.
— Changement de programme. On va à la station de métro de Goodge Street !
Elle se renfonça dans son siège, très satisfaite d'elle-même.

Le dimanche suivant, elle boitait encore un peu et devait s'appuyer sur son parapluie, mais avait quitté son bandage.
— Est-ce bien raisonnable ? lui demanda-t-il

lorsqu'elle s'assit près de lui, sa jambe coquettement allongée sous la table.

— Je n'aime pas me dorloter. J'ai toujours voulu voir les choses en face. De toute façon, ça ne me fait pas plus mal que lorsque j'appuie sur ma cheville.

— Vous prenez quoi ? Comme d'habitude ?

Elle fit mine d'hésiter, mais il se hâta d'aller chercher leurs verres.

Lorsque Janice, déprimée à l'idée que son Dave travaillait ce soir-là, avait proposé de l'accompagner, Grace l'avait remise à sa place sèchement.

— Merci, mais tu n'es pas la bienvenue.

— Quoi ?

— Tu as tes histoires, j'ai les miennes. Essayons de ne pas nous marcher sur les pieds.

Janice avait fait la tête, mais Grace avait eu raison de venir seule. Il était presque bavard, et elle décida qu'il était temps d'exécuter la deuxième partie de son plan.

— Je me demande, dit-elle avec toute la délicatesse voulue, après qu'ils eurent gravement établi quelques pronostics pour le prochain tournoi de Wimbledon, si vous accepteriez de venir prendre le thé avec ma nièce et moi, un dimanche ?

Il sursauta, mais elle poursuivit :

— Nous avons un petit jardin et c'est agréable de rester dans le patio quand le temps est au beau. Nous serions ravies de vous avoir.

Il se tortilla sur sa chaise un grand moment avant de répondre que c'était très... très aimable, mais qu'il ne pensait pas, ne croyait pas... Le dimanche, il avait ses habitudes. Les courses, des choses à faire chez lui, les comptes, tout cela...

Elle vint à son secours.

— Je comprends très bien.

Elle comprenait d'autant mieux que c'était exactement ce sur quoi elle comptait. Si jamais il avait accepté, rien n'aurait été plus simple que de se faire porter malade au dernier moment, ou de prétendre que Janice n'était pas là, ou qu'elle avait été appelée au chevet d'une amie malade.

— Je comprends très bien, répéta-t-elle. Je suis comme cela moi-même.

Il partit un peu plus tôt que d'ordinaire, mais cela ne la tracassait guère. Elle savait qu'elle l'avait un peu brusqué. Le dimanche suivant, elle n'alla pas à l'*Old George*. Il fallait lui laisser le temps de se calmer et de la regretter.

En ces matières, Grace se trompait rarement, et, quand elle réapparut quinze jours plus tard, il fut évidemment content de la voir. La semaine suivante, il proposa qu'ils aillent « manger un morceau » au lieu de rester au bar. Il l'emmena dans un *steak-house* dont le décor, avec ses lumières tamisées et ses banquettes rouge sang, rappelait étonnamment les viandes et les sauces au jus qu'on y servait. L'air lui-même avait quelque chose de cuisiné. Il but une bouteille de beaujolais presque entière, sans le moindre résultat.

Elle eut beau lui conter comme à regret, de la façon la plus délicatement féminine, quelques épisodes choisis de son passé à elle (toujours affreusement tristes et tous imaginaires), elle n'apprit presque rien de nouveau sur lui. Il avait travaillé dans la même société depuis qu'il avait quitté l'armée. C'était un homme d'intérieur, à coup sûr, car il savait faire la cuisine et n'hésita pas à renvoyer un steak pas assez cuit. « J'en veux pour mon argent », expliqua-t-il en esquissant un sourire. Il souriait rarement, et ne riait jamais. Son impassibilité convenait à sa corpulence et à ses manières à l'ancienne — il tenait les parapluies, ouvrait les portes, l'aidait à enfiler son manteau et se levait dès qu'elle s'approchait de leur table ou faisait mine d'aller aux toilettes. Visiblement, il savait comment se comporter avec les dames mais, sauf erreur, n'avait jamais été marié.

Il était peut-être homosexuel — de nos jours... Mais

l'instinct de Grace lui disait que c'était impossible. Il avait plutôt dû perdre sa femme il y a longtemps, et dans des circonstances qui l'avaient marqué à jamais. Il n'était pas entreprenant, ça, non. Grace ne l'aurait pas supporté. Ce genre d'homme n'amenait que des ennuis. Elle n'avait donc qu'à faire assaut de bonne éducation avec lui, avec féminité mais surtout distinction. Il ne fallait l'effrayer à aucun prix.

C'était la première fois qu'elle se lançait dans ce genre de combine, mais elle avait confiance. Six semaines, même pas, après une rencontre de hasard, n'était-elle pas confortablement installée dans un *steak-house* avec ce monsieur bien habillé qui portait une montre en or et n'était pas du genre à choisir systématiquement les plats les moins chers et à laisser un pourboire ridicule ?

Bien entendu, l'invitation avait été réitérée le dimanche suivant. Tout en réclamant l'addition, il lui demanda d'un air dégagé si elle accepterait de venir prendre le thé chez lui la semaine suivante.

— Ma mère serait ravie de vous connaître.

Grace chancela intérieurement. Sa mère ! Elle continua néanmoins de sourire aimablement.

— C'est une charmante idée. Est-ce qu'elle habite près de chez vous ?

— Nous vivons ensemble.

Elle ne sut que répondre « oh ».

Lorsque Janice vit Grace se préparer à sortir au milieu de l'après-midi du dimanche, elle leva les yeux du magazine féminin qu'elle était en train de lire et demanda :

— Tu sors déjà ?

— Eh oui ! répondit Grace en mettant des boucles d'oreilles des plus discrètes.

— Où vas-tu ?

Jamais Grace ne sortait le dimanche avant d'aller à l'*Old George*. Le dimanche était un jour de repos complet pendant lequel les deux femmes traînaient en robe de chambre, buvaient du café, mettaient la radio sans l'écouter vraiment. À midi, Grace préparait une grosse platée d'œufs brouillés, puis étudiait son plan de Londres en prévision des expéditions de la semaine à venir. Janice faisait la grasse matinée, se peignait les ongles, essayait de nouvelles coiffures, et ne tenait pas en place jusqu'à l'heure où elle s'habillait et se parfumait pour aller attendre Dave dans leur bar habituel (elle partait toujours en avance). Quelquefois il ne venait pas, et cela la rendait folle. Triste, surtout. À n'importe qui d'autre, elle aurait dit d'aller se faire voir, et elle aurait cherché ailleurs. Mais elle n'avait aucune envie de chercher ailleurs. Elle ne voulait plus de ces gros pleins de bière, suant et soufflant, qui l'appelaient « chérie » et ne cherchaient qu'à tirer un coup vite fait. Par le passé, elle ne faisait même pas attention à eux. Ils lui fournissaient de quoi vivre, c'est tout. Mais à présent, rien que d'y penser la rendait malade.

Elle aurait voulu lui téléphoner d'une cabine, mais il ne lui avait jamais donné son numéro. « Ne nous appelez pas, nous vous appellerons », avait-il l'habitude de plaisanter. Mais il n'appelait jamais. Il y avait un téléphone à jetons dans le hall de l'immeuble, et quand ils devaient se voir, elle tendait toujours l'oreille au cas où il sonnerait pour elle. Mais cela n'arrivait jamais.

Elle ne tenait pas en place. Elle se demandait où il était, avec qui, s'il avait une autre petite amie... Mais quand il revenait après lui avoir posé un lapin, il était toujours gentil. « Désolé, chérie, mais c'était la panique au bureau. Impossible de me dégager », disait-il, et elle fondait de bonheur.

Tout le dimanche elle se morfondait, mais sans trop le montrer. Depuis que Grace lui avait expliqué qu'il fallait éviter les contacts qui pourraient les faire repérer, elle avait peur d'elle.

Ce jour-là, comme elle le faisait toujours, Grace répondit à Janice que le meilleur moyen de ne pas entendre de mensonges était de ne pas poser de questions. D'un doigt mouillé elle adoucit l'arc de ses sourcils, se regarda dans le miroir d'un air approbateur et s'appliqua un rouge à lèvres discret.

Janice se mit à glousser.

— Tu pars en chasse ?

Grace la fusilla du regard.

— Je croyais t'avoir déjà dit de ne pas te mêler de mes affaires.

Elle noua son fichu, prit son sac à main.

— Je suppose que tu seras sortie quand je reviendrai. Fais attention à ne pas faire de bruit si tu rentres tard.

Eh bien ! Pendant un moment, Janice ne songea plus à Dave. Elle savait bien que Grace avait autant de goût pour le sexe que de la morue congelée. Alors qu'est-ce qu'elle avait derrière la tête ? Est-ce que son nouveau plan faisait une place à Janice ? Et sinon, qu'est-ce qui allait lui arriver ? Elle allait être toute seule de nouveau, à moins que Dave...

Un peu plus tard, dans une impasse près de Hampstead Heath, ils se reboutonnaient au fond de la Volkswagen quand elle se mit à pleurer. Elle pleurait toutes les larmes de son corps. On aurait dit une adolescente en détresse. Il lui essuya gentiment les joues avec le plat de la main.

— Allez... Qu'est-ce qui t'arrive ?

— Je sais que je suis nulle.

— Mais de quoi tu parles ?

— Je ne t'excite pas.

— Et on vient de faire quoi, alors ?

— Je suis nulle.

Il dégagea de son visage ses cheveux mouillés de larmes.

— Tu n'y étais pas, c'est ça ?

— Où ça ?

— Là où tu aurais dû être. Au septième ciel ! Tu sais que tu insultes ma virilité ?

Il l'embrassa sur les joues, et ses sanglots se firent

moins violents. Elle pleurnichait doucement à présent, se mouchait et cherchait son sac à main.

— Excuse-moi, je sais bien que je suis nulle.

— Pourquoi toujours te rabaisser ?

— Je fais tout rater.

— C'est vrai. Mais tu sais pourquoi ? Parce que tu t'y attends. Il faut te reprendre en main, ma petite fille, voir les choses en grand, avoir une attitude positive.

— Oh, Dave...

— Pourquoi ne travaillerais-tu pas ? Il y a plein de boulot si tu n'es pas trop regardante. Ça ne te vaut rien de traîner toute la journée à ne rien faire.

— Mais je...

— Je sais, je sais, tu fais des photos, tu fais l'hôtesse, etc. Moi je parle d'un vrai boulot, neuf heures-cinq heures, dans une boutique ou un bureau. L'éthique puritaine du travail, quoi !

Elle ouvrait des yeux ronds. Il eut un petit rire et l'embrassa encore.

— T'es vraiment qu'une petite tête ! Allez, on dégage.

Lorsqu'il la laissa au coin de sa rue, comme à l'accoutumée, elle lui demanda si elle le reverrait un jour.

— Sûrement... mais pas avant vendredi. D'accord ? Je suis de corvée.

— Ça allait, alors ?

— Écoute-moi, Jan, dit-il en lui prenant la main. Arrête un peu, tu veux ? Pour les garçons, c'est très simple de baiser. Je n'ai pas à me plaindre, mais toi, on voit que ton éducation a été négligée.

— Quoi ?

Il rit en ouvrant la portière.

— Allez, rentre chez toi. On se verra vendredi.

Elle sortit. La portière claqua. Il lui fit un signe de la main en s'en allant. Elle regarda la voiture jusqu'à ce qu'elle ait disparu, puis rentra lentement chez elle. Elle était toujours troublée, mais au fond d'elle-même elle se sentait timidement heureuse. Sans savoir ce qu'il

78

voulait vraiment, elle comprenait qu'il l'aimait bien. Elle n'était donc pas si nulle que ça.

Grace ne connaissait pas bien le quartier de Notting Hill Gate. Les maisonnettes ouvrières derrière le cinéma *Coronet* avaient depuis longtemps été transformées en coquettes maisons de ville avec lampes à l'ancienne, jardinières, et portes d'entrée rutilantes. Plus loin, vers Kensington, et aussi au nord du côté de Westbourne Grove, les maisons avaient toujours été cossues, et Grace n'y aurait jamais trouvé les modestes vieilles dames qu'elle recherchait. Plus loin encore, vers Harrow Road, c'étaient de grandes H.L.M. où Grace n'aimait pas travailler — sauf au rez-de-chaussée, où les vieilles personnes habitaient en général. Il y avait trop de fenêtres, d'escaliers, de petites ruelles où l'on risquait de se perdre. Et puis elle avait toujours préféré travailler le long de la Northern Line, avec toutes ses correspondances. C'était tellement commode.

Aussi avait-elle été rassurée que Mr. Robinson propose de la retrouver à la station de métro Notting Hill et de l'accompagner jusque chez lui. Quelle prévenance ! Comme cela elle ne risquerait pas de se perdre. Vêtu de son habituel complet sombre, massif, il se tenait à côté du contrôleur et lui serra la main quand elle arriva.

— Vous n'avez pas eu de difficulté à venir ?

— Non, c'était facile comme tout. Mais j'ai dû attendre le métro un temps infini.

— C'est dimanche...

— Ce n'est pas mieux en semaine..., me semble-t-il, je ne me déplace pas beaucoup.

— Par ici.

Ils passèrent le long d'alignements de petits hôtels particuliers, bien différents du dédale de ruelles des années trente qu'elle s'attendait à trouver. Elle ne marqua aucune émotion, pas plus que lorsqu'il lui avait appris qu'il avait une mère, et une mère qui habitait avec lui. Sur le coup, elle avait été horrifiée, mais en y réfléchissant elle s'était dit que c'était une bonne chose que sa mère voulût voir son amie. Dieu sait qu'elle savait s'y prendre avec les vieilles personnes. Elle savait tout de leurs petites manies, de leurs petits bonheurs. Bien sûr, elle avait d'abord eu un choc. Jamais elle n'aurait pensé avoir affaire à une mère, mais ce pouvait être une aubaine, au fond. La vieille dame serait heureuse qu'une femme veuille bien écouter ses doléances. Une fois que Grace aurait fait sa conquête, il devrait être beaucoup plus facile de s'occuper de Mr. Robinson.

À l'intérieur de la maison, ce n'étaient que couloirs et escaliers de pierre grise qui lui rappelèrent Peabody, où elle avait habité un moment. Ils restèrent au rez-de-chaussée et traversèrent un long couloir au bout duquel Mr. Robinson ouvrit une porte blindée, non sans avoir sonné trois fois et fait claquer la boîte aux lettres.

Ils entrèrent dans un long couloir obscur, aux murs couverts de photographies et de gravures, sur lequel donnaient plusieurs portes closes. Par l'entrebâillement d'une nouvelle porte, au fond, leur parvenaient des odeurs de menthe chaude.

Mr. Robinson entra le premier.

— C'est nous, maman.

— Ah, je vous souhaite le bonjour !

Ce n'était pas la voix d'une petite dame cardiaque et tracassée par sa cataracte, mais celle d'une matrone à la carrure impressionnante. Même allongée, elle paraissait aussi massive que son fils. Elle n'était pas grasse pour autant, sculpturale plutôt, avec une poitrine plastronnante couverte de chaînes et de colliers comme un autel d'offrandes, et des bras épais que laissait presque entièrement nus une robe bleue sans manches. Elle devait aussi être grande, car sa tête s'appuyait au sommet du dossier d'une haute chaise qui ressemblait à un trône. Malgré la pénombre (les portes-fenêtres, qui donnaient sur une petite ruelle obscure, étaient tendues d'épais rideaux de mousseline et de bro-

80

cart), Grace remarqua que les cheveux de Mrs. Robinson, coiffés à la façon de Mrs. Thatcher, étaient teints si noirs qu'ils paraissaient avoir des reflets verts. Ils surmontaient une figure aussi pleine que celle de son fils, à la mâchoire aussi carrée, mais plus colorée. Elle s'était mis du rouge à lèvres et une ombre à paupières turquoise. À ses oreilles, elle arborait de grosses perles, et à ses grosses mains, posées sur les accoudoirs comme sur un trône, une ou deux lourdes bagues.

— Je vous souhaite le bonjour, répéta-t-elle de sa voix grave. Mrs., euh...

— Black, dit Grace.

Son plan prévoyait, à ce moment de la conversation, d'ajouter « appelez-moi Grace », mais elle sentait que ça n'irait pas.

— Conroy, vite ! Une chaise pour Mrs. Black.

Il en apporta une, et Grace put s'asseoir, son sac à main sur les genoux. La pièce était très chaude, grâce à un poêle à gaz antique qui ronflait dans une cheminée toute de vert carrelée. De nombreux meubles s'y pressaient, massifs comme leur propriétaire, et, comme dans le couloir, les murs étaient couverts de photos et de ce qui ressemblait à des diplômes.

Mrs. Robinson considéra Grace un long moment, examinant aussi bien ses chaussures, solides plus qu'élégantes, que son discret maquillage ou ses cheveux soigneusement teints. À la fin, elle dit :

— Merci beaucoup d'être venue. Conroy est tellement secret ! Il ne m'a presque rien dit de vous.

Derrière son sourire de façade, Grace tentait de s'adapter le plus rapidement possible à la nouvelle situation. Son cerveau travaillait à toute allure, tic-tac, tic-tac. Elle répondit modestement :

— C'est qu'il n'y a rien de bien intéressant à en dire.

— Mais si, il y a toujours quelque chose à dire ! Chaque être humain a sa personnalité, ses émotions. Vous êtes veuve, je crois.

— C'est exact.

— Moi aussi — mais vous le savez déjà. J'ai la chance d'avoir un excellent fils qui me tient compagnie. Vous n'avez pas d'enfant ?

— Non, je l'ai toujours regretté. C'était la guerre et mon cher mari était au front, puis à peine démobilisé... Elle sourit faiblement.

— Mais j'ai une nièce — je suis sûre que Mr. Robinson vous a parlé d'elle. Évidemment, ce n'est pas la même chose, mais c'est une brave fille. Elle saura s'occuper de moi.

— Eh oui, on a besoin de quelqu'un qui s'occupe de vous. C'est rassurant.

Grace déplaça sa chaise un peu plus loin du feu, car elle sentait son visage s'empourprer et son corps s'engourdir d'une façon qui l'empêchait de penser avec sa netteté habituelle. Elle se rendait compte que Mr. Robinson (Conroy !) avait disparu, dans la cuisine sans doute, à en juger par les bruits de vaisselle et de tiroirs qui lui parvenaient.

— Connaissez-vous cette partie de Londres, Mrs. Black ? Elle a beaucoup changé, c'est une affaire entendue. Le vieux Notting Hill, avec ses petites boutiques, n'existe pratiquement plus. À la place on a construit ces immondes baraques. Je ne dis pas qu'il n'y avait pas de taudis à l'époque. C'était un endroit dangereux, mais il avait du caractère, voyez-vous, bien plus que maintenant avec toutes leurs rénovations — je crois qu'on dit comme ça.

Tandis qu'elle poursuivait son récit nostalgique, son fils apporta un plateau couvert d'un napperon brodé et de tous les ustensiles nécessaires pour servir le thé. Il le posa sur la petite table près de la chaise de sa mère, retourna dans la cuisine et en revint avec un serviteur muet de style ancien, chargé de mille douceurs.

— Merci, chéri, dit sa mère en tournant son énorme corps pour verser le thé. Du lait ? Du sucre ?

On donna une tasse à « Mrs. Black ».

— Un petit sandwich ? Conroy est un virtuose des

sandwiches. Je ne comprends pas comment il arrive à couper le pain aussi fin.

Durant ces échanges d'amabilités, Grace pensait à cent à l'heure. Et d'abord, Mr. Robinson devait être radicalement réévalué. Peut-être était-il pédé, finalement. Les tapettes étaient toujours dans les jupons de leurs mères, et cette grosse vache qui devait avoir quatre-vingts ans au bas mot — puisque Conroy avait dit qu'il atteindrait bientôt l'âge de la retraite — semblait avoir d'énormes jupons ! Et même s'il l'était ? Les tapettes avaient toujours des amies femmes, et si son truc, c'était d'être materné, Grace pouvait être aussi maternelle qu'on voulait. Pourtant, elle n'arrivait pas à y croire. Il avait quelque chose de trop carré, de trop décidé, en dépit de ses petits sandwiches. Auquel cas... Mais il fallait tenir compte de Madame Mère. Avec elle, c'était une tout autre paire de manches.

Grace, toujours souriante, étudiait soigneusement son hôtesse. C'était encore une belle femme, avec une peau étonnamment bien conservée pour son âge, même si elle aurait dû cacher les fanons et les plis de son cou et de ses bras. Son maquillage avait quelque chose de vieux jeu. Il était trop voyant, comme lorsqu'elle était jeune, et avait quelque chose d'un peu répugnant sur une dame d'âge. Quant à ses cheveux si noirs, ils étaient franchement ridicules.

Tout en sirotant son thé, Grace jeta un coup d'œil sur les jambes de Mrs. Robinson. Elles étaient énormes. Gonflées et couvertes de bandages. Grace savait que c'était signe d'ulcère, de varices mal soignées et probablement de forte tension. Elle avait vu cela mille fois dans ses maisons de retraite. Donc, elle ne pouvait pas bouger ? C'était déjà ça...

— Vous regardez mes photos, à ce que je vois, dit Mrs. Robinson quand la conversation s'alanguit. J'étais actrice, comme Conroy vous l'a sans doute dit.

Grace hocha la tête, et Mrs. Robinson regarda son fils d'un air amusé (ou torve, difficile à dire).

— Ah, quel enfant étrange ! Il a toujours été embarrassé d'avoir une mère célèbre. Enfin, peut-être pas célèbre... — elle minauda un instant — mais connue... Vous avez entendu parler de Marion Conroy ?

— Ah !

— Je vois que vous avez oublié.

Elle regarda Grace sans aménité.

— Mais peut-être n'écoutez-vous pas la T.S.F. ?

— Pas beaucoup, je le crains...

— J'étais lady Belhampton dans *Le Journal de Jane la gouvernante.*

Oui, cela disait quelque chose à Grace. Et pour cause. Même si on ne l'écoutait pas, comment ne pas au moins avoir entendu parler de ce feuilleton bihebdomadaire sur la vie d'une grande famille victorienne ? L'émission avait commencé peu après la guerre et s'était poursuivie jusque tout récemment. Les pensionnaires de ses maisons de retraite l'adoraient, pour autant qu'ils aient encore eu le goût à quoi que ce fût.

— Ça alors !

Mrs. Robinson était ravie.

— Avant cela, bien sûr, je jouais au théâtre — Stratford, l'Old Vic. J'ai tout abandonné quand je me suis mariée et que Conroy est arrivé — vous comprenez mieux pourquoi il porte ce prénom étrange, n'est-ce pas ? Je ne voulais pas qu'on oublie mon nom d'artiste.

Nouveau regard amusé vers son fils.

— Mais quand mon mari est mort si jeune — il n'avait que cinquante-trois ans —, je suis remontée sur les planches. J'ai joué dans pas mal de pièces de boulevard. Vous vous souvenez de Poivre et Sel ?

Oui, Grace se souvenait de Poivre et Sel, un duo de comiques qui avaient écumé les scènes londoniennes dans les années cinquante et soixante. Elle les avait même vus sur scène, une fois où elle était venue à Londres. Il y avait toujours un personnage de duchesse entre deux âges dont Poivre et Sel essayaient de tirer avantage sans vraiment y réussir. Était-ce Mrs. Robinson ?

Oui, c'était elle. Conroy alla bien gentiment chercher les photographies encadrées sur le mur, et Grace put vérifier que tout était authentique : les décors, les poses, et les dédicaces — « À Marion pour la vie. Bill », et « Pour ma chère Marion. Fay ».

— Ça alors ! répéta Grace.

Il y avait aussi de nombreux autographes de gens plus ou moins connus, et ce qu'elle avait d'abord pris pour des diplômes étaient des affiches avec le nom de MARION CONROY en grosses lettres. On lui montra des recueils de coupures de journaux qui sentaient le moisi. Conroy avait été les chercher au sommet d'une bibliothèque dès que sa mère avait exprimé le désir de les voir. « La prochaine fois il faudra que je vous fasse voir mes costumes. Oui, j'ai pu garder certains des plus jolis. Les directeurs n'étaient pas trop regardants dès lors que vous en aviez vraiment envie et que vous jouiez l'un des rôles principaux. Et puis mes effets personnels — les bijoux que je portais quand je jouais Regan, par exemple, mon cher Donald les aimait tant — et mes perruques. J'ai toujours insisté pour porter mes propres perruques. »

Pendant tout ce discours, Conroy n'avait presque rien dit. Il allait chercher ce qu'on lui demandait, le remettait en place, rapportait à la cuisine ce qui devait l'être. Grace avait proposé de faire la vaisselle, mais il l'avait presque rabrouée tandis que sa mère ouvrait un nouvel album de coupures de presse sur son giron généreux. Grace reconnaissait vaguement ce qui datait de l'époque du *Journal de Jane la gouvernante* et de Poivre et Sel, mais avant cela elle était perdue. Les noms de Tchekhov, Maugham, ou Old Vic ne lui disaient rien. Elle s'efforçait de pousser des oh ! et des ah ! aux bons endroits, au fur et à mesure qu'on tournait les pages jaunies, mais ne pouvait s'empêcher de sourire en voyant Marion Conroy rajeunir à vue d'œil et prendre

85

des poses de plus en plus mélodramatiques dans ses robes d'autrefois, ou bien sur son trente et un dans une robe du soir en satin, ou encore (mais c'était pendant la Première Guerre) serrée dans des collants et une tunique pour jouer Will Scarlett, disait la légende, ou affublée d'un chapeau de petit pâtre et envoyant des baisers à la ronde — elle ne pouvait pas avoir plus de vingt ans et était déjà bien en chair, pas comme les filles de maintenant, il suffisait de penser à Janice...

Et voilà que, sur les pages tombant en lambeaux d'une revue intitulée *Le Théâtre illustré*, Grace découvrait une série de clichés pris au Statford Memorial Theatre — jamais elle n'aurait imaginé qu'il y eût un théâtre de ce genre dans l'East End de Londres. Marion Conroy et ses camarades avaient l'air de mannequins de cire avec leurs costumes antiques et leurs toges. Quelle dégaine ! Comment pouvaient-ils ne pas éclater de rire ?

Grace réussit à garder son sérieux et à quitter les lieux avec dignité. Mrs. Robinson était renversée sur sa chaise, toute à ses souvenirs. Elle paraissait son âge — c'est-à-dire, si Grace avait bien lu les programmes et les coupures de presse, nettement plus de quatre-vingts ans. Ses joues paraissaient très rouges, d'autant plus rouges que ses cheveux étaient noirs comme le jais. Son mascara avait coulé, son rouge à lèvres débordait, et sa respiration se faisait bruyante.

Conroy accompagna Grace jusqu'à la porte, mais pas jusqu'au métro. Ils se séparèrent sans convenir d'un nouveau rendez-vous, et Grace revint de Notting Hill avec bien des choses en tête.

— Comment ça a marché, ton rendez-vous ? n'oublia pas de demander Janice le lendemain matin.

Comme Grace l'avait prévu, elle était rentrée tard. Grace lui en avait été reconnaissante. Elle n'avait pas envie d'avoir Janice dans les jambes, avec tout ce qu'elle avait à penser.

— C'était très bien.

— Vous êtes sortis ?

— Non, il a un joli appartement.

Janice, jamais très curieuse, n'en demanda pas davantage. Elle ne songeait qu'à ce qui s'était passé la veille sur la banquette arrière. Quand même, elle trouvait un peu fort qu'un vieux birbe comme Mr. Robinson ait un joli appartement où recevoir ses petites amies (même si Grace n'entrait pas dans cette catégorie) alors que Dave ne pouvait pas la recevoir.

Lorsqu'ils passaient sur la banquette arrière, dans une contre-allée ou un parking, il lui arrivait de plus en plus souvent de demander à Dave pourquoi ils n'allaient pas chez lui (même si elle essayait de ne pas trop insister, elle ne voulait pas le lasser). Ils s'entendaient bien, mais jamais ils n'avaient fait ça dans un lit, et Janice mourait d'envie de coucher avec Dave dans un vrai grand lit. S'il se moquait gentiment d'elle, il lui faisait surtout si bien l'amour qu'elle prenait peu à peu conscience qu'il existait quelque part, profondément enfoui en elle, un monde de désirs, de pulsions, d'envies inconnues.

Jusqu'alors le sexe ne lui avait jamais apporté qu'une vague démangeaison, et elle n'avait jamais compris pourquoi les hommes en faisaient tout un plat. Elle leur faisait tout ce qu'ils voulaient puisque c'était le seul moyen de se faire payer à manger et à boire, et que pendant qu'ils faisaient leur affaire elle se sentait moins inutile. Mais aucun de ceux qu'elle avait connus n'avait pris la peine de passer avec elle plus de temps qu'il ne lui en fallait pour tirer son coup et prendre son pied. Du moment où ils avaient ouvert leurs braguettes, elle avait le sentiment de ne plus être Janice mais une fente quelconque.

Dave était différent. Il faisait attention à elle. Avec lui, ils pouvaient passer jusqu'à vingt minutes sur la banquette arrière, et, au lieu que son corps soit sauvagement mordu ou frappé, elle le sentait qui s'éveillait chaque fois un peu plus, lui faisant entrevoir la possibilité d'une jouissance inouïe qui aurait raison de sa passivité et la ferait partir en feu d'artifice.

Mais ça n'arriverait jamais à l'arrière de la Volkswagen, où ils devaient rester à moitié habillés et craignaient toujours qu'un policier ne leur braque une torche en pleine figure.

— Pourquoi ne va-t-on pas chez toi, Dave ?

— Je te l'ai déjà dit, chérie. Ma propriétaire ne veut pas de femmes chez elle.

— Elle doit dormir.

— Elle a l'ouïe fine, crois-moi, et un chien méchant.

— Tu pourrais déménager.

— Non, c'est commode. Elle me lave mes caleçons.

— Et la laverie automatique, c'est pas fait pour les chiens !

Elle était vraiment irritée, maintenant.

— C'est bon pour les types qui n'ont rien d'autre à faire que regarder leurs chaussettes faire la cabriole et draguer les ménagères.

Il avait passé la main sous son pull.

— Elle est vieille ?

— Une antiquité.

— Tu ne couches pas avec elle ?

— Tu veux rire. Après toi je suis vidé.

— C'est vrai ?

— Tu veux parier ?

Pourtant, elle avait toujours l'impression qu'il était ailleurs. Il était patient, malin, mais quand ils avaient fini et qu'il l'aidait à se reboutonner, elle sentait qu'il lui échappait. Tant qu'ils baisaient, il lui appartenait, et puis il lui filait entre les doigts. Il l'embrassait sur la joue, faisait des plaisanteries idiotes sur ses vertèbres qui craquaient, et démarrait.

— Pourquoi on ne va pas chez toi, Dave ?

Elle n'arrivait pas à se sortir cette idée de la tête. Elle y pensait tout le temps — quand elle traînait dans la chambre, quand elle faisait les courses, quand elle sortait avec Grace. Pas pendant les opérations elles-mêmes, non, elle avait trop peur de Grace et se concentrait au maximum pour ne pas encourir sa colère. Elle préparait consciencieusement le thé et mettait bien les comprimés au fond des tasses pendant que Grace faisait son numéro aux pauvres vieilles qui buvaient ses paroles comme du petit-lait. Mais après, dans le métro, quand elles revenaient chez elles avec leurs cabas pleins, les mêmes phrases recommençaient à lui trotter dans la tête : pourquoi ne pas aller chez Dave, on pourrait s'allonger, s'étirer tant qu'on voudrait, se caresser, se...

— Réveille-toi, Jan, pour l'amour du ciel ! Tu as l'air d'un zombie...

— Désolé, poupée, ça n'arrête pas, dit Dave en se laissant tomber sur le siège à côté de Janice lors de leur rendez-vous suivant — il portait son costume de travail, et pas les vêtements plus relax qu'elle lui voyait habituellement. Rien de grave, mais c'est un peu la panique. Il va falloir attendre un jour ou deux avant de se revoir. Mais on se retrouve samedi, d'accord ? Ça devrait s'être calmé. Et si tu es bien sage on ira s'éclater en ville. Ça te dit ?

Il lui ébouriffa les cheveux.

— Tu t'es encore trompée d'ombre à paupières !

— On va passer une soirée ensemble ?

— Et une nuit, petite tête ! On va aller dans un hôtel dans le West End et on va bien s'amuser. D'accord ?

Elle était rouge de bonheur.

— On va aller à l'hôtel ?

— Comme je te dis.

— Oh, Dave !

— On verra ça vendredi. Si je peux me libérer. Mais ça devrait marcher. Sinon, bon, on s'arrangera.

Il lui tapota la main, mais elle prit la sienne et la serra très fort.

— Dave, tu es sérieux ? Tu ne me racontes pas d'histoires ?

— Maintenant ? Tu n'y penses pas ? Allez, on va arranger le coup vendredi, avec l'aide de Dieu.

— Oh, Dave !

Il l'embrassa rapidement, se leva et disparut. Elle n'en revenait pas. Elle était si chamboulée qu'elle en oubliait de finir sa vodka-Coca. Toute une nuit ! Dans un hôtel ! Dans un lit...

L'hôtel où Dave avait retenu une chambre avait connu des jours meilleurs dans ce qui était alors la partie élégante du West End et était devenu une jungle de fast-foods, de boîtes de strip et de mille commerces plus ou moins avouables. Le hall avait un haut plafond voûté qui avait dû être doré soixante ans plus tôt et avait bien besoin de retouches. Il était mal éclairé, et, là où un portier en livrée arrêtait autrefois les taxis, on ne voyait plus qu'un kiosque à journaux. Il n'y avait plus ni fauteuils ni canapés au salon pour attendre ses amis, plus de vitrines luxueuses non plus, juste une petite boutique qui vendait des banderoles, des badges, des tasses avec la Tour de Londres, des gardes miniatures et des cartes postales de la famille royale. Une fois passé le grand bureau de la réception, une relique des jours fastes, on entrait dans un autre hall au tapis usé jusqu'à la corde par des milliers et des milliers de pas, et de là on pouvait se rendre dans divers bars et restaurants aux murs imprégnés de l'odeur des repas d'autrefois et à la musique d'ambiance envahissante.

Dave et Janice durent porter eux-mêmes leurs bagages jusqu'à l'ascenseur. Leur chambre, au quatrième étage, était froide et fonctionnelle avec ses deux lits, sa machine à thé, sa télévision et la vue imprenable qu'on avait sur un puits sombre depuis des fenêtres toujours fermées à cause de l'air conditionné.

Ils avaient du mal à ne pas se cogner dedans, tellement c'était petit. Dave la prit dans ses bras et l'embrassa à pleine bouche en la couchant sur un des lits. Elle se sentait bizarrement nerveuse et le repoussa doucement — elle voulait bien baiser tout de suite, si c'était ça qu'il voulait, mais elle aurait préféré attendre. Il n'insista pas. Allongé sur son lit, il la regarda se changer et se maquiller, comme s'ils étaient un vieux couple et qu'il l'ait vue faire ça mille fois. Ils descendirent au *Bar des Amis* boire un verre, puis dînèrent à la *Rôtisserie* avant de sortir en ville.

Ce week-end se passa comme un rêve pour Janice. Après l'apéritif et le dîner, le cinéma, la musique, la chambre si impersonnelle et la gentillesse de Dave la maintinrent sur son petit nuage. Et quand ils finirent par se coucher, ivres d'alcool et de musique — ils étaient allés dans une boîte de Soho après le cinéma —, il se glissa contre elle, nu comme un ver. Elle ne se rendit pas compte tout de suite de ce qu'il faisait, car elle était distraite par les draps bien lavés, l'oreiller inhabituel, la largeur insuffisante du lit qui n'était prévu que pour une personne, et surtout par sa nudité — jamais elle n'avait vu d'homme nu. Elle n'était d'ailleurs pas sûre que cela lui plaisait. Lorsqu'il lui chuchota d'enlever le baby-doll qu'elle avait spécialement acheté la veille, elle refusa avec la dernière énergie. Elle était troublée par la chaleur de ce corps nu, par ses cheveux, par son odeur entêtante, par la sienne aussi — malgré les draps frais et aseptisés, elle sentait leur chaleur commune. Dans l'obscurité et le désordre des draps et des couvertures, tandis qu'il frottait étrangement sa peau contre la sienne, elle se laissa faire, paniquée et désespérée à la fois. Elle se sentait en terrain étranger et ne comprenait pas où il voulait l'emmener. Elle aurait pu y arriver, mais elle était trop troublée et ne savait même plus si elle en avait envie. Elle resta réveillée un bon moment après qu'il fut retourné dans son lit. Elle écoutait sa respiration régulière. Comme c'était bizarre, irréel, de se trouver dans cette chambre impersonnelle avec un Dave tout nu. Pour un peu, elle aurait regretté Grace. Elle finit par s'endormir.

Le lendemain, elle se réveilla quand Dave se glissa

à côté d'elle. Et, cette fois, elle le suivit là où il voulait l'emmener. Il l'avait prise par surprise, et elle n'était pas vraiment sûre d'aimer ça, mais elle ne voulait pas flancher. Pas question. Elle avait peur, et elle était heureuse. Soudain, elle se sentit envahie d'amour et elle le serra de toutes ses forces pendant qu'il continuait de la besogner. Elle l'aurait tué plutôt que de le laisser s'en aller avant qu'il ait connu le même cataclysme. Il se mit à grogner, comme elle avait crié, et, lorsqu'il s'effondra sur elle de tout son poids, elle eut un sentiment de triomphe et de soumission inouï. Elle était prête à mourir pour lui, ou à le tuer. Il s'endormit.

Quand il se réveilla, il était d'excellente humeur, chanta sous la douche, lui donna une tape sur les fesses au passage, et se rasa avec soin. Il la laissa se préparer et descendit acheter le journal. Il la retrouverait dans le hall, d'accord ? Elle se dépêcha, craignant un peu qu'il n'ait disparu quand elle descendrait. Elle avait si souvent été déçue. Crac-crac boum-boum, merci m'dame. Il y en avait qui ne disaient même pas merci. Ils voulaient juste tirer un coup vite fait. Mais Dave, le mystérieux Dave, avait voulu à tout prix la faire jouir aussi. Et il avait réussi. Elle tremblait de bonheur rien qu'à ce souvenir, mais il s'en irait quand même un jour. Peut-être qu'il était déjà parti. Pourvu qu'il ait payé la chambre. Pas si sûr.

Mais non, il était bien là qui lisait l'*Observer*, et il lui offrit le bras pour aller prendre le petit déjeuner. Il avait grand-faim, et il la convainquit de faire honneur au jus de fruits et aux œufs brouillés, alors qu'avec Grace elle ne prenait jamais qu'une tasse de thé. L'appétit lui vint en mangeant. Elle se sentait heureuse et forte. Comme si une force inconnue rendait son corps plus plein et plus doux. Elle avait une folle envie de le toucher mais peut-être n'aimerait-il pas ça. Elle aurait voulu remonter dans la chambre et tout recommencer, mais il ne le proposa pas. Il voulait sortir.

C'était une belle matinée et il l'emmena à Piccadilly,

puis dans le parc où ils allèrent jusqu'au coin des Orateurs. Jamais elle n'aurait pensé qu'un endroit pareil pût exister. Le parc, elle le connaissait, elle y était allée plusieurs fois (surtout quand elle était fauchée, avant de rencontrer Grace), mais un endroit comme ça, avec sa foule bon enfant et ces types, des Noirs et des Blancs, qui montaient sur des cageots, des échelles, n'importe quoi, pour gueuler à tous les vents, sans peur du ridicule, les cheveux et l'écharpe en bataille, elle n'en avait jamais vu.

Deux flics veillaient paternellement, à petite distance, sur les orateurs dont la voix se brisait, grondait, rebondissait comme un torrent lorsqu'on les contredisait. Possédés par leur rêve, ils semblaient indifférents au vrombissement continu des voitures qui tournaient autour de Marble Arch et de ses fontaines.

— C'est ça, la démocratie, dit Dave.

Il lui passa un bras autour des épaules et caressa ses seins. Elle aurait voulu revenir tout de suite à l'hôtel, mais il se dirigea vers un autre groupe. Il la tenait toujours par les épaules.

— Regarde bien. Ça t'instruira. C'est comme ça que nous sommes devenus un grand pays.

— Comment ça ?

Il rit et l'embrassa sur la joue.

— Grâce à la liberté d'expression, ma petite.

— Pas de repos pour les braves ? lança une voix derrière eux.

Un jeune homme râblé, sanglé dans un anorak, les regardait d'un air interrogateur. Dave enleva son bras.

— Salut, Porky. Le monde est petit.

— De plus en plus petit !

Il les regardait l'un après l'autre avec une sorte d'indulgence menaçante.

— Qui est-ce ?

— Janice. Je te présente Porky, un pote à moi.

— Salut, Janice.

— Salut.

Il se retourna vers Dave, les mains enfoncées au fond de ses poches, bizarrement agressif.

— Tu travailles ?

— Non, j'ai mon week-end. Et toi ?

— Comme ci, comme ça. On ne sait jamais.

— Bon, ben, à plus tard !

— C'est ça, fils !

Il sourit en les regardant s'éloigner.

— Qui c'était ?

— Un pote à moi, répéta-t-il.

Il avait l'air ennuyé. Il la prit par le coude et l'entraîna à travers Park Lane vers la plus proche station de métro.

— Il faut se dépêcher de rentrer à l'hôtel. La chambre doit être libre à midi.

Lorsqu'il furent revenus dans la chambre, elle contempla avec regret le lit défait tout en rassemblant ses affaires.

— Si seulement on pouvait rester...

— Avec des si on mettrait Londres en bouteille.

— Comment ?

— C'est ce que disait ma grand-mère.

— Qu'est-ce qu'elle voulait dire ?

Il referma sa valise et la prit dans ses bras.

— Petite, tu es tellement nunuche que je me demande parfois si tu existes vraiment, fit-il d'une voix moqueuse, mais il la regardait avec tendresse. Qu'as-tu donc fabriqué pour être aussi nouille ?

— Oh, Dave !

— Oh, Dave ! la singea-t-il en lui tapotant la joue. Allez, en route. Pourquoi n'irait-on pas faire une virée à Brighton cet après-midi ? Je te ramènerai ce soir. D'accord ?

Ce qu'ils firent.

Elle avait dit à Grace qu'elle ne rentrerait pas ce soir, mais Grace n'y avait pas spécialement fait attention. C'était déjà arrivé avant, et au fond Grace n'était pas mécontente d'être un peu tranquille.

Elle n'était pas allée à l'*Old George* le dimanche qui avait suivi le thé de Notting Hill Gate. Mrs. Robinson avait sûrement envie d'une oreille compatissante, mais Robinson (Conroy!) était un personnage trop circonspect pour que Grace donne l'impression de vouloir brusquer les choses.

Il eut l'air content de la revoir deux semaines plus tard. Comme d'habitude, il se leva à demi lorsqu'elle s'approcha, et alla au bar lui chercher son gin-vermouth. Elle retira son fichu qu'elle plia avec soin et rangea dans son sac. D'un geste familier, elle fit légèrement bouffer ses cheveux ondulés. Le pub était toujours aussi sombre, avec ses tablées d'hommes en goguette et de femmes sémillantes, et, au bar, ses alignements de bouteilles vivement éclairées qui prenaient des airs de vitraux. La musique d'ambiance paraissait suinter des murs. Personne n'y faisait attention.

— *Santé!* dit-il en levant son verre de vin.

— À la vôtre, répondit-elle en trempant ses lèvres dans son gin.

— Vous avez oublié, dimanche dernier?

— J'étais enrhumée.

— Ah, ces rhumes d'été! Ça n'en finit pas.

— En effet.

Un ange passa à tire d'aile. Chacun d'eux but une gorgée.

— Ma mère était très heureuse que vous veniez...

— Comme c'est gentil! Elle a beaucoup d'allure pour son âge.

— Je n'ai jamais pensé qu'elle était âgée. C'est une grande dame du théâtre anglais.

— Bien sûr, je voulais juste dire que...

— C'était une beauté, vous savez.

— Sans doute.

— Elle a quitté la scène quand elle a épousé mon père. Elle a tout plaqué. Incroyable!

— Mais ce feuilleton à la radio...

— C'était après la mort de mon père. Il était avocat

95

et ne nous a pas laissé grand-chose, bien sûr. Mais maman n'est pas du genre à se tourner les pouces. Elle a fait son come-back avec *Poivre et Sel*. Il n'y a pas beaucoup d'actrices de sa trempe de nos jours. C'était une grande dame du théâtre anglais.

— Je m'en suis rendu compte.

— Après, elle a joué dans le feuilleton. Depuis le début. Avec la distribution originale. Elle ne considérait pas cela comme du théâtre, mais elle n'a jamais manqué un enregistrement.

— Eh bien, vous m'en direz tant !

Il remplit son verre, et vida la bouteille du même coup. Il paraissait n'avoir plus rien à dire, et ils restèrent un moment silencieux dans le bar si bruyant. En fait, Grace tournait sept fois sa langue dans sa bouche.

— Je suppose qu'elle a gardé des contacts.

— En fait..., commença-t-il, et ses traits semblèrent s'affaisser tout d'un coup, il n'y en a plus beaucoup comme elle. Et elle a du mal à se déplacer...

— Je me demandais...

Grace s'arrêta. La tête penchée comme si elle n'osait pas, les doigts tourmentant le bord de son verre, elle poursuivit :

— Croyez-vous que ça lui ferait plaisir que je passe quelquefois lui faire la conversation ? Je ne voudrais pas déranger, et je suis sûre qu'elle est très contente de rester seule avec ses souvenirs. Mais si vous pensez qu'elle aimerait me voir de temps en temps, n'hésitez pas !

Il n'eut pas l'air aussi surpris qu'elle l'aurait souhaité, mais il semblait sincère, et même chaleureux.

— C'est très généreux de votre part. Je suis sûr que vous êtes très sollicitée.

— Je crois que je pourrais m'arranger. Ce serait avec plaisir. Je pourrais passer prendre une tasse de thé et bavarder un instant, faire quelques courses, un peu de lessive, de petites choses de ce genre-là. Une fois par semaine, par exemple.

— Puis-je lui en parler ?

— Je vous en prie. J'en serais ravie. Une femme comme votre mère doit connaître de ces histoires... Et puis je suis infirmière diplômée. Vous pouvez avoir toute confiance.

— Je n'en doutais pas !

Il la regarda avec une sorte d'affection.

— C'est très généreux de votre part, vraiment. Elle sera si heureuse... Avec moi au bureau toute la journée, les journées lui semblent bien longues.

— Quand vous prendrez votre retraite, tout cela s'arrangera. Vous êtes la crème des fils.

— C'est la crème des mères !

Ainsi donc, tout fut arrangé. Il en parlerait avec sa mère, et, si elle se faisait à cette idée, il laisserait une clef à la concierge tous les mercredis après-midi pour que Grace puisse entrer lui faire la conversation en buvant une tasse de thé (même avec ses béquilles Mrs. Robinson avait du mal à se traîner jusqu'à la porte). Grace n'était pas trop chaude à l'idée de passer par la concierge — moins elle voyait de gens qui risquaient de la reconnaître, mieux elle se portait. Mais pas moyen de faire autrement, et, de toute façon, ce n'était pas bien grave cette fois-ci puisqu'elle allait jouer cartes sur table un bon moment. Le mercredi, au fond, c'était assez commode. Elle pourrait explorer les environs — Ladbroke Grove, Harrow Road, Shepherd's Bush — avant d'aller prendre une tasse de thé revigorante chez la vieille dame.

Comme d'habitude, ils se quittèrent à la station de métro, mais avec une sorte de complicité inhabituelle. Chacun, pour ses propres raisons, paraissait confiant dans l'avenir. Et le dimanche suivant, quand ils se revirent à l'*Old George*, il put lui dire que sa mère était d'accord.

Grace se lança dans l'affaire avec une prudence de serpent. Jamais elle n'avait pris autant de risques. Elle se demanda si elle ne devrait pas apporter un petit cadeau à Mrs. Robinson, une plante en pot ou une boîte de chocolats, mais finalement elle préféra n'en rien faire. Pas la première fois, en tout cas. Il fallait rester digne. Cette première entrevue devait rester celle de deux dames d'âge dont l'une savait bien que l'autre avait été une célébrité en son temps, tandis que l'autre était reconnaissante à son interlocutrice de lui permettre de s'exprimer. Toute l'expérience de Grace, quand elle travaillait en maison de retraite comme au cours de ses entreprises plus récentes, lui avait appris que les vieux avaient besoin de quelqu'un à qui parler plutôt que de quelqu'un qui vînt leur raconter des histoires qui n'étaient pas les leurs. Passé quatre-vingts ans, ils ne pouvaient guère plus se soucier que d'eux-mêmes. Et si, par extraordinaire, ils voulaient savoir quelque chose de Grace, celle-ci se sentait parfaitement à l'abri derrière sa carapace de mensonges.

Elles s'asseyaient de part et d'autre du poêle à gaz, sous un lampadaire aux franges épaisses qui faisait des reflets verts sur les cheveux teints de Mrs. Robinson. On avait préparé pour elles un plateau bien garni, toujours posé sur une table basse à côté de la chaise de Mrs. Robinson, et Grace n'avait plus qu'à brancher la bouilloire. Il ne faisait pas froid dehors, mais le poêle ronflait et la chaleur dans la pièce paraissait d'autant plus étouffante que les murs étaient couverts de photos de toutes sortes, qui se découpaient sur des fonds pourpres et étaient encadrées de bordures de satin, comme on faisait dans les années cinquante. Les meubles étaient dépareillés, lourds, et il y en avait trop. En plus, ils étaient couverts de coussins de velours et de satin effrangés, de napperons de brocart supportant des photographies encadrées, et d'une collection de fleurs séchées de toutes les espèces. Bref, c'était une pièce entièrement consacrée au culte de Marion Conroy, et Grace se demandait souvent en buvant son thé comment Conroy (quel nom !) pouvait supporter cela.

98

Au début, elles ne parlaient de rien en particulier : du temps, de la famille royale, du prix des choses. Mais Grace avait appris que Mrs. Robinson ne sortait jamais. Tout au plus, lorsque le temps était au beau fixe, son fils l'installait-il tout emmitouflée dans la minuscule courette devant la fenêtre de sa chambre. Elle ne faisait que quelques mètres carrés mais était assez ensoleillée, et Conroy avait fait pousser des rosiers grimpants le long des hauts murs qui protégeaient Mrs. Robinson des regards indiscrets. Quand on avait été si longtemps une célébrité, on tenait à sa vie privée. C'était comme la reine.

Elles étaient tombées d'accord pour dire que personne ne pouvait rivaliser avec la reine, sinon la reine mère. Les plus jeunes membres de la famille royale étaient charmants et beaucoup plus conscients des devoirs de leur charge que ce que laissaient entendre les journaux. Ils avaient tous un je-ne-sais-quoi, une distinction, une dignité naturelle dont bien peu de gens pouvaient se vanter. Elle était du nombre.

Point besoin d'avoir de grands moyens pour faire preuve de goût. Le goût, le style, on l'avait ou on ne l'avait pas. Et, au jour d'aujourd'hui, ils faisaient cruellement défaut. Dans l'art surtout. On ne jugeait des gens et des choses qu'en termes d'argent, sans aller plus loin. Tenez, l'aide ménagère touchait deux livres cinquante de l'heure alors qu'elle ne faisait quasiment rien. Juste nettoyer le carrelage de la cuisine et de la salle de bains, passer l'aspirateur sur les tapis et faire les courses dont Conroy ne pouvait pas se charger. Qui plus est, elle se trompait souvent dans les marques — jamais dans le sens du bon marché, bien sûr —, et si Conroy n'avait pas fait l'argenterie tous les quinze jours elle aurait noirci depuis belle lurette.

Grace prenait note de tout et se contentait de hocher la tête d'un air entendu. Ils avaient une femme de ménage qui venait deux fois par semaine ; Mrs. Robinson ne quittait pas sa maison et était en pleine santé ;

Conroy se révélait un être plus mystérieux qu'elle ne l'avait pensé — parfaitement soumis et respectueux avec sa mère, et jaloux de son indépendance quand il était à l'*Old George*.

Grace, pour cette première visite, partit bien avant qu'il ne revienne de son travail. À cette étape, mieux valait les voir séparément.

Elle revint la semaine suivante (après une matinée des plus profitables passée à fureter autour de Harrow Road — elle avait réussi à dénicher quelques vieux pavillons au rez-de-chaussée desquels devaient habiter quelques petits vieux comme elle les aimait). Cette fois, elle apporta un bouquet d'œillets, ce qui lui permit d'aller dans la cuisine chercher un vase. D'un coup d'œil, elle reconnut le mélange de propreté et de coins douteux typique des cuisines dont l'entretien était laissé aux femmes de ménage. L'argenterie était belle, le buffet bien approvisionné, et le casier à bouteilles était bien rempli : du bourgogne, bien sûr, mais aussi deux bouteilles de Johnny Walker. Elle avait remarqué la bouteille ouverte et les verres sur une petite table dans le salon. Les murs de la cuisine étaient nus, à l'exception d'une horloge électrique et d'un calendrier décoré de photos de demeures historiques.

— Comme c'est gentil à vous, dit Mrs. Robinson quand Grace revint avec le vase. J'aime tant les fleurs fraîches ! Je me souviens des bouquets qu'on recevait les soirs de première — on les voyait arriver depuis les coulisses. Ah, c'était tout un art de faire sa révérence avec des brassées de fleurs ! Et dire qu'on ne m'avait jamais appris... ça m'était venu tout seul. Il y a des actrices-nées, et d'autres qui ne le seront jamais. Gladys Cooper, par exemple. Elle n'a jamais joué Shakespeare.

La bouilloire électrique commença à chanter, et Grace fut autorisée à préparer le thé.

Mine de rien, la vieille dame demanda à Grace si elle aimait boire un verre de temps en temps.

Grace devait rester prudente. La bouteille sur le plateau était bien en vue. Elle se contenta de sourire.

100

— Oui, un petit verre par-ci par-là.

— Vous avez rencontré Conroy dans un pub.

— Oui, à l'*Old George* près d'Oxford Street. C'est une sorte de club, en fait. Il n'y a pratiquement que des habitués. Des gens très bien, en général.

Quand Mrs. Robinson posa sa tasse de thé, un rictus déformait son visage.

— Conroy tient absolument à passer ses soirées du dimanche là-bas. J'ai beau lui dire que je suis toute seule pendant la semaine et qu'il devrait passer les week-ends en famille, il s'obstine. Il a besoin de voir du monde, à ce qu'il dit.

— Moi aussi, c'est pour cela que j'y vais. Pour voir du monde.

— C'est tout ? Quel genre de gens voit-il ?

— Personne en particulier. Comme je vous l'ai dit, c'est agréable de sortir et de retrouver des gens. Pas pour les voir, juste pour s'y retrouver. J'y allais souvent avec ma nièce Janice — je crois vous en avoir déjà parlé. C'est une jeune fille plutôt timide et elle aimait sortir gentiment le week-end. Nous passions la soirée à écouter la musique et à regarder ce qui se passait. Quelquefois, il nous arrivait d'avoir l'occasion de bavarder, comme avec votre fils, mais c'était rare.

— Ainsi vous avez une nièce ?

— Oui, la fille de ma sœur. Je m'occupe d'elle depuis que ma sœur est décédée — oh, cela fait quinze ans déjà. C'est une gentille fille, elle est assistante sociale. Nous nous considérons plutôt comme des sœurs, malgré la différence d'âge — ce sont les affinités qui comptent, pas l'âge. Mais maintenant qu'elle a un petit ami, je me retrouve souvent seule.

Elle eut un sourire résigné et finit son thé.

Mrs. Robinson enfourcha un autre cheval de bataille.

— C'est comme ça maintenant. Les jeunes sont d'un égoïsme sidérant ! On ne leur donne pas l'esprit d'équipe. Ah, évidemment, dans le théâtre c'était tout autre chose. On formait tous une grande famille. Tant que la pièce était à l'affiche. Une vraie troupe... Je me souviens comme si c'était hier du jour où j'ai été engagée par...

Plus moyen de l'arrêter.

Grace ne retourna pas à l'*Old George* ce dimanche. La mère et le fils n'avaient qu'à mijoter un peu plus dans leur jus.

— Allez-vous quelquefois au théâtre, Mrs. Black ? demanda la vieille dame, le mercredi suivant.

Elle avait permis à Grace de lui acheter une boîte de laxatifs et une crème pour le visage — « c'est un peu personnel, j'aime mieux ne pas demander ça à la femme de ménage ». Elle avait été remboursée rubis sur l'ongle, et Grace s'était rendu compte que Mrs. Robinson était contente de l'avoir sous la main. Bientôt elle put aller et venir comme elle voulait dans la cuisine et dans la salle de bains. Tout y était humide et sombre, la fenêtre donnant sur un mur, et on avait installé des poignées sur la baignoire et à côté des toilettes pour que Mrs. Robinson puisse se relever toute seule. Il y avait un tapis antidérapant au fond de la baignoire, et dans le placard on voyait d'un côté force huiles de bain, talcs, laxatifs, analgésiques, sirops pour la toux, de l'autre de la crème à raser, un rasoir, des produits d'hygiène dentaire, des pilules digestives et une grande boîte de comprimés vitaminés. Elle avait réussi à jeter un œil dans la grande chambre à coucher, et cela avait suffi. Elle n'avait pas besoin d'en savoir plus sur Mrs. Robinson. Une petite chambre, elle, était toujours fermée à clef, et Grace n'avait pas trouvé de prétexte plausible pour y entrer. Elle avait été tentée d'administrer un somnifère à la vieille dame pour en avoir le cœur net, mais c'était trop risqué. Elle n'avait qu'à se montrer assez habile pour trouver une bonne raison d'y pénétrer, ou bien pour faire dire à Mrs. Robinson ce qu'il y avait dedans.

Elle répondit prudemment à la question de Mrs. Robinson.

— Pas assez souvent, je le crains.

— Les Américains tiennent le théâtre londonien en si haute estime ! Je me souviens de mes amis de l'autre côté de la mare aux canards. Ils adoraient nos spectacles. Aujourd'hui je suis sûre qu'ils aiment beaucoup notre télévision. Quel dommage que les émissions de radio ne s'exportent pas ! Mais je suis bien certaine que là-bas ils connaissent le *Journal de Jane la gouvernante*.

— Je ne le ratais jamais. C'était tellement apprécié. Tout le monde connaissait lady Belhampton.

Mrs. Robinson fut sensible au compliment.

— Tout le monde ?

— Oui, les patients et le personnel aussi. Quand nous n'étions pas de service, bien sûr. Je suis infirmière diplômée.

— Conroy ne m'avait pas dit ça. Où avez-vous préparé votre diplôme ?

— Dans les Midlands, à Wolverhampton — elle savait depuis longtemps que les Robinson venaient du sud, de Guildford.

— Vous étiez là-bas pendant la guerre ? Vous étiez trop jeune, peut-être.

Grace eut un petit rire modeste.

— Vous me faites marcher. Pendant la guerre j'étais dans l'armée. À peine sortie de l'école je me suis engagée et je me suis retrouvée quelque part en Écosse à m'occuper de contre-espionnage. Les codes, tout cela...

— Les codes ? À Bletchley, alors.

— Il y avait plusieurs centres. Même aujourd'hui je préfère ne pas vous révéler où j'étais.

Grace n'avait pas l'intention d'en dire plus.

— Bien sûr, reprit Mrs. Robinson après un silence. Il y avait des troupes formidables pendant la guerre. Je suis partie en tournée à ce moment-là avec *L'École du scandale*. J'étais lady Sneerwell. Pourquoi n'avez-vous pas tout de suite choisi de devenir infirmière ?

— Je n'étais pas fixée sur mon avenir. Vous savez comment sont les jeunes filles.

— Et comment avez-vous rencontré votre mari ?

Grace se souvint de Harry qui lui avait mis la main sous la jupe derrière un comptoir des NAAFI.

— À Wolverhampton. Nous suivions des cours ensemble.

— Il était médecin ?

— Non, il s'occupait des ordonnances, de la distribution des médicaments, ce genre de choses.

— C'était bien mieux, bien plus sûr.

— Vous avez dû beaucoup manquer à votre mari avec toutes ces tournées.

— Il était déjà mort. Jamais il n'avait eu une très bonne santé, et il était beaucoup plus âgé que moi. J'avais abandonné le théâtre quand je m'étais mariée, comme vous le savez, mais quand l'Angleterre est entrée en guerre j'ai senti que je devais faire quelque chose. Le théâtre aux armées a été une expérience inoubliable. L'esprit d'équipe, la camaraderie... On allait à droite, à gauche, dans de vieux bus, des camions, on jouait dans des camps, sous des hangars, pour nos petits gars. C'était un public merveilleux.

— Vous avez dû manquer à votre petit garçon.

— Il avait seize ans, et il était en pension. Et vous, où vous êtes-vous installée après votre mariage ?

— Oh, nous sommes restés dans les Midlands. Je ne suis descendue dans le Sud qu'après son décès. Je suis redevenue infirmière. À titre privé.

Mieux valait ne pas se lancer dans des histoires d'hôpitaux où Mrs. Robinson risquait d'être allée, même si elle avait l'air solide comme un chêne.

— Vous habitez depuis longtemps ici ?

— Oh, oui, très longtemps. Je remontais sur les planches, et la série des *Poivre et Sel* venait de commencer. Mon pauvre garçon faisait son service Dieu sait où. Avec cet appartement il était sûr d'avoir toujours un toit.

— Et vous ne vous êtes plus quittés depuis ? C'est magnifique.

104

— Non, il nous est arrivé d'être séparés. Pendant toute une période, il était au loin. Voudriez-vous me passer le programme de la radio ? Je crois qu'un de mes vieux amis joue dans le feuilleton de ce soir.

Grace s'exécuta, puis rangea le service à thé sur le plateau. Cela suffirait pour aujourd'hui. Elle n'était pas mécontente de ce qu'elle avait appris et elle n'avait rien caché de son côté. Il faudrait qu'elle découvre un jour pourquoi il avait quitté cette vieille vache de mère et surtout pourquoi il lui était revenu. Mais pas tout de suite.

Mrs. Robinson la regardait, les yeux durs sous les paupières lourdement ombrées de bleu qui faisaient ressortir les poches au-dessus de ses joues fardées. Elle demanda soudain :

— Vous n'avez jamais songé à vous remarier ?

Grace eut un bon rire.

— Dieu du ciel, non ! Je n'abandonnerais pas mon indépendance pour un empire, plus à mon âge. Et puis je ne trouverai jamais quelqu'un comme Harry.

Pour sûr !

Grace emporta le plateau dans la cuisine. En lavant le service à thé, elle se félicita d'avoir pu faire cette importante déclaration assez tôt, et sans en prendre l'initiative. Il fallait absolument que la pauvre chérie n'ait jamais l'idée que Grace courait après son Conroy.

— Ma mère se demande si vous accepteriez de dîner avec nous dimanche prochain, dit Conroy avec toute la solennité requise.

Il tournait son verre de vin entre ses doigts et regardait vaguement les écrans de jeux vidéo dont le bruit couvrait presque la musique d'ambiance.

— C'est très gentil à elle, mais je ne voudrais pas déranger, répondit-elle prudemment.

— Vous ne nous dérangez jamais, dit-il avant de retomber dans un silence buté.

Il avait l'air bien sombre.

Elle comprit pourquoi lorsqu'elle arriva chez eux le dimanche soir. La table, en face de la fenêtre, avait été joliment mise et Mrs. Robinson y prit place en s'aidant de ses béquilles après avoir refusé l'aide de Grace. Conroy fit le service. Il avait tout préparé : une soupe de légumes avec une cuillerée de crème, dont Grace se serait bien passée ; un rôti d'agneau qui avait un drôle de goût et était couvert de petites branches de je ne sais quoi qui se coinçaient entre les dents ; des pommes de terre et des haricots pas assez cuits ; une glace avec une drôle de sauce aux fruits. Il y avait aussi une bouteille de vin rouge dont Conroy fut presque le seul à boire — il avait apporté à table le verre de whisky de sa mère.

— Où avez-vous appris à faire la cuisine ? s'écria Grace.

— Ici et là.

— Conroy réussit tout ce qu'il entreprend, dit Mrs. Robinson.

— Nécessité fait loi, dit-il en remplissant son verre.

Après dîner, il apporta de petites tasses et servit un café très fort. Grace mourait d'envie de boire une tasse de thé. Le vin lui avait donné soif et le café ne fit qu'empirer les choses. Conroy refusa de se laisser aider pour la vaisselle. Sa mère expliqua qu'il la ferait plus tard. Elle s'était lancée dans le récit circonstancié de ses débuts à Stratford-on-Avon avant la guerre et de son mariage, et Grace et Conroy n'avaient qu'à écouter. Ensuite, elle regarda les nouvelles de neuf heures et Grace dit qu'elle devait rentrer.

— Conroy va vous accompagner à la station, dit sa mère.

C'était une belle nuit. Les étoiles et la lune brillaient haut dans le ciel noir. Ils tournèrent dans Church Street, presque morte à ce moment de la soirée. On voyait passer de rares autobus, grosses boîtes rouges lancées dans la nuit. Les vitrines d'antiquaires fermées étaient à peine éclairées et permettaient tout juste de deviner le faible éclat d'un chandelier, la porcelaine aux reflets laiteux. En approchant de Notting Hill, ils rencontrèrent davantage de monde, les lumières étaient plus vives dans les restaurants où les serveurs désœuvrés, derrière des plateaux d'entrées variées, attendaient les clients qui ne manqueraient pas d'arriver après la fin des spectacles.

— C'était un excellent repas, dit Grace. Une gâterie. Où avez-vous appris à faire la cuisine comme ça ?

— J'ai toujours aimé faire la cuisine.

Ce n'était pas une réponse.

— Eh bien, c'était une révélation pour moi !

Il avait l'air ravi.

— Ah bon, tant mieux. Je ne fais pas souvent ce genre de dîner. Maman n'a plus beaucoup d'amis et puis, pour être sincère...

Il hésita, puis décida de continuer. Son large visage était moins expressif que jamais.

— ... je tiens beaucoup à nos soirées au pub.

Grace prit un air modeste et confus.

— C'est une femme merveilleuse, poursuivit-il en lui offrant le bras pour traverser une petite rue — il le lâcha aussitôt après —, et évidemment elle est seule du matin au soir. Mais j'ai toujours défendu mon droit à sortir seul une ou deux fois par semaine. Elle a fini par s'y faire, mais ça n'a pas été facile. C'est une femme très décidée.

— Je m'en suis rendu compte.

— Elle vous est très attachée. C'est ce que j'espérais.

— Tant mieux.

Ils étaient arrivés à Bayswater Road et venaient de tourner dans la rue brillamment éclairée qui menait au métro.

— J'en fais une question de principe, vous comprenez, dit-il. Il est tout à fait naturel que je m'occupe de ma mère maintenant qu'elle est impotente, mais chacun a besoin d'un minimum d'indépendance.

— Vous avez tout à fait raison.

— C'est une femme merveilleuse, merveilleuse. Elle

a fait une carrière fantastique. Tous les gens de théâtre la connaissaient. Mais c'était il y a des années. Évidemment, elle se sent un peu seule.

— Depuis combien de temps habitez-vous ensemble ?

— Huit, neuf ans peut-être.

— Alors vous avez déjà vécu seul.

Ce n'était pas une question, plutôt une constatation, mais il répondit oui.

Il lui faudrait du temps pour lui arracher ses secrets, c'était pire que d'arracher une dent, songea-t-elle en lui tendant la main avec un gracieux sourire.

— Merci pour cette bonne soirée, dit-elle.

Il tint sa main serrée un instant.

— Tout le plaisir était pour moi. Irez-vous à l'*Old George* dimanche prochain ?

— Sûrement. Moi aussi j'ai besoin de me détendre.

— L'école buissonnière ! fit-il avec un sourire presque espiègle qui éclaira son large visage rose (tout le portrait de sa mère).

— Exactement.

Ils rirent.

— Au revoir.

— Au revoir.

Elle descendit les marches en fouillant dans son sac pour retrouver sa carte de transport. Pendant tout le voyage de retour elle passa en revue ce qu'elle avait appris. Ce n'était pas grand-chose, mais quelque chose quand même.

5.

Grace avait bien des soucis ces jours-ci. Sans parler des Robinson, il fallait continuer jour après jour à monter des coups qui leur assureraient de quoi vivre : trouver des quartiers où elles n'avaient pas encore sévi (mais pas trop près de leur dernier théâtre d'opérations), se débarrasser du butin. En outre, plusieurs semaines exceptionnellement humides avaient rendu ses reconnaissances très désagréables — elle en revenait trempée —, et surtout empêchaient la plupart du temps les vieux de sortir. Comment les repérer, comment les suivre ? C'était vraiment trop dur, et Grace trouvait qu'il était temps de changer.

Elle avait tant de soucis qu'elle n'avait rien remarqué de bizarre dans le comportement de Janice. Elles habitaient toujours sous le même toit, dormaient dans le même lit, et continuaient à se préparer des repas sur le réchaud derrière le paravent. Janice portait toujours leur linge à laver, faisait les courses, touchait ses allocations chaque semaine et renouvelait son ordonnance de somnifères chaque mois. Elles écoutaient souvent la radio sur un excellent appareil Roberts qu'elles avaient dérobé lors d'une de leurs premières expéditions. Il était assez lourd, mais était entré sans problème dans le sac de Janice. Grace avait un faible pour les feuilletons.

À peine avait-elle trouvé Janice plus excitée, moins évaporée qu'à l'ordinaire, comme si elle dissimulait quelque merveilleux secret. Son visage était plus plein, son teint plus rose, et, grâce à des crèmes nourrissantes et aux bigoudis Carmen, ses cheveux, au lieu de pendre lamentablement, flottaient assez pour qu'on remarque moins son nez trop long et son visage en lame de couteau. Elle avait toujours eu un joli corps, mais elle paraissait maintenant s'y sentir bien, à l'aise enfin.

Si Grace avait remarqué quelque chose, elle s'était probablement dit que Janice avait dû rencontrer des gens sympathiques au cours d'une de ses sorties, et n'avait pas cherché plus loin. Ce que Jan faisait de son temps libre ne la concernait en rien. Du moment qu'elle abattait sa part de travail — et jamais plus Grace n'avait été obligée de la réprimander —, elle pouvait bien faire ce qu'elle voulait. Janice n'était qu'un petit rouage du système qu'elle avait élaboré, et Grace entendait en disposer à sa guise.

Aussi fut-elle particulièrement irritée quand, un mardi matin où elle s'apprêtait à partir en chasse, Janice se tordit nerveusement une mèche et lui dit sans préambule qu'elle allait travailler à partir du samedi suivant.

— Quoi ?

— Je vais travailler. J'ai trouvé un petit boulot dans cette supérette de Keatings Road.

Comme Grace ne disait rien, elle se hâta d'ajouter :

— Ce sera juste le samedi. Le reste du temps je pourrai faire ce que je voudrai, j'ai été très claire là-dessus. Juste le samedi, dix heures-sept heures, pour aider à la boutique, ce genre de truc.

— Tu veux dire chez le Grec ?

— C'est ça. Ils se débrouillent en famille, mais sa fille va avoir un bébé et il a besoin de quelqu'un pour l'aider pendant une ou deux semaines. Et il paie en liquide. Il ne me déclare pas, ni rien.

Grace referma son sac à main et s'assit très lentement à la table. Janice était toujours en robe de chambre et regardait avec une inquiétude croissante le visage impassible de Grace.

— Pourquoi as-tu fait ça ? demanda Grace d'un ton glacial.

Janice détourna les yeux et continua de tourmenter sa mèche.

— J'ai pensé que ça serait bien que j'aie un peu d'argent à moi. Tu comprends... de l'argent de poche. Ça n'a rien à voir avec nos histoires. C'est juste le samedi.

— Le samedi, on vend.

— Mais c'est surtout toi qui vends, ça a toujours été comme ça.

— Et maintenant je devrai tout faire.

— De toute façon tu te débrouilles mieux que moi.

— Évidemment !

Elle resta un instant silencieuse.

— Quand même, je n'aime pas ça.

— C'est fait.

— Quand on commence à travailler, on ne sait jamais jusqu'où ça peut aller.

— Mais je t'ai dit que c'était payé en espèces !

— Et si l'inspection du travail pointe son grand nez, qu'est-ce que tu vas faire ?

— Mais ça n'arrivera jamais ! Et même je pourrai toujours dire que je donnais un coup de main. C'est pas comme si j'y étais tous les jours.

— Tu aurais dû m'en parler, Janice, dit Grace en nouant son fichu sous son cou — il faisait beau, pour une fois, mais elle allait quand même prendre un parapluie.

— C'est juste le samedi, répéta Janice.

— Espérons-le, répondit Grace sur le pas de la porte. Elle était soufflée.

Depuis qu'elle faisait équipe avec Grace, jamais Janice n'avait exprimé le moindre désir de trouver du travail. Grace commandait, elle exécutait, et cela paraissait lui aller comme un gant. Pourquoi ce soudain désir d'indépendance ? Et, surtout, pourquoi n'en avait-elle pas parlé à Grace ?

Grace l'ignorait, mais c'était la faute de Dave. Quand Janice avait cessé de l'accompagner à l'*Old George* le dimanche, Grace s'était dit qu'elle avait dû tomber sur une bande qui se réunissait ailleurs, dans une disco-thèque, un club, Dieu sait quoi, et de toute façon elle s'en moquait.

Elle ne pouvait pas savoir que Janice, toute tourne-boulée par le beau Dave, se serait fait couper en qua-tre pour lui plaire. Et, au fur et à mesure que leurs rapports se faisaient plus tendres, il avait commencé à la charrier gentiment : « Je me demande ce que tu peux faire du matin au soir. » « Un de ces jours tu vas t'endormir pour te réveiller dans cent ans. » « Quand vas-tu te décider à te bouger un peu, hein, petite tête ? » Tout ça très cool. Il n'avait pas l'air de trop s'en faire à vrai dire, mais plutôt de se demander comment elle s'y prenait pour rester toute la journée à ne rien faire.

D'accord, il n'y avait pas de quoi pavoiser à vider les cageots de Mr. Theodore et à lui installer sa vitrine un samedi ou deux, mais c'était un début. Peut-être pourrait-elle travailler aussi le lundi et le mardi — Grace n'avait jamais besoin d'elle, ces jours-là —, voire devenir caissière. Il faudrait qu'elle apprenne le cla-vier, et qu'elle évite de chaparder — ces Grecs étaient fins comme l'ambre. Mr. Theodore la paierait au noir tant qu'elle voudrait. Ça l'arrangeait. Le seul problème, c'était Grace. Elle avait horreur qu'on lui échappe.

Mais si Janice travaillait, Dave serait content. S'il était content, elle grimperait dans son estime, et alors, avec l'aide de Dieu, il lui demanderait... Qui sait ? Et Janice n'aurait plus jamais besoin de Grace.

— Tu as fait quoi ?

Dave avait réagi exactement comme Grace lorsque Janice lui avait appris ce qu'elle avait l'intention de

112

faire. Comme souvent, ils se tenaient serrés l'un contre l'autre dans la voiture qu'il avait garée près de l'étang de Whitestone, à Hampstead. On apercevait la masse sombre des arbres sur la lande, et au loin les lumières orangées de Golders Green, de Wembley et de Harrow, sous un ciel bas et noir d'où tombait une pluie fine. Quel mois de juillet ! Ils avaient dû mettre le chauffage, et Janice mourait d'envie de l'entraîner à l'arrière, mais Dave ne l'avait pas proposé. Il n'était pas toujours ardent. En tout cas, beaucoup moins que ceux avec lesquels elle avait fait ça dans des voitures. Il fallait qu'il en ait vraiment envie, et alors c'était merveilleux. Jamais il ne lui avait proposé de recommencer ce weekend de rêve à l'hôtel. Parfois elle se disait qu'elle avait tout imaginé, mais l'habileté de Dave à la faire jouir, même sur la banquette arrière de la voiture, lui montrait qu'il n'en était rien. Jamais elle ne l'oublierait, et même si elle n'atteignait pas toujours à l'extase violente qu'elle avait connue alors, il lui apportait une paix, une tendresse, à quoi elle était trop timide pour donner le nom d'amour. Avec lui, c'était toujours différent. Même sur la banquette arrière.

— J'ai pris un travail. Je suis caissière dans une boutique.

— Tu veux rire ?

— Non, je t'assure.

— Tu ne sais même pas que deux et deux font quatre !

Elle se renfrogna. Elle avait sa fierté, quand même.

— Bien sûr que je sais. De toute façon, il y a une machine.

— Qu'est-ce que c'est, comme boutique ?

— Une supérette. Ils vendent des produits étrangers.

— Je suis scié.

— Je croyais que ça te ferait plaisir.

— Mais ça me fait plaisir, ma petite. Si, si, je t'assure !

Il la serra dans ses bras, mais elle sentait bien qu'il riait.

— Qu'est-ce qui est si drôle ?

— Jamais je n'aurais pensé que tu pourrais te mettre à travailler. Avec ta colonne vertébrale...

— Ça va mieux, maintenant, dit-elle d'une voix boudeuse.

Elle avait complètement oublié ce détail, même si chaque mois elle ne manquait pas de passer à la pharmacie avec son ordonnance.

— Pourquoi as-tu fait ça ? Tu n'arrivais plus à joindre les deux bouts ?

Elle était vraiment furieuse à présent, et le repoussa violemment.

— Laisse tomber ! Je ne plaisante pas !

— Jamais !

— Je croyais que ça te ferait plaisir, répéta-t-elle. Tu me cherches toujours.

— Mais non !

— Si, tu dis toujours que je ne suis bonne à rien, que je ne fais rien de mes dix doigts et tout ça...

— Mais c'est pour plaisanter.

— C'est pas vrai, tu me cherches toujours ! Eh bien, je ne suis pas un être inutile. Je peux travailler comme les autres. Je suis entrée dans la boutique. J'ai dit que je voulais travailler, et il m'a sauté dessus.

— Aïe, aïe, aïe !

— Mais non, c'est pas ce que tu crois. Je suis sérieuse. Tu ne me prends jamais au sérieux.

Il la reprit dans ses bras et l'embrassa, puis posa la main sur sa poitrine.

— Je te prends toujours au sérieux.

— Non, tu..., commença-t-elle, mais elle tremblait de désir et ne pensait plus qu'à la banquette arrière.

— Tu veux dire que pour moi il n'y a que le sexe qui compte ?

— Oh, Dave ! Si seulement...

Vingt minutes plus tard, ils étaient revenus à l'avant et écoutaient une cassette.

— Tu es une brave fille, Jan. Tu es un peu dingue, mais tu es brave.

114

— Alors, je te plais un peu ?

— Oui, tu me plais. Je me demande bien pourquoi, parce que tu as vraiment une petite tête. Une toute petite tête. Comme un bébé. Tu dois réveiller mon instinct maternel.

— Il faut toujours que tu plaisantes !

— C'est pour ne pas pleurer. Ne t'en fais pas.

Il l'embrassa sur la joue, retira son bras de ses épaules, et alluma les phares.

— Je crois qu'on va rester ensemble un bout de temps, Jan. Ne me demande pas pourquoi, mais c'est comme ça. Peut-être parce que tu as l'air tellement sans défense.

Il démarra.

Grace l'avait trop bien élevée pour qu'elle lui dise où elle habitait vraiment, et il la laissa au coin de la grand-rue, comme d'habitude. Elle l'embrassa longuement, tendrement, mettant dans son baiser tout l'amour et toute la soumission qu'il excitait en elle et qu'elle n'aurait pas su traduire en mots. Il lui caressa les cheveux. Ses yeux riaient encore. « À la revoyure ! » Elle sortit de la voiture et le regarda s'en aller. Elle se serait fait tuer pour lui.

Elle se prit à rêver. Ils pourraient aller en vacances aux Caraïbes tous les deux. Ils feraient une croisière et se feraient bronzer à Benidorm. Ou mieux encore, ils pourraient habiter ensemble — dans une chambre ou bien un appartement avec un grand lit et une couette comme elle en avait vu dans les magazines. Il y aurait un dressing pour leurs affaires, d'un côté les siennes, de l'autre celles de Dave. Elle lui ferait de bons petits plats dans une jolie cuisine bien équipée — elle achèterait des livres pour apprendre. Et puis ils auraient un salon avec une chaîne stéréo et un magnétoscope, et un grand canapé en cuir blanc. À moins qu'elle n'aille vivre avec lui dans cet appartement où il ne voulait jamais l'emmener. Et pourquoi, d'ailleurs ? C'était vraiment à cause de sa propriétaire ? Qui était cet homme

115

avec qui elle l'avait vu parler au coin des Orateurs ?
Il ne le lui avait jamais dit clairement.

Quelquefois elle se demandait si Dave était tout à
fait... net. S'il ne marchait pas dans une combine lou-
che, comme Grace et elle. S'il n'était pas voleur. Un
voleur cool. Mais non, il était trop bien pour ça, trop
simple. Pourquoi ne lui disait-il jamais rien, à elle qui
lui disait tout ? D'accord, c'étaient surtout des mensonges, mais enfin elle lui parlait. Lui, rien ou presque. Et
maintenant elle n'osait plus rien lui demander de peur
de lui déplaire.

Elle avait laissé tomber. Depuis longtemps elle avait
appris à se contenter de ce qu'elle avait. Mais quand
pourraient-ils de nouveau coucher ensemble dans un
lit, une nuit entière, tout nus, chavirés et transformés ?

Elle ne cessait d'y penser, que ce soit chez elle, avec
Grace, en faisant l'étalage chez l'épicier grec, ou en pré-
parant le thé des vieilles dames auxquelles Grace faisait son numéro.

— As-tu pensé au sucre, Mary ? demandait Grace d'un
ton aigre.

La pauvre vieille, coincée dans un fauteuil défoncé,
disait :

— Je ne prends pas de sucre.

— Chère madame, il faut prendre du sucre. Ça vous
donnera des forces, insistait Grace, et Janice ajoutait
un comprimé.

Grace devait constamment surveiller Janice quand
elles travaillaient. Dieu seul savait ce qui se passait dans
la tête de cette fille. Elles en étaient arrivées à manquer de comprimés parce que Janice avait oublié de
renouveler son ordonnance.

— Mais où as-tu donc la tête ? avait hurlé Grace,
perdant son calme, on ne peut plus travailler sans
comprimés !

— J'ai oublié. Je n'ai plus mal au dos maintenant.

— Ton dos, ton dos. Tu n'as plus rien au dos depuis
qu'on a quitté Holloway, mais ça ne veut pas dire qu'on

116

n'a pas besoin de comprimés. Pauvre conne ! Et puis avec tous ces cageots que tu trimballes, j'aurais cru que tu en aurais plus besoin que jamais, avait-elle ajouté sarcastiquement.

— Je ne veux plus raconter d'histoires. Je travaille, à présent.

— Personne ne te demande de raconter d'histoires. On te demande seulement de faire renouveler l'ordonnance de tes foutus comprimés !

Grace était rarement grossière, mais là Janice passait la mesure. Il fallait que les choses changent.

Avec les Robinson, tout marchait à merveille. Il était entendu qu'elle passerait tous les mercredis. Où qu'elle ait chassé ses vieilles dames dans la journée, elle se présentait ponctuellement à trois heures et demie à Notting Hill, se faisait remettre la clef par la concierge avec laquelle elle était maintenant dans les meilleurs termes, lançait un joyeux : « Coucou ! C'est moi ! » et distrayait Mrs. Robinson pendant deux heures. Il s'agissait surtout de l'écouter parler de sa carrière, de feuilleter ses vieux albums moisis, quelquefois d'admirer les bijoux de pacotille qu'elle portait en scène et qu'elle conservait pieusement dans de vieilles boîtes de chocolats, ou encore ses costumes, bien alignés dans l'armoire sous leurs housses en plastique, avec les traces de fard gras qu'on y voyait encore. Mais elle faisait aussi les ongles de la vieille dame, lui achetait du rouge à lèvres et du liquide pour son dentier, et préparait des thés raffinés pour lesquels elle achetait de ses deniers les petits chaussons aux pommes dont la vieille ne faisait qu'une bouchée.

Elle ne voulait surtout pas avoir l'air d'espionner, mais rien que dans la cuisine et dans la chambre de Mrs. Robinson (une pièce sombre envahie de meubles, qui sentait le camphre et le parfum) elle avait réussi à repérer pas mal de choses. Il y avait une étole de fourrure (de l'écureuil, ça ne valait pas grand-chose) et un

117

manteau d'astrakan (qui valait beaucoup plus) pendus sous des housses de plastique dans l'armoire d'acajou. Ils n'avaient plus été portés depuis une éternité, pas plus que les robes de velours et de soie, et les chaussures à talons hauts qui s'alignaient en dessous. Dans une valise de cuir (l'endroit classique), elle avait trouvé des bijoux qui n'étaient pas tous sans valeur — des grenats, des perles, une bague avec une grosse aigue-marine, d'énormes bracelets édouardiens. La coiffeuse était couverte de cosmétiques et d'une série de brosses à manche d'argent mal entretenues. Sur le manteau de la cheminée trônaient la photo d'un homme à l'air ahuri, chauve, en faux col — son mari sans doute —, et une autre de Mrs. Robinson elle-même, toute de satin vêtue, les cheveux coupés court, tenant sur son giron un charmant enfant. Mrs. Robinson souriait tendrement, la tête et les bras enserrant doucement l'enfant qui paraissait très calme. C'était Conroy, bien sûr.

Grace pouvait s'attarder dans la chambre puisque c'était Mrs. Robinson qui l'avait envoyée. Mais impossible de pénétrer chez Conroy autrement que pour jeter un coup d'œil furtif. Cela n'avait d'ailleurs pas donné grand-chose. La chambre était petite et nue. Pas de photos, juste des gravures représentant les châteaux de Windsor et d'Édimbourg.

Plus intéressante pour Grace était une petite pièce tout près de la porte d'entrée. On s'en servait comme d'un débarras où s'accumulaient des valises, une table de jeu, l'aspirateur, des albums de photos et des couvertures de rechange ; mais en des temps plus anciens c'était une chambre dont on reconnaissait encore la commode et le canapé. Une fois remise en état, elle conviendrait merveilleusement bien à une gouvernante.

Jamais elle ne voyait Conroy quand elle venait à l'appartement. Elle était sortie quand il rentrait du travail. Mais ils se retrouvaient toujours à l'*Old George* le dimanche soir. Depuis qu'elle avait rencontré sa mère, Grace avait compris que Conroy pouvait être intraitable dès qu'il avait décidé quelque chose. Apparemment, c'était le fils dévoué d'une mère possessive, mais Mrs. Robinson pouvait bien tempêter, il ne cédait pas d'un pouce sur les principes. L'indépendance avant tout, si limitée fût-elle. Et ses sorties du dimanche soir étaient sacrées. « Ma mère comprend que nous avons tous deux besoin de respirer », avait-il expliqué un jour que Grace avait abordé la question avec mille précautions. Et quand, un autre jour, elle avait dit comme par hasard qu'elle se demandait pourquoi il n'avait pas de voiture, il avait répondu qu'il en possédait une avant, mais que sa mère voulait toujours qu'il l'emmène en promenade le week-end et que cela devenait impossible. Il n'en avait pas dit plus, et Grace avait été impressionnée par le côté brutal de sa réponse. Cela lui avait donné à réfléchir.

Un jour que Mrs. Robinson s'étendait une fois de plus sur les difficultés qu'elle avait eues à mener une carrière théâtrale tout en élevant son fils, Grace avait osé demander :

— Et il ne s'est jamais marié, un beau garçon comme lui ?

Le visage de Mrs. Robinson s'était aussitôt rembruni.

— Tout le monde n'est pas fait pour le mariage.

Grace avait compris que mieux valait ne pas insister. Peut-être était-il homosexuel. Au fond, ces grands types lourdauds étaient les pires. Mais elle n'y croyait pas trop. Il devait plutôt être de ces hommes pour qui le sexe n'existe pas. Il y en avait plus qu'on ne croyait.

Quand Grace avait décidé quelque chose, elle passait aussitôt à l'action. Le mercredi suivant, après avoir donné à Mrs. Robinson une demi-livre de chocolat Magie noire et lui avoir servi son thé, elle s'excusa un instant et s'enferma dans la salle de bains. Là elle couvrit littéralement de savon mouillé tout l'espace qui séparait la porte du siège des toilettes. Cela moussait bien, et même avec ses chaussures à semelle en caoutchouc elle avait tendance à glisser. Quand elle eut fini, elle tira la chasse d'eau et rejoignit Mrs. Robinson pour une petite demi-heure de conversation avant de faire mine de s'en aller.

— Eh bien, quand il faut y aller..., dit-elle en retapant les coussins contre lesquels elle s'était appuyée. J'ai tout nettoyé dans la cuisine et je vous verrai la semaine prochaine. Touchons du bois.

Elle passait déjà son gilet, qu'elle avait pendu au dossier de sa chaise, quand une idée parut lui traverser l'esprit.

— Voudriez-vous aller aux toilettes pendant que je suis encore là ? Comme cela vous ne vous feriez plus de souci avant que votre fils soit rentré.

— Eh bien, peut-être...

Mrs. Robinson entreprit de s'extirper de sa chaise.

— Comme je l'ai entendu dire, par des hommes bien sûr, une bonne purge, ça ne se refuse pas.

Grace lui tendit ses béquilles et l'aida à se lever et à retrouver son équilibre. Debout, elle paraissait beaucoup moins impressionnante que lorsqu'elle était assise. Ce n'était plus qu'une femme massive, certes, mais petite, aux épaules voûtées, et dont la tête paraissait disproportionnée. Elle commença à se mouvoir le long du couloir, Grace lui prêtant main-forte comme elle pouvait. Puis Grace se retira dans la cuisine et la laissa entrer dans la salle de bains. Elle entendit le bruit des pas sur le tapis, la porte de la salle de bains s'ouvrit, il y eut encore un bruit de pas lourds, une glissade, un choc sourd, un cri.

Grace se dépêcha.

Mrs. Robinson était étendue sur le sol, une béquille encore à la main, la deuxième glissait doucement vers la baignoire. Elle gisait par terre, mais aucun de ses membres ne paraissait faire d'angle incongru. Elle avait perdu une chaussure. Sa figure était violette, puis vira au gris, à l'exception de ses joues et de ses lèvres fardées.

120

— Dieu du ciel, qu'avez-vous fait ? s'écria Grace.

S'ensuivit un moment d'intense activité. Le savoir-faire acquis dans les maisons de retraite se révéla fort utile car elle réussit à hisser Mrs. Robinson, à la déshabiller, à la mettre au lit et à lui préparer un bon thé chaud avec une aspirine. Elle examina soigneusement les bras et les jambes de Mrs. Robinson. Pas de fracture. Rien que des bleus qui commençaient à apparaître sur ses jambes gonflées et variqueuses.

— Mon Dieu, vous allez avoir l'air d'un arc-en-ciel demain !

Mrs. Robinson se tenait étrangement tranquille sous ses couvertures. Elle avait à peu près retrouvé ses couleurs, mais elle respirait fort et se laissait faire, heureuse de s'effondrer dans les coussins bien frais et de boire le thé que Grace portait à ses lèvres. Grace savait que c'était l'effet du choc. C'était toujours comme cela. Elle savait aussi que Mrs. Robinson avait mouillé sa culotte d'émotion, et cette humiliation ne pouvait que lui être utile. En outre, cela l'obligeait à nettoyer le carrelage de la salle de bains, ce qui ferait disparaître les traces de savon.

— Devrais-je prévenir votre fils ? demanda-t-elle quand le thé et l'aspirine eurent été ingurgités.

Mrs. Robinson ferma les yeux.

Grace remarqua que le numéro était celui de la direction et qu'on lui passa tout de suite la communication.

— Rien de bien grave, expliqua-t-elle, mais à son âge mieux vaut être prudent. Je vais rester avec elle jusqu'à ce que vous reveniez.

— C'est très gentil à vous, dit-il un peu plus tard.

Mrs. Robinson dormait, et Grace s'apprêtait à partir.

— Une chance que je me sois trouvée là, sinon elle serait restée là sans rien pouvoir faire ; qui sait si elle n'aurait pas attrapé une pneumonie ?

Il avait proposé d'appeler un médecin, mais Grace avait dit que mieux vaudrait attendre de voir comment elle se trouverait le lendemain matin.

— Il n'y a rien de cassé, j'en suis sûre, et mieux vaut ne pas lui faire peur. Une bonne nuit de sommeil va la remettre d'aplomb, une fois le choc passé. Mais je crois qu'il vaudrait mieux qu'elle reste au lit un jour ou deux. Par précaution.

— Oui, fit-il d'un air sombre. C'est très gênant.

— Pouvez-vous demander à votre femme de ménage de rester une ou deux heures de plus ?

— Je ne connais pas son adresse.

— Mon Dieu, mon Dieu, voilà qui est vraiment gênant. On ne peut pas la laisser seule toute la journée, pas avant un ou deux jours en tout cas.

Elle noua son fichu sous son menton.

— Je voudrais bien vous aider, mais j'ai d'autres engagements pour les jours qui viennent, et à l'autre bout de Londres. Je travaille comme bénévole auprès de personnes âgées, et je ne peux pas laisser mes pauvres vieux tout seuls à m'attendre. Vous pourriez demander à une infirmière.

— Elle n'en voudrait pas. J'ai déjà essayé.

— Quand même...

Elle reboutonnait son manteau.

— Ce n'est pas normal. Je veux dire, vous êtes un homme. Vous ne pouvez pas quitter votre travail comme ça. Vous avez sûrement toutes sortes de réunions importantes.

Il hocha la tête.

— Écoutez... Je passerai dimanche vous donner un coup de main. Laissez son linge sale de côté et je ferai un saut dimanche vers l'heure du déjeuner pour mettre tout en ordre. Vous pourrez souffler aussi. Qu'en pensez-vous ?

— Je ne voudrais pas abuser...

— Arrêtez. Je veux juste vous aider à passer les prochains jours sans trop de difficultés. Mais je ne peux pas abandonner mes petits vieux. Pas sans avertir en tout cas. Alors je viendrai dimanche vers midi.

Elle ouvrit la porte qui laissa entrer une bouffée d'air humide.

Il se pencha vers elle.

— Je vous suis plus reconnaissant que je ne saurais le dire...

— Je vous en prie. Si nous ne pouvons pas nous prêter main-forte de temps en temps... Qu'elle reste au lit, surtout ! À son âge c'est un sacré choc. Et appelez le médecin si vous avez le moindre doute. Il vous dira probablement qu'elle ne devrait pas rester seule à son âge et avec ses infirmités. Mais qu'est-ce que vous voulez ? La vie doit continuer. Bon, bonne nuit et ne vous tracassez pas. Dormez bien. Je reviendrai dimanche.

Elle emmena Janice travailler dès le lendemain avant onze heures. Elle n'aimait pas faire traîner les choses. Il y avait trois visites à faire, et elle savait que le meilleur moment pour agir se situait entre le lever, toujours difficile, et les courses. Ou, quand on pouvait, à l'heure du thé, quand ils se réveillaient à peine de leur sieste. Sachant qu'elle allait bientôt laisser tomber, Grace ne se souciait plus d'aller loin pour « opérer », et elle avait exploré le quartier de Kentish Town.

À pas pressés, elles se dirigèrent à travers les rues grises vers les maisons que Grace avait repérées les jours précédents — Mrs. Black portait sa grosse serviette bourrée de documents, Mary un cabas assez vaste pour engloutir des quantités d'objets.

La première vieille était si sourde que Grace craignit que les voisins n'entendent la conversation. Mais ils devaient être occupés. Baratin, documents, tout alla à merveille. Il n'y avait pas grand-chose de valeur, mais la vieille n'avait pas dépensé l'argent de sa pension, caché dans une boîte en fer-blanc sous le lit, à côté d'une paire de pantoufles, d'un pot de chambre et d'innombrables moutons de poussière.

Elles mangèrent un morceau dans la rue principale et passèrent à la suivante, une vieille demoiselle très frêle, fort bien mise mais myope comme une taupe. Elles burent un excellent thé dans des tasses en porcelaine de Chine tandis qu'elle leur expliquait qu'elle allait deux fois par semaine à l'hôpital aider à préparer des pansements. Elle avait été la première femme kinési- thérapeute de l'hôpital et se sentait encore « de la famille ». Malgré son instruction et son intelligence, elle n'était pas de taille à résister au bagout de Grace. Elle avait posé quelques questions difficiles, au début, mais ensuite les choses s'étaient enchaînées comme en rêve. Elle s'était endormie comme une fleur, bien plus vite que les autres, et il y avait de jolies choses dans ses peti- tes affaires. Pas mal d'argent liquide aussi.

La dernière, il n'y avait rien à en tirer. La porte était défendue par une chaîne de sécurité, et elle paraissait incapable de parler ou même de comprendre ce qu'on lui disait. Ce n'était pas une Asiatique (Grace ne s'en occu- pait jamais), mais une Européenne du continent agitée et totalement incompréhensible. Grace ne perdit pas de temps. Si ça ne marche pas, tire-toi, c'était son principe. Le cabas de Janice était bien plein déjà, et elles s'en retour- nèrent à la maison très contentes d'elles. Grace partagea le liquide et vendit les objets comme elle faisait toujours. Janice alla travailler à la supérette le samedi, se lava les cheveux, et sortit tôt le dimanche. Elle ne revint que très tard, ce qui laissait Grace libre de ses mouvements.

Comme d'habitude Grace fut absente la plus grande partie du lundi et du mardi. Le mercredi, Janice revint assez tôt après avoir pris un verre et dîné chez McDo- nald's avec Dave avant qu'il aille travailler. Grace avait repris toutes ses affaires et sur la coiffeuse, sous une bouteille de vernis à ongles, elle avait laissé un petit mot :

Chère Jan,

Désolée de te quitter comme ça, mais je ne peux pas faire autrement. Le loyer est payé jusqu'à la fin du mois, et j'ai laissé des pièces de dix pence (pour le compteur à gaz) dans une soucoupe. Bonne chance.

Grace.

Deuxième partie

6.

L'inspecteur Simpson, dit « P'tite Tête », frappa à la porte du 12, Malplaquet Road, un pavillon de brique rouge à deux étages, avec un crépi crème, semblable à tous ceux de la rue. Ils avaient assez bien résisté à la décadence du quartier et aux nuisances de la circulation — c'était un raccourci pour gagner Camden Town. Le petit jardin devant le numéro 12 avait été recouvert de béton, et sa haie maladroitement coupée à la hauteur de la taille. Les poubelles étaient sagement rangées dans un coin, et tout avait l'air bien tenu. Certes, la peinture des fenêtres s'écaillait et la porte était craquelée par endroits, mais les vitres étaient parfaitement propres. Il y avait une sonnette avec des cartes de visite jaunies collées à même la brique, et l'indication du nombre de sonneries requises pour chacun des locataires. Simpson savait que ce n'était plus la peine de sonner chez « Frimwell ». C'est pour cela qu'il frappa avec le heurtoir. Le sergent qui l'accompagnait, Terry Blane, dit « Noiraud », regardait tout autour de lui d'un air grave. C'était un vrai flic.

— Bonjour, monsieur. C'est la police. Pourrions-nous vous parler un instant ?

Il montra son insigne et sourit de toutes ses dents.

— Entrez.

Le vieil homme était petit, chauve et voûté, mais il

paraissait solide sur ses jambes. Ils le suivirent le long d'un couloir vide jusqu'à une pièce qui avait autrefois servi de cuisine et avait été transformée en bureau-bibliothèque. Dans un coin se trouvait un canapé sur lequel on avait jeté une couverture.

— Je vous en prie.

Le vieil homme montra le canapé et le fauteuil à côté du poêle à gaz éteint. Lui-même s'assit derrière le bureau sur lequel étaient disposés dans un ordre parfait des rames de papier et des manuels. Sur les murs, aux endroits qui ne portaient pas de bibliothèque, on voyait des photos et des gravures représentant des châteaux médiévaux et des paysages. Les photos étaient plus récentes : des groupes de soldats, une femme entre deux âges. Au-dessus de la cheminée était suspendu un Sacré-Cœur avec une petite lampe votive, que flanquaient des images de saints et un grand portrait du pape.

Simpson et Blane s'assirent tous les deux sur le canapé — un peu gênés. Simpson avait une trentaine d'années, portait des vêtements sport, et avait des manières aimables. Blane était beaucoup plus jeune, et toujours raide comme un coup de trique. Il sortit son carnet de notes dès que Simpson posa sa première question.

— Vous vous appelez Stanislas Sobieski ?

— J'ai cet honneur.

— Un nom illustre.

— Vous savez cela ?

Le vieil homme était aux anges.

— Mon père était à Monte Cassino avec les Polonais. Depuis il s'est toujours intéressé à l'histoire de la Pologne. Ça a déteint sur moi.

— Je ne suis pas un descendant direct, malheureusement. Probablement même pas un descendant. Mais c'est un beau nom.

— En effet.

Il y eut une pause.

— C'est à propos de Miss Frimwell.

— Je m'en doutais.

— Vous êtes le propriétaire ?

— Oui. Après la guerre j'ai acheté l'immeuble avec ma prime de démobilisation. Cela ne coûtait pas bien cher. Ma femme, une Anglaise, avait tout installé pour recevoir des locataires. Elle est décédée maintenant. Cela fait six ans. Mais j'avais appris le métier avec elle, et mes locataires sont sans problèmes.

— Miss Frimwell...

— Depuis des années, juste après la mort de ma femme. C'était une femme charmante.

— Voudriez-vous reconstituer pour nous la suite des événements tels que vous vous en souvenez ? Nous connaissons les faits, bien sûr, mais nous aimerions avoir votre version.

Mr. Sobieski resta un moment silencieux. Il contempla les deux hommes l'un après l'autre. Simpson soutint son regard sans broncher, tandis que Blane examinait les moindres objets comme s'ils étaient des suspects en puissance.

— C'est une maison tranquille ici. Je n'ai que des locataires d'un certain âge, ce qui veut dire que nous nous voyons peu. Chacun reste sur son quant-à-soi, comme vous dites. Il y a une salle de bains à chaque étage — ma femme y tenait beaucoup, à l'époque, ce n'était pas courant — mais chacun en a l'usage à des heures convenues. Toutes les chambres ont un coin-cuisine. En tant que propriétaire je me suis donné un peu plus de place.

Il montra une autre porte, cachée par un rideau de velours.

— Là-bas c'est la cuisine, ici il n'y a que des livres. Du vivant de ma femme, nous utilisions aussi la pièce de devant. Après, c'est Miss Frimwell qui l'a occupée.

— Elle était en bonne forme, n'est-ce pas ? Elle était capable de se débrouiller seule ?

— Bien entendu. Elle était fragile, c'est sûr. Elle n'était plus jeune. Je ne sais plus au juste...

— Quatre-vingt-cinq ans, monsieur.

— C'est cela. Elle travaillait encore, vous savez.

— Oui, monsieur, trois matins par semaine. Mais pas le jour où elle est morte.

Mr. Sobieski eut un sourire triste.

— Je ne savais pas cela. Je ne savais jamais quand elle était ici et quand elle sortait. Nous respectons la vie privée des gens, je vous l'ai dit.

Simpson attendit un peu avant de demander :

— Que s'est-il passé le 7, monsieur ?

— J'y viens.

Il reprit ses esprits.

— C'était un samedi. Le week-end nous sommes plus nombreux à la maison, et Mr. Pickering, qui occupe deux pièces au premier étage, a attiré mon attention sur le fait que des lettres adressées à Miss Frimwell étaient toujours dans l'entrée. Des circulaires, évidemment — on ne reçoit pas beaucoup de correspondance ici. Il m'a aussi fait remarquer qu'il n'avait pas entendu la radio de Miss Frimwell. Elle l'écoutait beaucoup. Pas très fort, évidemment, mais les murs ne sont guère épais. Nous avons frappé à la porte. Pas de réponse. Le verrou n'était pas mis, et cela m'a étonné. Tout le monde préfère se sentir en sécurité, au moins la nuit. Mr. Pickering et moi sommes entrés, et nous l'avons trouvée sur sa chaise.

Mr. Sobieski s'arrêta et se signa discrètement.

Simpson attendit encore, puis reprit :

— Avez-vous touché à quelque chose ?

— Mon jeune ami, je vous assure bien que oui. Que croyez-vous que nous ayons fait en trouvant cette pauvre femme morte, ou inconsciente en tout cas ? Nous l'avons examinée pour voir si elle était encore en vie, et puis nous avons appelé une ambulance.

— Pas la police ?

— À quoi bon ? La pauvre femme était très âgée, et sa mort était des plus naturelles. D'ailleurs, je ne comprends pas bien pourquoi vous et votre jeune collègue êtes passés me voir.

130

— Enquête de routine, répondit Simpson sans se démonter. Sans compter qu'elle n'a pas d'héritier, si j'ai bien compris.

— Je ne saurais vous le dire. Personne ne lui rendait visite, à ma connaissance. Elle ne partait jamais pour Noël, et elle recevait très peu de lettres. Nous sommes plutôt solitaires ici, vous comprenez — veufs, célibataires, pas d'enfants en tout cas. C'est la maison des fantômes...

Un sourire éclaira son visage tanné. Blane avait l'air de plus en plus soupçonneux.

— Elle ne recevait vraiment personne ? Pas d'aide ménagère, pas d'assistante sociale ?

— Je ne peux pas en être absolument certain. Comme je vous l'ai dit, je ne passe pas ma vie à regarder par le trou de la serrure. Mais cela m'étonnerait. Miss Frimwell était parfaitement capable de se débrouiller toute seule et elle n'avait aucun besoin de vos services... sociaux. Moi non plus, d'ailleurs.

— Elle touchait une pension, sans doute ?

— Sans aucun doute. Comme nous tous. Et nous en sommes reconnaissants à qui de droit, croyez-moi !

Il y eut un froid. Blane rompit le silence en demandant tout d'un coup :

— Est-ce qu'elle payait régulièrement son loyer ?

— Toujours.

— Quel jour, monsieur ?

— Le samedi.

— Son décès a été constaté un samedi. Vous avait-elle déjà payé ?

— Non. Elle venait me payer le samedi soir. Elle frappait à ma porte, me tendait l'argent dans une enveloppe, je signais un reçu, nous bavardions quelques instants, et c'était tout. Chacun rentrait dans son coin.

— Vous êtes très féru de littérature ? demanda Simpson à son tour.

— Autrefois, oui. J'enseignais la littérature anglaise à l'université de Cracovie en 1939. Depuis, je suis

131

devenu citoyen britannique, j'ai fait des traductions, du journalisme pour la presse de l'émigration, des choses de ce genre-là. Avec les loyers, cela me suffisait.

— Ainsi elle ne vous avait pas payé quand vous l'avez découverte. Vous ne l'aviez pas vue de la journée ? insista Blane.

— Je vous l'ai déjà dit.

— Elle ne devait venir que le soir, sergent, remarqua Simpson. Inscrivez bien cela.

Il se leva.

— Eh bien, monsieur, je suppose que la pièce est restée intacte. Rien n'a été bougé ?

— Certainement pas.

Mr. Sobieski se leva à son tour.

— Évidemment, après qu'on l'a emmenée, j'ai épousseté, j'ai passé l'aspirateur, j'ai fait un peu de rangement. Je trouvais normal de mettre tout en ordre. À vrai dire je ne savais pas très bien quoi faire. Personne ne venait réclamer ses affaires. C'était une situation bizarre. Mais enfin, j'avais trop de respect pour cette femme pour lui donner un remplaçant avant qu'on l'ait enterrée. Quand auront lieu les funérailles ?

— Nous l'ignorons encore, monsieur. L'autopsie a été faite il y a seulement deux jours.

— L'autopsie ? Et pourquoi ? C'était une mort naturelle.

— C'est ce que nous pensions, dit Simpson avec un bon sourire. Mais quand quelqu'un meurt sans qu'un médecin l'ait examiné depuis quinze jours, il y a toujours autopsie. Et comme vous le disiez, Miss Frimwell était bâtie à chaud et à sable — pardonnez-moi l'expression. Elle n'avait pas vu de médecin depuis des mois, si j'en juge par son dossier de Sécurité sociale. Maintenant, si vous voulez bien nous montrer sa chambre...

Sobieski se leva et prit un trousseau de clefs au fond d'un tiroir. Il détacha l'une des clefs et les conduisit jusqu'à la pièce de devant.

— Vous ne l'avez plus ouverte depuis le jour de sa mort ?

— Évidemment.

Il tourna la clef dans la serrure et les deux policiers entrèrent. Sobieski les observait depuis le couloir.

C'était une chambre assez vaste, avec des fenêtres basses, donnant sur la rue, que cachaient des rideaux de dentelle. Une table, solide mais petite, occupait le milieu de la pièce. Une nappe à ramages la recouvrait entièrement. Entre la table et la cheminée, on voyait une grande chaise longue d'un modèle ancien. Dans un coin, une couverture afghane était jetée sur un canapé. Sur la table de nuit un réveille-matin antique voisinait avec une boîte de Stéradent ; aux murs deux diplômes encadrés flanquaient le portrait d'un ecclésiastique à moustache ; sur le manteau de la cheminée, d'autres photographies représentaient de très jeunes tommies ; une grosse dame de l'époque d'Édouard, avec deux jeunes filles aux longs cheveux ; un majestueux chat tigré. Parmi les livres de la vieille dame on remarquait des classiques bien reliés, qui semblaient n'avoir jamais été ouverts, un Nevil Shute, un Dick Francis dans des éditions imprimées en gros caractères sur une petite table entre la chaise longue et la cheminée. Sur la commode surmontée d'un miroir, presque rien. Dans le coin-cuisine derrière un paravent, pas de vaisselle sale, tout avait été bien rangé.

Les deux hommes restèrent un grand moment dans la chambre, regardant à droite à gauche. Simpson finit par dire :

— Tout est dans l'état où vous l'avez trouvé ? Personne n'est rentré ici depuis ?

— Personne d'autre que moi, je vous l'ai dit. J'étais sous le choc — une femme si gentille, si solitaire, qui était morte peut-être depuis deux jours. Il m'a semblé qu'il serait bien de tout mettre en ordre, par respect pour elle. J'ai tiré le verrou dès que j'ai eu fini. Personne n'y est entré depuis.

— Merci, monsieur. Nous allons juste jeter un coup d'œil et nous vous appellerons quand nous aurons fini.

Mr. Sobieski hocha la tête et s'en alla. Simpson referma la porte derrière lui.

— Bon, allons-y.

Un peu plus tard, il envoya Blane demander à Mr. Sobieski de revenir. Blane demanda au vieil homme s'il était sûr que la chambre avait son aspect habituel.

Le vieil homme tira un étui de la poche de sa veste, l'ouvrit et chaussa ses lunettes. Ses mains tremblaient un peu. Il parcourut la pièce du regard avec une attention soutenue, s'arrêtant un instant sur Blane qui se tenait le dos à la fenêtre et prenait des notes.

— La plupart des meubles sont à moi. Il n'y avait à elle que la table de nuit et la chaise longue.

— Tout a l'air normal ?

— Je crois. Pourtant, il a l'air de manquer quelque chose. Elle avait un réveil. Pas celui qui est sur la table de nuit, mais un vieux en cuivre, avec une petite poignée. Il était sur la cheminée. On appelle ça une pendulette, je crois. Et où est sa radio ? Elle avait un petit transistor, toujours là.

Il se dirigea vers la petite table où se trouvaient la lampe et les livres imprimés en gros caractères.

— Sur la commode elle avait une brosse en argent et un coffret. Oui, j'en suis sûr. Ces objets étaient toujours là.

— Étaient-ils là quand vous et l'autre monsieur l'avez trouvée ?

Il réfléchit un moment, fronça les sourcils.

— Je n'en sais rien. Vraiment, je n'en sais rien. Nous nous préoccupions seulement de cette pauvre femme, vous voyez. Nous nous sommes précipités, nous avons essayé de lui faire reprendre conscience. Nous n'avons pas fait attention à ses affaires.

— Même pas quand vous êtes revenus après avoir appelé l'ambulance ?

134

— Non.

— Et cet autre monsieur ?

— Mr. Pickering était sous le choc lui aussi. Il est plus jeune que moi, il n'a pas fait la guerre. Il a eu peur quand nous nous sommes aperçus qu'elle était morte. J'ai dû lui dire de quitter la pièce.

— Et vous, qu'avez-vous fait ?

Sobieski ne répondit pas tout de suite. Il fixait Simpson avec gravité.

— J'ai prié pour le repos de son âme.

Près de la fenêtre, Blane avait l'air ahuri, mais Simpson hocha la tête.

— J'ai vu beaucoup de cadavres. Je me suis tout de suite rendu compte qu'elle était morte depuis un certain temps déjà, peut-être vingt-quatre heures. Je l'ai couverte d'un châle, et j'ai dit une prière à son intention.

— Très bien, monsieur... J'ai bien compris. Vous n'avez pas remarqué s'il y avait quelque chose sur la table à côté d'elle : une tasse, une soucoupe, un verre, une boisson quelconque ?

— Il n'y avait rien. C'était exactement dans le même état qu'aujourd'hui.

Lorsqu'il fut parti, Blane regarda Simpson.

— Tout ça s'enchaîne parfaitement. Ce n'est pas une mort naturelle.

L'autopsie obligatoire avait montré que Sibyl Emily Frimwell, célibataire, âgée de quatre-vingt-cinq ans et cinq mois, n'était pas morte d'une crise cardiaque, d'un cancer, d'une pneumonie, d'un virus ou d'une maladie quelconque du grand âge, mais de l'absorption d'une dose massive de somnifères. Ou, plutôt, elle n'en avait pas pris beaucoup, mais ils étaient très forts, et elle en avait absorbé plus qu'elle ne pouvait en supporter. Le rapport était arrivé sur le bureau de Simpson. C'était la raison de sa présence ici.

Il jeta un regard circulaire à la pièce bien rangée, maintenant envahie de soleil, et poussa un soupir.

— Très bien, dit-il, appelle les types du labo. Il n'y a qu'eux qui puissent trouver quelque chose.

Simpson s'assit sur une chaise près de la table et songea à Miss Frimwell sur sa chaise longue. Il avait envoyé Blane chercher des sandwiches et du Coca, un peu parce que cela l'amusait de rabaisser la vanité de Blane en lui confiant des tâches aussi humbles, un peu parce qu'il avait envie de réfléchir tranquillement. Il avait été sergent comme Blane, il y avait quelques années — avec un chef à l'œil de lynx et à la langue acérée, le vieux Harry Hogarth, qui était maintenant surintendant et à dix-huit mois de la retraite, un homme dur s'il en fut, massif, sinistre, et pas regardant sur les méthodes. Pour Simpson, arrêter les criminels était un jeu, pour Hogarth, c'était une guerre. Blane serait comme cela lui aussi, mais avec en plus une arrogance à toute épreuve et un respect aveugle pour le règlement. Blane était un vrai poison.

Simpson, les coudes sur la table, réfléchissait à certains détails. La vieille dame s'était assise sur sa chaise longue et était morte dans son sommeil. Ce pouvait être un accident. Mais il n'y avait ni tasse ni verre à côté d'elle, ni même derrière le paravent où tout était parfaitement rangé. Avait-elle avalé les comprimés et tout rangé avant de s'allonger et d'attendre — attendre quoi ? Le sommeil ? Pourquoi aurait-elle dû prendre des somnifères au milieu de l'après-midi, puisque d'après le médecin légiste c'était alors qu'elle était morte. Où étaient les comprimés ? Jusqu'à l'arrivée des types du labo il ne voulait toucher à rien, mais il n'avait remarqué que des laxatifs et de l'aspirine. Il y avait aussi un tube de comprimés avec une étiquette qui disait « à prendre toutes les quatre heures », mais ils n'avaient pas l'air de somnifères.

Et puis où était passé l'argent de sa pension ? Elle l'avait retiré la veille de sa mort, et n'avait pas payé son loyer. Où étaient sa pendulette et sa radio ? Mis en

136

gage ? C'était peu probable, et même dans ce cas ils auraient dû trouver des reçus.

On ne trouva aucun reçu. Ni aucun des trésors dérisoires que les vieilles dames sont supposées conserver avec soin. Pas d'argent liquide non plus. Ils ne trouvèrent rien que les restes nus d'une vie de vieille fille. Les techniciens ne trouvèrent rien non plus. Sobieski avait trop bien passé l'aspirateur. Quant aux empreintes, on ne trouva que celles de Sobieski, de Pickering et des ambulanciers, presque pas de Miss Frimwell. Tout avait été essuyé avec soin. Par qui, et quand ?

Il restait pas mal de choses à faire : vérifier auprès de son médecin traitant pour savoir ce qu'on lui avait ordonné — Simpson pourrait faire ça; aller à l'hôpital où elle travaillait comme volontaire, ainsi qu'ils l'avaient découvert en lisant ses lettres — Blane pouvait s'en charger; voir Pickering, le locataire du dessus, qui était resté seul près du corps pendant que Sobieski téléphonait — ça c'était pour Simpson; vérifier au fichier des empreintes, au cas où — pour Blane; vérifier auprès des voisins qui avait pu lui rendre visite, un voyageur de commerce, un laveur de carreaux, un clochard — pour Blane; au commissariat, il faudrait aussi chercher s'il n'y avait pas eu déjà des cas semblables, un peu bizarres — pour Simpson. Il ne savait pas au juste ce qu'il allait chercher, mais il était bien sûr de le reconnaître s'il le rencontrait. Il savait aussi que Blane en serait incapable.

Il envoya Blane à l'hôpital où il pensait ne rien trouver d'utile, et se rendit lui-même chez le médecin de Miss Frimwell qui habitait une grande maison victorienne délabrée, pleine de couloirs et de cagibis, où était établie toute une équipe médicale. Au milieu de l'après-midi, c'était l'heure du planning familial, et il attendit quelques minutes au milieu de jeunes femmes, aux regards infiniment curieux, et de leurs poussettes. Il dut même envoyer bouler un petit qui essayait à toute force de lui enfoncer un téléphone en plastique dans l'oreille.

Le médecin, un barbu en pull à col roulé et baskets, dut rechercher dans ses dossiers quelles ordonnances il avait délivrées à Miss Frimwell (il avait tant de patientes âgées que, sur le coup, le nom de Miss Frimwell ne lui disait rien). Selon lui, elle était forte comme un bœuf mais pouvait partir *ad patres* à tout moment.

— Comment cela ?

Du bout de l'ongle, le médecin donna une chiquenaude à la fiche cartonnée.

— Arthrose, constipation, une cataracte qui s'aggravait — rien qui ne risque de nous arriver à tous, à un moment ou à un autre. Ah, oui, une angine de poitrine — elle avait eu une crise ou deux, mais pas ces six derniers mois. Elle prenait des comprimés pour ça — oui, ceux-là (Simpson lui avait montré le tube qu'il avait trouvé). Mais c'était tout. Elle n'est pas venue à la consultation depuis... novembre dernier, d'après ma fiche. Je me souviens d'elle maintenant. Un sacré bout de femme. Toujours polie, toujours mise comme une... comme une dame.

Il sourit dans sa barbe.

— Il n'y en a plus beaucoup des comme ça. Encore une de partie !

— Vous ne lui avez jamais prescrit de somnifères, de tranquillisants ?

— Certes non. Ce n'était pas le genre.

— Mais son cœur ?...

— Il pouvait céder à tout instant. C'était une vieille dame. Pourquoi vous posez-vous toutes ces questions ? Pour moi, c'est une mort naturelle, un point c'est tout. Vous me dites que l'autopsie...

L'air perplexe, il retourna la fiche près du stéthoscope et du sphygmomanomètre.

— Rien de ce que je lui ai prescrit n'était susceptible de causer cela. Rien. Si vos types ont trouvé quelque chose, ça ne vient pas de chez moi.

Simpson était fatigué. Il revint à pied au commissa
riat, en cette fin d'après-midi humide. Il aurait voulu
être ailleurs. La grand-rue, trop étroite pour la circulation, avait quelque chose de déprimant avec ses trot-
toirs qu'on n'avait toujours pas réparés depuis les
gelées de l'hiver, et ses boutiques, abandonnées derrière
leurs vitrines sales, quand elles n'étaient pas délabrées
ou simplement trop clinquantes — il y avait plus de
magasins de vidéo que d'épiceries, de sociétés immo-
bilières que de boucheries. Les passants même paraissaient étranges. Tout comme ces jeunes mamans derrière leurs rejetons. Personne ne regardait personne
dans les yeux. Chacun se barricadait derrière un regard
mort. Dès qu'ils s'apercevaient qu'il représentait la Loi
et l'Ordre, ils devenaient hostiles ou nerveux. Pour eux
ce n'était plus quelqu'un à qui demander de l'aide en
cas de besoin, mais une présence inopportune, déran-
geante.

Pourquoi était-il entré dans la police alors qu'il aurait
pu devenir garde forestier ou gardien au zoo, maraî-
cher ou domestique chez quelque noble lord ?
N'importe quoi plutôt qu'inspecteur de police à Londres, par cet après-midi étouffant, à se demander pourquoi une petite vieille dame était morte dans sa chaise
longue pour avoir pris trop de médicaments.

Lorsqu'il eut retrouvé le désordre clinique du commissariat, il tomba sur Blane. Plus imbu de lui-même
que jamais, celui-ci lui fit lecture des notes qu'il avait
prises avec la vanité satisfaite du causeur de salon qui
conte une anecdote. Rien de ce qu'il avait appris à
l'hôpital n'avait le moindre intérêt. Miss Frimwell s'y
rendait tous les lundis et tous les mercredis matin de
dix heures à midi pour préparer des pansements. C'était
pur bénévolat de sa part, et en fait elle embarrassait
plutôt le personnel car son arthrose la rendait très
lente. Mais elle avait été formée à l'hôpital et y avait
travaillé bien des années auparavant, juste après la

guerre de 1914. Elle avait conservé des liens très forts avec l'hôpital, se sentait encore de la famille, et, bien qu'on ne sût quoi lui faire faire d'utile, personne n'avait eu le cœur de lui dire de ne pas revenir.

Tout le monde l'aimait et l'admirait pour sa courtoisie et son esprit dont les années avaient à peine diminué la lucidité. Si son corps était fragile, sa tête fonctionnait à merveille. Le temps avait allégé sa silhouette, courbé ses épaules et blanchi ses cheveux — elle avait l'air d'un petit bout de fleur de chardon —, mais jamais elle ne s'était départie des façons polies ni de la rectitude morale de l'époque où elle était née.

On ne savait rien de précis sur elle. Elle n'avait jamais mentionné sa famille ni ses amis, seulement des collègues d'autrefois. Jamais elle ne faisait allusion à son état de santé, mais on était vaguement au courant de ses problèmes cardiaques. Non, elle n'aurait pas pu se procurer de médicaments à l'hôpital — l'aurait-elle voulu, ce qui n'était pas inconcevable — car elle n'avait pas accès à la pharmacie.

— Voilà, monsieur, c'est à peu près tout, conclut Blane en refermant son carnet avec un petit sourire satisfait.

— Merci, rien plus rien ça fait toujours rien, dit Simpson en se laissant tomber dans son fauteuil et en fermant les yeux.

— Il n'y a pas d'information inutile, même lorsqu'elle est négative, reprit Blane en glissant son carnet dans la poche de poitrine de sa veste.

Il reprit sa tasse de thé.

— C'est ça, ça permet d'éliminer. Comme les céréales avec beaucoup de fibres.

— Le champ d'investigation devient plus étroit. L'essentiel à présent est de savoir d'où vient cette substance toxique.

Simpson le regarda de travers.

— Tu veux dire où la vieille a eu le truc ?

Simpson haussa les épaules en se redressant dans son fauteuil.

— Si ce n'était pas à l'hôpital, et si on ne lui a pas délivré d'ordonnance, ou bien elle se l'est procuré toute seule — mais je ne vois pas comment — ou bien quelqu'un le lui a passé.

— Pickering. Le type du premier étage. Il travaille à mi-temps à la pharmacie qu'elle fréquentait. J'ai fait toutes les pharmacies des environs en sortant de l'hôpital, comme vous me l'aviez demandé, mais de toute façon l'étiquette de ses comprimés pour le cœur donnait l'adresse. J'ai aussi demandé au pharmacien si elle se fournissait toujours chez lui. Il m'a dit que oui. Ils la connaissaient très bien, et leurs dossiers l'ont confirmé. Pickering était de garde jeudi.

— Pickering, ce n'est pas celui qui a découvert le cadavre avec Sobieski ?

— Il est resté plusieurs minutes tout seul avec elle. Il aurait fort bien pu éliminer les traces de son crime.

— En quelques minutes ?

— Nous ne savons pas avec certitude combien de temps le Polonais s'est absenté. Ce qui est sûr, c'est que Pickering était de garde à la pharmacie le jeudi matin entre neuf heures et une heure de l'après-midi — ils ferment tôt ce jour-là. Il y était encore vendredi et samedi.

Blane se rengorgea.

— Je n'ai pas voulu pousser plus loin mes investigations en l'absence d'instructions précises de votre part.

Simpson se leva d'un bond.

— Et merde ! J'espérais bien qu'on pourrait tirer l'échelle. On devrait passer le voir. Il y est sûrement.

Lorsque Simpson et Blane arrivèrent chez Mr. Sobieski, il y avait de la lumière aux fenêtres du premier étage. Ils sonnèrent suivant le code indiqué sur la carte de visite.

Mr. Pickering était petit, grassouillet, toujours en sueur. Sa tête ronde et rose paraissait une boule de billard posée en équilibre sur un corps tout aussi rond et rose. Sur une chemise et un pantalon des plus ordinaires il avait passé une courte robe de chambre japonaise. Quand il leur fit monter l'escalier, ils virent qu'il y avait brodé dans le dos, en fils d'or effrangés, un dragon des plus agressifs. Simpson vit très bien Blane froncer les sourcils. Il n'aimait pas cela, c'était évident.

Pickering, fort agité, avait du mal à tenir en place. Il leur offrit de s'asseoir sur l'un des nombreux petits sièges aux formes tarabiscotées dont la petite pièce à l'atmosphère étouffante était remplie, et qui dissimulaient presque entièrement un tapis de Turquie. Il y avait aussi des coussins à fanfreluches. De la peluche à pompons couvrait le manteau de la cheminée, la table, et jusqu'à l'embrasure des fenêtres où l'on voyait un bureau à cylindre. Aux murs étaient accrochées des gravures et des reproductions de peintures fin de siècle : des scènes de genre avec des enfants tenant des petits chiens par le cou, des chatons se serrant au fond de leur panier. Peu à peu on découvrait tout un bric-à-brac d'objets et de bibelots de la même espèce : figurines roses et blanches en jupes à volants, les bras chargés de paniers, bergères flanquées de moutons familiers, nymphes de porcelaine effarouchées, qui se miraient dans des étangs, se voyaient pousser de petites ailes, tiraient à l'arc ou jouaient de la flûte. Sur la cheminée, entre deux vases de fleurs séchées et un cadre de cuir à médaillons où étaient serties les photos de trois collégiennes aux longs cheveux, aux robes mousseuses, une pendulette en cuivre.

Pickering papillonnait de tous côtés, offrant du thé, du café, de la limonade. Ses yeux allaient et venaient d'un policier à l'autre. Il paraissait au comble de l'anxiété. Pour le calmer, Simpson accepta un verre de limonade et prit place sur une chaise décorée de motifs floraux. Blane, lui, préféra rester debout, les mains derrière le dos, comme un vrai policier en service, l'œil aux aguets, à l'affût du moindre indice.

142

Lorsque Pickering se fut enfin assis au bord d'une bergère, Simpson expliqua les raisons de leur présence.

— Voyez-vous, il n'est pas juste que les personnes âgées, cette vieille dame par exemple, disparaissent sans que personne se soucie de savoir s'il n'y a pas eu négligence, manque de soins, de vigilance, ce genre de chose... Voilà pourquoi nous procédons à une enquête de routine.

— Bien sûr, bien sûr. Je suis tout à fait d'accord.

— Nous nous enorgueillissons d'être une société civilisée, attentive aux plus faibles, et voilà ce qui arrive...

Il hocha tristement la tête et Pickering parut accablé.

— Nous nous sommes demandé si vous auriez une idée des personnes qui venaient chez elle. Un livreur de repas chauds de la mairie, une assistante sociale, vous voyez ?

— Mon Dieu, non, je crains de ne pas pouvoir vous aider du tout.

Il implorait presque du regard un Blane impassible.

— Chacun ici reste sur son quant-à-soi. C'est un des grands avantages de l'endroit. Personne ne vient jamais vous emprunter du sucre ou je ne sais quoi. Nous sommes très respectueux de la vie privée des autres et d'ailleurs je ne suis pas sûr de pouvoir reconnaître qui que ce soit, à part Mr. Sobieski et Miss Frimwell. Je la connaissais parce qu'il arrivait que nous allions chercher notre lait à la même heure. Une ou deux fois j'ai dû frapper à sa porte pour lui demander de mettre sa radio moins fort. Elle était un peu sourde, vous voyez, et elle habitait juste en dessous.

— Est-ce qu'elle vous en a voulu ?

— Oh, mon Dieu, non, non ! C'était une vraie dame. On ne pouvait pas être plus tranquille, sauf quand elle ne se rendait pas compte qu'elle avait tourné le bouton trop fort... Je ne la voyais quasiment jamais.

— De sorte que vous ne savez pas si elle recevait des visites.

— Je crois n'avoir entendu personne. Mais je suis souvent sorti. Et puis elle allait à l'hôpital certains jours, je ne sais plus lesquels, comme bénévole je crois.

— Comment le savez-vous ?

— Mr. Sobieski a dû me le dire en passant. À moins que ce ne soit elle. Je ne me souviens plus.

— Vous auriez pu l'apprendre par votre travail à la pharmacie.

La tête ronde de Pickering rougit sur toutes ses faces.

— Pure coïncidence, pure coïncidence. Jamais nous n'en avons parlé. Je crois qu'elle se contentait de préparer des pansements. Cela n'avait rien à voir avec la pharmacie. Rien.

— Vous avez un diplôme de pharmacien, m'a dit Mr. Sobieski.

— C'est exact. Mais je ne travaille qu'à mi-temps. Je suis handicapé et je ne pourrais pas être à temps plein. Je travaille une demi-journée le jeudi, et le vendredi et le samedi toute la journée.

— Vous étiez donc à la pharmacie le jour du décès présumé de Miss Frimwell.

— Oh, mon Dieu, oui ! L'après-midi. Vous pensez que c'était jeudi ?

— Qui lui préparait ses médicaments ? demanda Blane.

— Ses médicaments ? Pas la moindre idée.

Il se tordait les mains. Ses yeux allaient et venaient de plus en plus vite.

— C'est pourtant bien chez vous qu'elle se fournissait ?

— Sans doute, c'est tout près.

— Alors, qui lui préparait ses médicaments ?

— Je ne sais pas. N'importe qui. Si vous êtes bien sûr qu'elle se fournissait chez nous.

— Nous le savons. Nous avons vérifié dans son dossier médical.

— Vraiment, je ne m'en souviens pas, mais si vous avez vérifié dans son dossier vous devez savoir.

— Vous aussi vous devriez savoir.

— Vous ne vous rendez pas compte du nombre d'ordonnances que je dois traiter dans une journée. Je ne sais jamais à qui elles sont destinées et je serais incapable de me souvenir de ce qu'elles contiennent.

Simpson préféra intervenir. Il avait fini sa limonade — très allongée — et il se pencha vers Pickering.

— Le problème, c'est que nous n'avons trouvé aucune ordonnance qui corresponde à ce qu'a pris la vieille dame avant de mourir. Les dossiers de la pharmacie montrent qu'elle prenait des comprimés pour ci et ça, mais rien qui colle. Alors nous nous étions demandé, à tout hasard, si vous ne vous souviendriez pas de lui avoir procuré des somnifères. Encore une fois, je vous pose la question *à tout hasard*.

Cette fois Pickering devint blême.

— Absolument pas !

— Elle aurait pu vous dire, un jour où vous alliez ramasser vos bouteilles de lait par exemple, qu'elle avait du mal à s'endormir. Et tout naturellement, vous lui auriez donné, je ne sais pas, un échantillon, ou un tube de comprimés à vous.

— Je peux jeter un coup d'œil ? demanda Blane. Vous en avez de jolies choses !

Pickering se trémoussa de plus belle, mais Blane avança inexorablement vers la porte à double battant qui séparait les deux pièces. Il ouvrit, et Simpson alla le rejoindre après avoir adressé un bon sourire à Pickering. Blane était toujours sur le pas de la porte, comme pétrifié, et Simpson faillit lui rentrer dedans.

La pièce était plongée dans l'obscurité, mais la lumière qui provenait du salon permettait fort bien de se rendre compte qu'on entrait dans un temple lui aussi consacré au culte de l'enfance victorienne. On voyait aux murs les mêmes chromos ; les meubles étaient tendus de la même peluche ; toutes sortes de mignons objets de toilette étaient étalés sur une coiffeuse, il y avait même un présentoir à bagues ; mais surtout, couvrant l'unique fauteuil et le lit tout entier, des poupées en porcelaine grandeur nature paraissaient dormir, les yeux bien clos sur leurs paupières fardées. Toutes avaient de longs cheveux, et deux d'entre elles des capelines. Leurs jupons étaient immaculés, parfaitement amidonnés, tout comme leurs caleçons et leurs robes. Elles avaient aux pieds de délicates chaussures d'enfant, et leurs petits bras potelées, à moitié levés, paraissaient faire bonjour.

— Nom de Dieu ! siffla Blane.

Pickering s'agitait derrière eux.

— Je suis collectionneur. Mes sœurs avaient commencé. Que de souvenirs... J'étais le plus jeune, le seul garçon. Ma mère nous avait légué celles-ci — les deux petites. Et puis j'ai commencé à collectionner. Vous savez que c'est un marché des plus lucratifs.

— Vous les vendez ?

— Oh, non, je les collectionne. Cela me distrait. Elles ont quelque chose de fascinant.

Blane était revenu de son étonnement et faisait le tour de la pièce d'un air de dégoût profond. Il ne touchait à rien, notant mentalement chaque détail.

Simpson revint au salon.

— Je suppose que ça n'est pas donné. Incroyable ce qu'on collectionne de nos jours — les capsules, les dessous de bouteille, les petites autos. Si j'avais touché un shilling pour chacune des petites autos que j'avais étant gosse, aujourd'hui j'habiterais aux Bahamas. Est-ce que Miss Frimwell aimait votre collection ?

— Miss Frimwell ? Non, elle ne l'a jamais vue. Jamais elle n'est venue ici.

— Elle n'avait pas de poupée ?

— Je vous ai dit que je la connaissais à peine.

— C'était toute sa jeunesse. Elle en avait peut-être une ou deux cachées quelque part.

— Non, non. Je suis sûr que non.

— Comment pouvez-vous en être sûr si vous la connaissiez si peu ?

146

Pickering suait à grosses gouttes.

— Je n'en suis pas sûr ! Simplement, je ne crois pas. Cela m'étonnerait. Le sujet n'a jamais été abordé et nous ne nous parlions presque pas. Oui, elle pouvait bien en avoir à elle. Mais je n'en ai pas la plus petite idée.

— Si elle en avait eu, cela vous aurait intéressé, j'imagine ? demanda Blane quand il revint dans la pièce.

— Oh oui... c'est-à-dire... Oui. Mais je n'avais pas la moindre raison de penser, de... Je n'avais aucune raison.

— Elles sont toutes à vous, n'est-ce pas ? Vous les avez depuis longtemps ?

— Oh oui ! Oui, oui...

Il se tordait les mains, maintenant.

— L'ennui, monsieur, c'est que nous ne savons pas ce que possédait au juste la vieille dame, reprit Simpson. Et si jamais un héritier se manifestait, les choses deviendraient assez compliquées. Un seul détail est sûr : elle avait une jolie pendulette en cuivre.

Son regard s'arrêta sur celle de la cheminée.

Mr. Pickering avait l'air d'un *marshmallow*, tantôt rose, tantôt blanc. Cette fois, il était blanc.

— Vous ne voulez quand même pas dire...

— Nous ne voulons rien dire du tout. Mais c'est un fait. Nous savons qu'elle possédait une pendulette et qu'elle n'est plus chez elle. Il se peut très bien que quelqu'un s'en soit emparé pendant qu'elle était endormie. Ou déjà morte.

— Il y a longtemps que vous avez la vôtre ? Sans doute vient-elle aussi de votre mère, comme les poupées ? demanda Blane sans dissimuler son aversion pour le personnage.

Pickering s'assit sur une chaise et les regarda, terrorisé.

— Je vous assure... Que vous dire ? Je l'ai depuis des années. Elle était à mes parents, un cadeau de mariage. D'avant la première guerre.

— Et vous n'avez jamais passé un comprimé de somnifère à la vieille dame pour l'aider à s'endormir ?

147

Simpson sourit.

— Non, je vous l'ai déjà dit. Rien de rien. La seule fois où j'ai pénétré dans sa chambre, c'était quand nous l'avons trouvée.

Tout rose, tout dégoulinant de sueur, il les contemplait avec une infinie détresse.

— Nous vous remercions de votre aide, monsieur.

Simpson avait gagné la porte, et Blane lui avait emboîté le pas.

— Nous enverrons sans doute quelqu'un relever les empreintes digitales sur la pendulette — par simple précaution. Ou plutôt tenez, si vous n'avez pas d'objection, nous allons l'emporter. Contre reçu, bien sûr.

Pickering se taisait toujours. Blane alla prendre la pendulette dans un mouchoir avec lequel il l'enveloppa délicatement.

— Nous vous la rendrons dans un ou deux jours, dit Simpson en signant le reçu. Je veillerai personnellement à ce qu'on n'oublie pas de la remonter. Une jolie pendulette comme ça, ça s'entretient.

Un sourire, un geste de la main. Puis il entraîna Blane dehors. Pickering n'avait pas bougé.

Lorsqu'ils eurent refermé la porte derrière eux, Blane soupira.

— Le tordu !

— Pauvre gars. C'est les petites filles, son problème, pas les petites vieilles. Enfin, on va regarder ce que donnent ces empreintes.

Ils entrèrent dans la voiture et descendirent la rue obscure jusqu'au moment où ils rejoignirent les lumières et la circulation de la grand-rue. Simpson se sentit soudain très déprimé. Quel triste cinglé ils venaient de quitter ! Et cette vieille chouette déplumée qui était morte aussi seule qu'elle avait vécu. Comme tout avait été nettoyé et remis en place par l'excellent Mr. Sobieski qui avait le respect des morts, les gars du labo n'avaient rien trouvé. On avait mis trop de temps à comprendre qu'il s'agissait d'un crime. Ils tournaient en rond.

Il allait falloir tout reprendre de zéro, revoir chaque voisin et lui demander s'il n'avait pas vu de visiteur — mais ils ne voyaient jamais rien, et de toute façon Blane leur avait déjà demandé le premier jour. Que faire d'autre, pourtant ?

Simpson n'arrivait pas à supporter l'idée de cette petite vieille morte dans sa chaise longue pendant que le reste du monde allait son train. Ces derniers temps, il ne supportait plus la mort, l'horreur que c'était — la mort violente bien sûr.

Et Sibyl Emily Frimwell était morte à quatre-vingt-cinq ans de mort violente, si paisible qu'elle semblât dans sa chaise longue. Quelqu'un lui avait fait prendre ces comprimés et avait fait main basse sur ses pauvres trésors. Simpson les pincerait. Peut-être.

Après avoir quitté Blane, il trouva une cabine téléphonique et appela.

— C'est toi, chérie ? Désolé je n'ai pas pu venir. Une urgence. Oui, bon, tant pis ! Je peux venir maintenant ? C'est ça, ce que tu veux, une pizza, n'importe quoi. Oui, je sais. Je serai là dans dix minutes. Salut, Jan.

7.

Quand Janice avait trouvé le mot de Grace, en revenant de dîner avec Dave, dix jours plus tôt, elle s'était
effondrée sur la chaise la plus proche comme si ses jambes ne parvenaient plus à la soutenir. Comment allait-
elle se débrouiller ? Ce fut sa première pensée intelli-
gible lorsque l'angoisse commença à se dissiper un peu.
Sous le choc, elle n'avait pas fait attention au passage
de la lettre où Grace disait que le loyer était payé
jusqu'à la fin du mois. Elle songeait seulement qu'elle
n'avait que quelques livres en poche, plus ce que lui
donnerait Mr. Theodore. Rien d'autre pour affronter
le monde hostile. Sonnée comme un boxeur, vidée, elle
avait cédé à la panique.

Puis à la colère, à sa façon un peu molle, comme toujours. Ah, la salope ! Ficher le camp comme ça sans le
moindre préavis, après tous ces mois où elles avaient
travaillé ensemble — jamais la combine n'aurait
marché si elles n'avaient pas été deux. Elles avaient
bossé en équipe, la main dans la main, sans une ani-
croche. Mais c'était Grace, le cerveau. Et sans elle,
qu'adviendrait-il de Janice ?

Elle avait été voir si rien ne manquait dans l'armoire
et les tiroirs. Rien. Grace n'avait pris que ses affaires,
mais elle avait emporté aussi les deux valises qui se
trouvaient en haut de l'armoire, et un sac à fermeture

150

Éclair dont elles s'étaient quelquefois servies lorsqu'elles allaient sur les marchés. Elle n'avait même pas dû fouiller dans les affaires de Janice, car deux ou trois bijoux de rien du tout dont Janice s'était entichée au cours des derniers mois étaient toujours emballés dans leurs Kleenex au fond du tiroir où elle gardait ses soutiens-gorge, ses slips et ses Tampax. Grace ne lui voulait donc pas de mal. Pas de bien non plus. Comme tous ceux qui avaient traversé la vie de Janice, elle n'avait fait que passer.

Mais qu'allait-elle faire ? Jusqu'à la fin du mois elle serait à l'abri, quinze jours à peu près. Et soudain elle s'était sentie follement heureuse à l'idée que Dave pourrait venir *chez elle*. Ils pourraient dormir ensemble dans ce lit plein de creux et de bosses, où Grace et elle se tenaient le plus loin possible l'une de l'autre, comme un vrai couple. Plus besoin de faire l'amour sur le siège arrière, dans l'herbe, ni même dans cette merveilleuse chambre d'hôtel. Elle était chez elle maintenant que Grace était partie.

Dave, oh, Dave ! Comment avait-elle pu oublier Dave ? Il allait l'aider. Il se moquerait d'elle, mais il l'aiderait et il coucherait avec elle. Elle lui ferait réchauffer des plats cuisinés. Et peut-être qu'à force de venir chez elle manger des plats indiens ou chinois tout faits et s'amuser dans le grand lit il lui viendrait l'envie de rester un peu — pas pour toujours, non, elle ne rêvait pas au mariage ni à rien de ce genre, mais quelques mois. En tout cas, plus longtemps que s'ils n'avaient pu trouver aucun endroit où faire l'amour tranquillement.

Elle était allée brancher la bouilloire pour se préparer du café. Dave ! Il fallait absolument qu'elle le joigne. Vite. Elle voulait lui crier :

— Ma tante est retournée dans le Nord — une sœur malade ! Elle ne reviendra plus et je suis chez moi. C'est notre chambre, Dave. Je te ferai des haricots en boîte. C'est le numéro 44. Tu pousses la grande porte et c'est celle qui est juste sur la gauche. Dès que tu peux, Dave...

Puis elle avait eu un nouveau moment de découragement. Il travaillait ce soir-là. Elle ne le reverrait que le lendemain, à leur bar habituel. Du moins s'il n'y avait pas de coup de feu. Et dire qu'elle n'avait aucun moyen de le prévenir. Pas de numéro de téléphone. Elle ne savait pas seulement où il travaillait. Elle s'y était résignée comme à tout le reste, depuis son oncle Charlie, mais c'était triste. Elle aurait tellement voulu pouvoir lui faire partager sa joie, l'appeler sans attendre pour lui dire : « Viens, viens vite te coucher ! » Il aurait poussé la porte, aurait regardé tout autour de lui à sa façon toujours curieuse, aurait passé ses bras autour de son cou, et alors elle aurait senti son odeur, le goût de sa bouche, son sexe gonflé. Ils seraient tombés sur le lit et n'en seraient pas sortis avant le lendemain matin...

Mais non. Impossible de lui parler. Elle avait même mis très longtemps à apprendre son nom de famille. Personne ne se souciait des noms de famille de nos jours. Simpson — Dave Simpson...

Dave Simpson partageait depuis deux ans un appartement avec « Porky » Waller, un joyeux drille de la criminelle — c'était lui qu'ils avaient rencontré ce week-end dans le coin des Orateurs, et Simpson avait eu très peur qu'il ne vende la mèche en révélant qu'ils étaient flics. Il savait, d'expérience, que cela refroidissait les ardeurs des filles les plus allantes. Mais Porky avait pigé.

Les trois minuscules pièces étaient agréables, bien que sans caractère bien marqué — ni l'un ni l'autre n'avait le temps, ni l'envie, de s'en occuper. Dans le salon commun (où ils n'étaient presque jamais) se trouvaient la télévision, un divan ventru, deux fauteuils, des piles de livres de poche (des policiers), de vieux journaux, *Playboy*, *Private Eye*. La chambre de Porky était un capharnaüm de vêtements sales, de draps, de cigarettes, de chaussures. Toutes ces odeurs se mêlaient à des relents de parfum bon marché. Celle de Simpson, par contraste, était parfaitement rangée. Les vêtements étaient pendus aux cintres, le plancher net, et la fenêtre toujours ouverte de trois centimètres, ni plus ni moins.

Chez Porky, c'était un défilé de filles plutôt boulottes, avec de grands cheveux, des parfums capiteux et plein de bagouses et de boucles d'oreilles. Aucune ne durait très longtemps, mais Simpson ne savait jamais s'il y en avait une chez Porky avant de les entendre gémir — l'appartement, bâti dans l'euphorie de la croissance à tout va, n'était absolument pas insonorisé. Si Porky s'en fichait (et il s'en fichait), Simpson n'avait aucune objection de principe. Simplement il n'avait pas envie de faire pareil. Au début, il lui était arrivé de ramener des filles à la maison. On pouvait toujours en trouver si on n'était pas trop difficile, et à cette époque-là, il ne l'était guère. Mais, il y avait à peu près un an de cela, il avait rencontré Lisa. C'était une histoire sérieuse. Il avait pensé à l'avenir, imaginé qu'ils pourraient acheter un appartement, faire un gosse, songé à devenir surintendant. Mais elle détestait son travail — les longues journées, l'incertitude des horaires, les corvées, le danger, et surtout le monde sordide dans lequel il lui fallait vivre. Elle l'avait laissé choir, et il s'était bien juré qu'on ne l'y reprendrait plus. Jamais plus il ne dirait à une gonzesse qu'il était flic. Flic ou curé, pour une fille, c'était kif-kif. Il était devenu plutôt ours avec les étrangers.

Après Lisa il n'avait plus eu envie de ramener de filles juste pour la nuit. Il vieillissait, devenait difficile, s'amusait de la vie de bâton de chaise de Porky, mais commençait aussi à ressentir un dégoût croissant pour les existences pitoyables, mesquines qu'il était amené quotidiennement à côtoyer. Son père était maître d'école, un idéaliste qui avait pris ses chères têtes blondes pour des agneaux bêlants jusqu'au jour où ils avaient mis le gymnase à sac, sniffé de la colle dans les toilettes, couvert leurs livres de dessins obscènes, étaient devenus plus grands et plus forts que lui, et avaient quitté l'école à seize ans pour courir les rues. Et pourtant il continuait de ne pas désespérer, même maintenant qu'il était à la retraite, à Hove, perdant l'ouïe peu à peu.

Sa mère appartenait à l'église de scientologie et était morte quand Dave n'avait que dix-sept ans. Il en avait toujours voulu à sa mère de ses souffrances, et à son père de sa faiblesse. Il ne désirait rien tant que l'ordre, l'action, la justice. Il était entré dans la police.

Il croyait à sa mission. À la nécessité de la loi et de l'ordre. Il avait même cru, comme ses parents le lui avaient enseigné, à la valeur des hommes — même si cette croyance ne les avait pas menés bien loin. Il avait aimé la camaraderie, la fraternité, les dangers partagés, la propreté fonctionnelle du commissariat, l'amitié virile, mais, depuis quelque temps, certaines choses ne lui allaient plus. Il n'était entré dans la police ni pour devenir une brute, ni pour voir la sauvagerie gagner les rues au-delà de toute limite, ni pour laisser les pauvres gens sans défense. Au fond, il était aussi idéaliste que ses parents. Il s'était lui aussi mis le doigt dans l'œil. Derrière le gentil Dave, toujours poli et prévenant, surgissait peu à peu un être indifférent qui prenait la vie comme elle venait, prêt à tout, au pire comme au meilleur. Au pire surtout...

Janice faisait partie des choses que la vie lui avait apportées.

Lorsque, il y avait une semaine — c'était un jeudi soir —, Janice lui avait dit avec des trémolos d'excitation dans la voix que sa tante avait dû retourner dans le Nord et qu'ils pouvaient disposer de sa chambre comme ils l'entendaient, il avait d'abord été consterné. Tant qu'ils ne baisaient qu'en voiture ou dans l'herbe, l'avantage de la liberté, de l'anonymat, presque, avait largement compensé l'inconfort des situations. De toute façon, il ne se souciait guère des à-côtés de l'amour.

Si Janice n'avait pas croisé son chemin, quelques semaines plus tôt, alors qu'il était sorti de son territoire pour rendre visite à un copain grièvement blessé en tentant d'arrêter un voleur pris la main dans le sac, si elle n'avait pas été si évidemment disponible, que refuser aurait été non seulement idiot (les cadeaux, ça ne se refuse pas), mais vexant pour elle, il n'aurait jamais été la chercher. Elle ne l'avait pas violé, mais sa conviction naïve qu'il ne rêvait que de la baiser l'avait amené à rester avec elle plus par bonté d'âme que parce qu'elle l'excitait particulièrement. C'était bien, mais sans plus. Commode. Après Lisa, il avait perdu le goût de baiser sans amour.

Janice s'accrochait, s'accrochait. Elle acceptait tout de lui, ses retards, ses lapins. Visiblement elle s'attendait à ce qu'il se serve d'elle, et même à ce qu'il la laisse tomber. C'en était touchant. Elle ne lui demandait rien. Elle espérait quelque chose, mais quoi ? Elle savait bien qu'il n'y avait pas de place pour elle dans la vie de Dave, et elle paraissait en avoir fait son deuil.

Petit à petit, pourtant, la soumission de Janice avait eu raison de lui. Elle était l'incarnation même du désespoir, et quelque chose en lui de l'idéalisme de ses parents, sans doute aussi le dégoût pour les criminels qu'il rencontrait dans son travail, l'avait poussé à essayer de faire quelque chose d'elle. Il n'avait pas cru un mot des histoires à dormir debout qu'elle lui avait racontées — il avait l'oreille pour ce genre de songe-creux — et croyait sans vouloir en savoir plus qu'elle escroquait la Sécurité sociale d'une façon ou d'une autre. En revanche, il croyait vraiment qu'elle vivait avec sa tante car un jour, voulant savoir enfin où elle habitait, il avait vérifié son adresse presque sans y penser. Un jour de repos, il s'était mis en planque à côté de l'endroit où elle lui demandait toujours de le déposer, et il l'avait vue sortir avec une femme plus âgée qu'elle, mise avec soin. Et il s'était imaginé que quelque part dans cette cervelle d'oiseau, cette personnalité falote, existait encore une chance de bonheur.

Il savait parfaitement qu'il faisait une bêtise. Il aurait dû larguer les amarres depuis longtemps. Au revoir et bon voyage. Gentiment si possible. Et pourtant, ce week-end qu'ils avaient passé à l'hôtel — il le lui avait proposé sans réfléchir, poussé par un élan chevaleresque qu'il ne s'expliquait toujours pas — lui avait apporté bien plus encore que le premier orgasme de Janice et sa soumission absolue : le désir de la voir heureuse, de rendre sa vie meilleure, plus riche, et la sienne aussi.

Maintenant qu'il allait devoir s'occuper d'elle pour de bon, puisque sa tante était partie, il avait un peu peur. Il avait réussi à la tenir à l'écart de sa vie, et il ne pouvait plus éviter d'entrer dans la sienne. Mais quand même, une vraie chambre avec un grand lit, et Janice tentant de vaquer à des occupations domestiques (alors que la cuisson d'un œuf était pour elle aussi mystérieuse que la guerre des étoiles), cela valait mieux que de baiser à la va-vite sur la banquette arrière. Il pourrait s'arrêter chez elle en rentrant du travail, à n'importe quelle heure — elle lui avait donné une clef. Grâce à la chambre, elle avait complètement cessé de lui poser des questions. Elle était si fière maintenant : fière de la chambre, fière de lui. Et quand ils avaient fait l'amour dans le grand lit, il avait été surpris. Elle avait crié, gémi. Il avait été près de l'aimer. Non sans appréhension, il s'était persuadé qu'elle l'aimait...

8.

Mrs. Robinson était encore au lit quand Grace arriva avec ses valises. Conroy eut presque les larmes aux yeux lorsqu'elle s'installa dans la petite pièce humide et froide dont on se servait jusqu'alors comme débarras. Entre le moment où sa mère avait fait sa chute et celui où Grace avait accepté de venir, il avait dû prendre des jours de congé car leur femme de ménage avait donné son congé du jour au lendemain quand elle en avait eu assez d'apporter des plateaux au chevet de Mrs. Robinson et de l'aider à faire ses besoins. En désespoir de cause, il avait eu recours au service social de la mairie qui avait commencé par envoyer une Noire mal embouchée qui lui avait donné un bain —, puis une Blanche aussi mal embouchée qui voulait bien faire quelques courses, mais refusait tout net de passer l'aspirateur.

— C'est très aimable à vous, dit-il à Grace après avoir porté ses valises, j'ai peur que ce ne soit pas très...

— Ne vous en faites pas. Cela me conviendra très bien.

Il y avait tout juste la place pour un canapé (celui de Conroy, quand il était jeune), et une table de toilette avait été bricolée en empilant des valises (y compris une malle portant MARION CONROY en grandes lettres blanches) qu'on avait couverte d'une nappe blanche. Il y avait des crochets et des cintres derrière la porte, et

Conroy lui offrit l'armoire du vestibule d'où il avait retiré ses vêtements d'extérieur.

— Comment va votre mère ? A-t-elle vu le médecin ?

— Elle ne veut pas.

Ses joues couperosées s'étaient creusées, et il semblait avoir perdu du poids durant les derniers jours.

— Mais on ne peut pas se permettre ça. Vous allez l'appeler tout de suite et lui demander de venir voir ce qui se passe.

Grace avait appris depuis longtemps qu'il était toujours bon d'être dans les bonnes grâces des médecins, et tous ceux qui exerçaient dans les maisons de retraite où elle avait travaillé s'étaient toujours loués de son efficacité et de sa bonne humeur.

Ce fut aussi le cas du médecin des Robinson. Il changea les comprimés contre la tension, prescrivit un déambulatoire, et évoqua un danger d'escarres au cas où une femme du poids de Mrs. Robinson resterait au lit trop longtemps.

Grace acquiesça gravement. Ils se séparèrent en s'assurant mutuellement qu'ils n'auraient sans doute pas besoin de se revoir.

Sa chute avait changé Mrs. Robinson. Elle avait perdu du poids et s'était comme ratatinée, un peu parce qu'elle hésitait maintenant à se tenir debout, préférant se pencher sur le déambulatoire pour tomber de moins haut si jamais cela devait lui arriver de nouveau.

— C'est ça, chère madame, allez-y doucement. Tenez-vous bien. C'est ça, dit Grace en passant l'aspirateur, prête à intervenir tandis que Mrs. Robinson descendait péniblement le couloir et se hissait dans sa chaise longue.

Le souffle court, elle ferma les yeux, puis les rouvrit lorsque Grace lui installa une couverture sur les genoux. Il y avait de la peur dans son regard.

— Je voudrais une tasse de bouillon, commanda-t-elle.

— C'est juste ce qu'il vous faut, répondit Grace en souriant.

158

— J'ajouterai un peu de sherry.

— Très bien.

Grace attendit que la bouilloire se mette à chanter en fredonnant un air du *Roi et moi*. Elle avait maintenant toutes les cartes en main. La femme de ménage et les employées du service social avaient été éliminées en douceur. Elle avait fait comprendre à Conroy qu'il n'aurait plus droit à leurs prestations puisqu'il avait une gouvernante à domicile. Il l'avait dévisagée un moment avant de lui demander si elle ne trouverait pas cette charge trop pesante pour elle seule. Avec tous les soins...

— Vous voulez rire. Ce n'est pas de soins qu'elle a besoin, mais d'un coup de main de temps en temps. À dire vrai, je préférerais n'avoir personne dans les jambes quand je travaille ici.

Ce qui était vrai.

Elle abattait toujours son jeu avec des précautions infinies. Le danger la guettait à tout moment. Avec Mrs. Robinson elle était d'une docilité parfaite. Elle l'aidait à aller aux toilettes, lui portait son petit déjeuner sur un plateau pendant que Conroy lisait tranquillement le *Daily Telegraph* dans la cuisine. Grace prenait son petit déjeuner lorsqu'il était parti, en écoutant Radio 4. Après la vaisselle et le ménage, elle procédait à la toilette de la vieille dame. Cela prenait du temps. Impossible de rien faire pour la maison tant qu'elle s'occupait du maquillage et de la coiffure. Longue marche jusqu'au salon. Collation à onze heures. Après cela, Grace sortait faire les courses ou se promener. Parfois, elle prenait une tasse de thé ou de café dans l'un des nombreux cafés alentour. Elle regardait les gens, traînait dans les bureaux de poste, chez les bookmakers et dans les bibliothèques en souvenir du bon vieux temps. Puis elle revenait préparer un déjeuner léger pour elles deux et écoutait le monologue de la vieille. Il n'était pratiquement plus question que du passé. Le présent avait été trop cruel. Ensuite, nouvelle traver-

sée du couloir. Arrêt toilettes. Bouillotte, et hop, au lit.
Plus un bruit jusqu'à l'heure du thé. Parfois, Grace sortait encore quand Mrs. Robinson était endormie, mais
en général elle s'installait confortablement dans le
salon. Les premiers jours, elle avait dressé un inven-
taire complet du contenu de tous les tiroirs, de tous
les bureaux, de toutes les armoires de la maison.
Aucune serrure ne lui avait résisté sauf celle d'un coffret noir laqué, au fond de la commode de Conroy. Elle
s'en occuperait en temps utile.

Elle n'avait rien appris de très intéressant. Les Robinson étaient sans mystère, et elle n'avait trouvé que de
vieux programmes, des photos, des coupures de presse.
Il y avait de l'argenterie de valeur, et, bien qu'elle n'ait
jamais pu passer beaucoup de temps seule dans la
chambre de Mrs. Robinson, elle avait trouvé des bijoux
qui valaient bien une ou deux livres. Le plus joli était
une bague avec des rubis et un diamant que la vieille
portait par-dessus son alliance. Elle aimait aussi porter une vieille chaîne en or, avec un pendentif ciselé.
Tout cela faisait un joli magot.

Lui aussi avait de jolis objets : des brosses en ivoire,
deux épingles de cravate avec des perles, un flacon
d'argent, une boîte à cigares (avec des initiales qui ne
devaient pas être les siennes mais celles de son père),
des boutons de manchettes — plus personne ne portait
ce genre de truc. Il avait cent livres en liquide cachées
dans ses chaussettes, et la vieille en avait autant sous
ses tricots de corps.

Venait l'heure du thé, puis les nouvelles de six heures. Les jours de semaine, Grace commençait à préparer le dîner et versait un whisky à Conroy quand il
rentrait. Elle retournait à la cuisine pour laisser la mère
et le fils converser en paix, puis servait le repas. La plupart du temps, ils regardaient la télévision tous ensemble jusqu'au moment où il fallait hisser Mrs. Robinson
sur son lit, mais la deuxième semaine Conroy sortit le
mercredi soir en jetant à sa mère un regard malveillant.

Il ne revint qu'après minuit. Grace l'entendit. Lorsqu'il était parti il avait tiré sur son gilet et simplement dit : « Bon, je vais aller prendre l'air un instant. » Il avait embrassé sa mère sur la joue, puis avait salué Grace qui avait consulté du regard Mrs. Robinson. Celle-ci n'avait rien dit mais ses yeux lançaient des éclairs. Heureusement, on reprenait une pièce d'autrefois à la radio, et il n'y avait pas eu de scène.

Pendant le week-end, Conroy faisait la cuisine. Il se débrouillait plutôt bien, et on voyait qu'il aimait ça. Un couple d'anciens acteurs, plus jeunes malgré tout que Mrs. Robinson, venait jouer au bridge le samedi soir, et il était entendu que Grace avait alors quartier libre. Cela ne lui faisait aucun plaisir. Elle ne savait pas où aller, et elle avait horreur de dépenser. Maintenant, il lui fallait payer ses places de cinéma, ses repas à l'extérieur, les petits verres de gin-vermouth qu'elle prenait dans tel ou tel pub. Il lui arrivait de prendre langue avec quelqu'un, mais elle s'arrangeait toujours pour se dégager avant l'heure de la fermeture. C'était d'un ennui mortel. Même Janice lui manquait, avec ses histoires à dormir debout. Ou plutôt l'action lui manquait : les plans savamment ourdis, le choix des victimes, l'excitation de la visite, le boniment, le ramassage des objets, la fuite, tout ce qui prouvait qu'elle contrôlait ce qui se passait. Lui manquaient aussi les contacts rugueux avec les receleurs : les yeux fureteurs des vieux grigous au fond de leurs boutiques poussiéreuses, les yeux durs des jeunes vendeurs, des vendeuses aussi, sur les marchés. Mais, si son plan marchait, cela valait la peine d'attendre.

Elle s'arrangeait toujours pour revenir avant le départ des Loring, offrait gracieusement une tasse de thé et se retirait dans sa chambre jusqu'à l'heure où ils s'en allaient. Alors elle revenait les aider à passer leurs manteaux, toujours souriante. Wendy Loring avait joué la fille cadette dans *Le Journal de Jane la gouvernante* jusqu'à la soixantaine, sa voix flûtée ne trahissant pas son âge. C'était étrange d'entendre cette voix d'adolescente sortir de la bouche d'une vieille dame boulotte, aux cheveux blancs depuis longtemps. Elle était un peu sourde, mais toujours bien maquillée. Dickie avait été gérant d'un théâtre du West End presque toute sa vie et paraissait toujours être en tenue de soirée — ah, la belle époque ! Petit, toujours tiré à quatre épingles, la moustache et les cheveux blancs, il se montrait immanquablement galant avec les dames, couvrant Mrs. Robinson de fleurs sous le regard complaisant de sa femme, serrant la main de Grace quand il la quittait avec un air vaguement intense. Ils avaient une Mini bien entretenue, et, lorsqu'ils étaient partis, le premier soir, il avait dit : « Cette gouvernante n'a pas l'air de s'en laisser conter. Peut-être Marion a-t-elle trouvé son maître cette fois. — Pauvre Conroy », avait répondu sa femme sans y prendre garde.

Mais, au fur et à mesure que les jours passaient, Conroy paraissait de plus en plus épanoui. Sa conduite ne changeait pas, et son visage ne s'animait pas non plus. Pourtant, derrière ses traits lourds, on sentait une sorte de lueur nouvelle qui, s'il s'était laissé aller, aurait pu lui donner une expression presque enfantine. Il ne manquait jamais d'exprimer à Grace toute sa gratitude le samedi matin, lorsqu'il lui remettait rituellement et maladroitement l'enveloppe qui contenait ses gages. Ils avaient fini par se mettre d'accord sur une somme qui, si on y ajoutait le gîte et le couvert, lui permettrait de voir venir — il avait été très gêné. Il ne parlait pas beaucoup, mais, avec Mrs. Robinson et la télévision, cela ne lui manquait pas vraiment. Le samedi il faisait les courses pour tout le week-end, rapportait des fleurs à sa mère et une bouteille de bourgogne qu'il achetait au rayon vins de Sainsbury. S'il faisait beau, il allait marcher au parc de Kensington. Le dimanche, il lisait le *Sunday Telegraph*, faisait les mots croisés avec sa mère, et se retirait dans sa chambre pour faire la sieste, sans doute. Il sortait après dîner mais n'invitait jamais Grace à l'accompagner, pas plus que ces mercredis soir, qui l'intriguaient fort.

Ce n'était pas du tout ce que Grace avait prévu.

— Je trouve merveilleux que votre fils aime tant son intérieur, dit-elle un samedi en arrangeant les coussins derrière le fauteuil de Mrs. Robinson pendant que Conroy, dans la cuisine, rangeait ses emplettes. Les hommes ne s'y intéressent pas, d'habitude. Mon chéri — Dieu ait son âme ! — ne tenait jamais en place. Il fallait toujours qu'il sorte. En boîte de nuit, en excursion, au spectacle, peu importe. Il fallait qu'il sorte.

— Attention ! Oh, là là !

Mrs. Robinson se laissa tomber sur sa chaise. Elle respirait fort, et son collier dansait sur sa poitrine.

— Le coussin... Il est de travers.

Grace le remit en place.

— Il doit y avoir une fenêtre ouverte. Je sens un courant d'air.

Grace alla la fermer.

— J'ai laissé mes lunettes dans la chambre. Vous avez le programme de la radio ?

Grace alla chercher tout cela.

— Voilà, chère madame. Votre fils est en train de ranger les commissions. Vous en avez fait un véritable homme d'intérieur.

— Vous savez, il était en pension, et moi en tournée. Pas les derniers temps, bien sûr. À ce moment-là l'émission ne me prenait que trois jours par semaine. Mais Conroy n'était pas à la maison...

Sa voix était presque mourante.

— Il faisait son service ?

Grace installait une couverture sur les genoux de Mrs. Robinson.

— Oui... et puis après il est parti. Plusieurs années. Mais il a fini par revenir !

Mrs. Robinson pinça les lèvres et s'empara du *Radio Times*.

— C'est bien que les enfants aiment leur maison. C'est

un hommage qu'ils rendent à leurs parents, comme je dis toujours.

Grace rangea le déambulatoire tout en prenant note mentalement de ces faits nouveaux.

— Je suis sûre qu'il doit d'autant plus apprécier la vie de famille qu'il peut sortir de temps en temps. Est-ce que votre fils a un hobby ? Est-ce qu'il joue au billard ? Est-ce qu'il collectionne les timbres ? C'est important pour un homme d'avoir un hobby.

— Il joue au bridge. Tous les mercredis, il va jouer à son club.

— C'est un jeu tellement cérébral ! Mais on voit bien que c'est un cérébral, votre fils.

— À coup sûr, Conroy est un *cérébral*, dit Mrs. Robinson avec une ironie pesante.

Elle ouvrit le magazine. Grace se rendit compte qu'elle ne pouvait aller plus loin. Donc, le mercredi, c'était le bridge. Mais le dimanche ? Est-ce qu'il continuait d'aller à l'*Old George* boire sa bouteille de vin ? Elle décida de le lui demander.

Dans l'intimité de la cuisine, une sorte de camaraderie s'était établie entre eux. Elle lui avait demandé de l'appeler Grace dans ces moments-là, même si devant sa mère il était entendu qu'elle resterait toujours « Mrs. Black ». En échange, il l'avait invitée à l'appeler lui aussi par son prénom. Uniquement dans la cuisine, bien sûr. Ils étaient, sembla-t-il à Grace, devenus assez intimes pour qu'elle puisse faire le premier pas. Un jour qu'elle épluchait les pommes de terre et qu'il surveillait une sauce, elle demanda :

— Vous allez toujours dans le West End, le dimanche ?

— Oui.

— Ah, notre *Old George* ! Il me manque, vous savez. Les gens étaient si bien élevés. Jamais un mot plus haut que l'autre. Et la musique, juste ce qu'il fallait.

— Oui.

— Ça n'a pas changé ?

Elle avait l'impression de lui arracher les dents une à une.

— Non, c'est toujours pareil.

Elle ne le voyait que de dos, mais elle savait qu'il n'avait pas bronché.

— J'aimerais vraiment retourner boire un verre le dimanche soir. Pour marquer la fin du week-end.

— Eh bien, je serais très heureux... Depuis que vous êtes ici je n'ai jamais...

Il se retourna, la casserole à la main, l'air vaguement embarrassé.

Elle eut un rire charmant.

— Oh, mais je ne veux pas aller dans le West End. Comment laisser votre mère seule si longtemps ? Mais si je pouvais m'échapper un instant dans un pub du quartier, ça me ferait plaisir. Il doit bien y en avoir ?

— Oh oui, bien sûr.

Il revint à ses fourneaux.

— Évidemment je ne pourrais pas y aller seule. Pas la première fois en tout cas. Il va falloir que je vous demande de m'accompagner, Conroy.

— Avec le plus grand plaisir. Comment n'y ai-je pas pensé plus tôt ?

Mrs. Robinson prit cela très mal. Elle se recroquevilla dans sa chaise longue quand Conroy lui dit qu'ils allaient sortir une heure environ. Son large visage, qui rappelait tant celui de son fils, prit une expression morose sous le casque de cheveux trop noirs (un coiffeur passait tous les quinze jours lui faire un shampooing, une teinture et une mise en plis, Grace devait quitter la chambre pendant que le rite s'accomplissait).

— Grace est ici pour me tenir compagnie, grogna-t-elle. On n'a pas le droit de me laisser seule.

— Il n'y en a que pour une heure, maman. Tout ira bien.

— Il pourrait m'arriver n'importe quoi. Je pourrais tomber.

— Chère madame, il faut simplement que vous restiez tranquillement sur votre chaise. Vous me le promettez ?

— Tu te débrouillais très bien toute seule avant l'arrivée de Mrs. Black.

— C'était avant ma chute. Tu ne te rends pas compte que ça m'a complètement chamboulée.

— Maman, il n'y en a que pour une heure. C'est au coin de la rue.

— Pas dans le West End ?

— Mais non, chère madame, pas si loin, jamais de la vie !

Grace aurait pu y rencontrer Janice. Dieu seul savait si elle ne fréquentait pas toujours l'*Old George*, peut-être dans l'espoir de retrouver Grace. De temps en temps, Grace se demandait comment Janice se débrouillait. Mais pas souvent. Un de ses principes était de ne jamais se retourner.

— Nous allons juste au pub du coin.

— Nous serons revenus pour les nouvelles.

— Très bien, je vois que ce n'est pas la peine de discuter.

— Tout le monde a droit à une récréation de temps en temps, dit Grace en enfilant son manteau.

— Drôle de récréation ! fit Mrs. Robinson sur le ton de la dignité offensée en allumant la télévision dont le son était réglé trop fort.

— Je suis désolée d'avoir ainsi bouleversé votre mère, dit Grace tandis qu'ils remontaient la rue jusqu'à l'arrêt du bus. C'est la dernière chose que...

— Elle se calmera. C'est une actrice consommée.

Dans ses vêtements sombres, Conroy paraissait particulièrement massif, ce soir. Grace ne savait pas comment interpréter sa réponse.

— Une grande actrice, bien sûr.

Ils tournèrent au coin de la rue et commencèrent à gravir la colline.

— Avec elle, voyez-vous, il faut de la fermeté. J'ai dû

en faire preuve pour obtenir mon indépendance. C'est une femme merveilleuse, mais elle ne supporte pas de ne plus être au centre de la scène.

— Je trouve que vous vous comportez merveilleusement avec elle. Il n'y a pas beaucoup de fils comme vous.

— Eh bien... C'était une grande vedette. Mon père lui cédait tout. Il adorait jusqu'à la trace de ses pas. C'était un homme tranquille, un peu plus âgé qu'elle.

— Oui, elle me l'a dit.

— Sa mort l'a bouleversée. Elle n'avait pas l'habitude de vivre seule. Tant qu'elle a joué, elle est restée pleine de vitalité, toujours allante... Mais ensuite elle a vieilli. On ne lui a plus proposé de rôle. Il m'a semblé que c'était mieux de revenir vivre avec elle.

— Vous viviez seul vous aussi ?

— À cette époque, oui.

Son visage se rembrunit, et il ne dit plus rien jusqu'à leur arrivée au pub.

Le salon-bar était petit, douillet. De petites lampes à abat-jour diffusaient une lumière rose, et sur un bon tapis aux motifs géométriques étaient installées des tables et des chaises solides, avec des coussins rose bonbon. Il y avait du monde, mais pas trop. Les gens bavardaient gentiment. Il n'y avait ni musique d'ambiance ni machines à sous — cela, c'était bon pour le bar de l'entrée.

Grace déboutonna sa veste, retira son fichu, et fut très satisfaite de ce qu'elle voyait. C'était exactement le genre d'endroit qui convenait à Conroy. Il pourrait bien mieux s'y détendre qu'à l'*Old George* avec son public mélangé. Quand il revint avec son gin-vermouth et une bouteille de bourgogne, elle sourit très sincèrement.

— C'est vraiment très agréable.

Pendant une heure environ, grâce aux lumières tamisées, aux discrètes allées et venues des uns et des autres, il se détendit en effet. Son visage se fit plus rose, son grand corps se laissa aller en arrière, ses yeux perdirent de leur méfiance, et il se mit à parler. Mais sans rien lui apprendre qu'elle ne sût déjà. Rien sur les années mystérieuses où il avait vécu sans sa mère, et rien sur ses mercredis. Il parla de l'actualité, du temps qui changeait, un peu de son travail. Désespérant de l'amener à parler de lui, Grace lui distilla quelques confidences sur des épisodes choisis de sa vie antérieure : son idylle au début de la guerre, son mariage alors qu'elle n'était encore qu'une enfant, la mort de son mari peu après la guerre, des suites d'une blessure reçue pendant la traversée du Rhin; le dur combat qu'elle avait dû mener pour devenir infirmière, le vœu qu'elle avait fait (à tort peut-être) de ne pas se remarier, même si les propositions n'avaient pas manqué.

— Je tiens à mon indépendance, voyez-vous. Comme vous, je crois. Mais parfois je me demande... en vieillissant...

Elle regardait fixement le fond de son verre.

— Je vous comprends très bien, répondit-il seulement, et elle laissa un silence s'établir avant de consulter sa montre (elle venait de cette vieille de Putney qu'elles avaient cambriolée au printemps, et elle marchait à la perfection).

— Mon Dieu, il est temps de rentrer ! Je n'ai pas vu l'heure passer.

Il l'aida à mettre son manteau. En quittant le pub elle se demanda si elle ne devrait pas lui donner le bras, mais finit par penser que ce serait une mauvaise idée. Les hommes s'effarouchaient pour un rien. Heureusement il déclara spontanément qu'il avait passé une très agréable soirée.

— C'est un endroit si confortable...

— Oui, une oasis de calme.

Il lui prit le coude pour l'aider à traverser le passage clouté, mais l'abandonna dès qu'ils furent de l'autre côté.

— Ça fait une coupure, un moment de détente.

168

— Certainement.

Fallait-il le secouer ? Elle se lança.

— Votre mère est une femme merveilleuse, mais évidemment elle est très exigeante. C'est bien naturel. Ce n'est pas n'importe qui. Elle a pris l'habitude qu'on lui obéisse au doigt et à l'œil. Les vieilles personnes sont souvent comme cela. On les comprend.

Il hocha la tête. Ils étaient à mi-chemin, maintenant.

— Ça ne me dérange pas. J'ai l'habitude, depuis le temps. Mais on a besoin de s'aérer de temps à autre, sinon on se laisse happer et on finit par se demander si on pourra tenir le coup.

Enfin, il réagit. En passant près d'un réverbère, elle vit qu'il avait l'air inquiet.

— Vous ne songez pas à nous quitter ?

— Non, pas tout de suite, bien sûr. Je ne voudrais pas vous mettre dans l'embarras. Mais je dois songer à l'avenir.

— Oui.

Il ne dit plus rien jusqu'à ce qu'ils soient arrivés devant l'immeuble. Là, il s'arrêta avant de s'engager dans le passage qui conduisait à l'appartement. Il la regarda dans les yeux, et sembla parler du fond du cœur.

— Je suis persuadé que vous comprenez à quel point je suis sensible à la générosité dont vous avez fait preuve en venant ici. Ma vie en a été changée... celle de ma mère aussi, bien sûr.

Grace murmura quelques mots de protestation.

— Je sais que vous avez fait de gros sacrifices pour nous aider. Je ne sais pas ce que je serais devenu sans vous — c'est une femme merveilleuse, mais elle vieillit, et l'idée qu'elle pourrait rester toute seule pendant que je suis au travail m'effraie. Et depuis sa chute...

— Il faut aussi penser à vous, intervint Grace. Vous avez le droit de mener votre vie comme vous l'entendez. Et les années qui viennent vont être si importantes...

Elle s'appuya sur son bras un court instant.

— Oui, il faut aussi songer à cela. Vous voyez que ce n'est pas facile.

Il resta un moment silencieux, puis prit son courage à deux mains.

— Je ne peux que vous exprimer ma reconnaissance éperdue pour être ainsi montée au créneau. Vous le savez, n'est-ce pas ?

— Bien sûr, Conroy, bien sûr. Nous verrons bien comment les choses évolueront.

— Oui.

Il poussa un soupir, et ils gagnèrent en silence l'appartement.

À vrai dire, Grace en avait sa claque, des Robinson mère et fils. Déjà qu'en maison de retraite elle ne supportait pas les chaises percées... Et puis Mrs. Robinson lui faisait monter la moutarde au nez avec ses airs de princesse. Oui, elle avait envie de retrouver son indépendance. Elle voulait bien accepter tout cela parce qu'il y avait un joli paquet au bout du compte, mais, après un mois de ce régime, elle commençait à se sentir des fourmis dans les jambes.

Elle avait toujours eu du mal à savoir patienter. Elle aimait faire des plans et les exécuter sans retard, sans lanterner en attendant le moment favorable. De ce point de vue, la combine des petites vieilles était formidable. On ne traînait pas. Il suffisait d'en repérer une. On y allait, et hop ! Oui, c'était vraiment bien, presque parfait. Et Janice, avec tous ses défauts, était une partenaire idéale.

Quand même, si les Robinson crachaient au bassinet, ce serait le gros lot. Sinon elle aurait juste perdu son temps. Mais il fallait absolument qu'elle sache s'il avait été marié.

Le lendemain, pendant que Mrs. Robinson faisait la sieste, Grace s'introduisit dans la chambre de Conroy et emporta le coffret noir dans la sienne. Là, grâce à son tour de main et à quelques ustensiles domestiques, elle réussit à l'ouvrir. Avec le plus grand soin, sans rien déplacer, elle en examina le contenu.

Il y avait deux livrets de son entreprise qui montraient — fichtre ! — qu'il avait entre vingt-cinq et trente mille livres en dépôt. Son livret militaire apprit à Grace qu'il avait été ingénieur dans l'armée et avait atteint le grade de sergent. Un lot de cartes postales obscènes mettaient en scène une improbable religieuse faisant des choses à un prêtre en calotte. Tous deux avaient un type oriental, et Grace se souvint que Conroy avait fait son service à Chypre. Une police d'assurances pour l'appartement voisinait avec des lettres concernant une assurance vie liée à sa pension de retraite, sans donner de détails. Grace supposa que sa mère en était la bénéficiaire. Sur une photo, Grace reconnut son père. Il n'y avait aucune photo de sa mère, mais l'appartement en était déjà plein, alors !... Puis la photo d'une fille aux cheveux permanentés et décolorés, la taille mince, la jupe bouffante, très années cinquante, qui s'appuyait contre un portail. Le certificat de naissance de Conroy, le certificat de décès de son père, et le jugement de divorce entre Conroy Edward Robinson et Carole June Ann Robinson née Palmer. Il datait de 1976.

— Ah, finalement !

Le reste des papiers ne l'intéressait plus. Ainsi, ces années d'absence dont sa mère refusait de parler étaient ses années de mariage — il avait dû déchirer le certificat de mariage par dépit, et il ne restait plus de cette union morte qu'une photo et un jugement de divorce.

Grace rangea un à un les documents dans le coffret qu'elle eut un peu de difficulté à refermer. Mais elle se dit que Conroy ne devait pas souvent consulter ces papiers et ne remarquerait pas que le coffret fermait mal. Elle le remit en place, au fond de l'armoire, fit bouffer ses cheveux bien coiffés, se regarda dans la glace, et ferma doucement la porte derrière elle.

Maintenant, elle pouvait y aller.

171

Marion Robinson n'avait aucun mal à se faire un mérite de reconnaître une erreur. Après quelques semaines, elle s'était rendu compte qu'elle n'aurait jamais dû engager Grace, et se félicitait de sa lucidité.

Quand Conroy lui avait demandé s'il pourrait inviter une amie à prendre le thé, elle avait immédiatement refusé. Tout de suite, elle avait senti que cette amie — Conroy n'avait pas d'ami, étant rétif à toute forme de convivialité — risquait d'être une sale petite garce intéressée, comme cette Carole qui s'était fait épouser à peine avait-il été démobilisé, et il ne l'avait même pas présentée à sa mère. Il savait trop bien que Marion n'en aurait fait qu'une bouchée. Il s'en était allé vivre dans un minuscule appartement de Fulham, ne s'occupant plus que de son travail et rendant visite à Marion, oh, une fois par mois au maximum, mais sans Carole, après quelques essais infructueux au début. Marion n'avait rien contre cet arrangement, en réalité, car elle était au zénith de sa carrière théâtrale, une belle actrice encore, et une belle femme qui ne dédaignait pas les hommages des jeunes gens — et des moins jeunes. Elle était parfaite dans le rôle de la mère abandonnée par son fils unique à cause d'une Messaline.

L'éloignement avait duré longtemps. Même après que Carole l'eut quitté pour quelqu'un d'autre, il avait continué à vivre seul. Ses visites étaient malgré tout devenues plus fréquentes. Il venait tous les week-ends. Puis la série des *Poivre et Sel* s'était terminée, et Marion n'avait plus eu que *Le Journal de Jane la gouvernante*. Son style, son allure paraissaient de plus en plus démodés, sa tension monta, et ses jambes commencèrent à lui faire mal. Ses amis mouraient, vieillissaient, ou, dans la tradition de la franche camaraderie des gens de théâtre, la laissaient tomber les uns après les autres.

Conroy revint.

Mais pas tout à fait. Les années qu'il avait passées sans elle (et un zeste de l'énergie de sa mère) lui permirent d'éviter de sombrer dans une totale dépendance.

Il était devenu quelqu'un d'important dans son travail, avait pris du poids, appris à faire la cuisine et à tenir une maison. Ce n'est qu'après que sa mère eut attrapé un zona qu'il comprit à quel point elle avait besoin d'être aidée, elle qu'il avait toujours admirée pour son indépendance. Privée de public, elle n'était plus rien. Il fut donc son public. Mais il refusait de lui donner la réplique.

Elle était contente qu'il ait une voiture pour sortir de Londres le week-end, aller au bord de la mer ou visiter un château. Ses vacances aussi, elle les avaient partagées. Des voyages, d'abord, puis, quand sa santé se fut affaiblie, des séjours dans d'agréables lieux de villégiature. Après quelques années de ce régime, il avait vendu la voiture sans même la prévenir. Elle avait protesté avec véhémence, mais il s'était contenté de répondre qu'il était devenu trop difficile de se garer près de chez eux et qu'elle avait tellement de mal à monter dans l'auto que cela ne valait plus la peine de la garder. Elle était furieuse, mais que faire ? Que faire, aussi, lorsqu'il avait décidé qu'elle passerait quinze jours au mois de septembre dans une maison pour handicapés de Folkestone — très confortable, très bien tenue, très chère, elle n'avait pas à se plaindre de ce côté-là. Lui allait à Corfou, à Madère, dans la région des lacs, et lui envoyait force cartes postales. À son retour il ne lui racontait pratiquement rien tandis qu'elle ne lui épargnait aucun détail. Que faire contre l'habitude qu'il avait instaurée de sortir deux fois par semaine, le mercredi et le dimanche ? Elle avait tout essayé. Cris, larmes, bouderies. En vain. Au début, elle avait craint l'existence d'une autre femme et l'avait accusé sans fioritures, mais il avait expliqué qu'il aimait jouer au bridge, et elle avait dû accepter sa version.

C'est dire combien l'alarma l'idée de voir arriver une Mrs. Black, une rencontre de bar. Elle n'avait accepté que tactiquement, pour mieux préparer sa défense. Aussi avait-elle été très soulagée de découvrir une veuve d'âge mûr, bien mise et pleine de respect. Mrs. Black avait paru comme écrasée par la célébrité de Marion. Elle ne se montrait pas familière avec Conroy, et puis elle savait comment vous aider à vous lever, et le reste, sans vous tirailler en tous sens comme faisaient la plupart des gens. Mrs. Robinson avait fini par attendre avec impatience ses visites du mercredi, qui lui fournissaient un public captif, crédule, et plein d'admiration.

Ensuite, elle était tombée. Le choc avait été terrible. Qu'aurait-elle fait si Mrs. Black n'avait pas été là ? Elle tremblait rien que d'y penser. Elle aurait pu rester étendue dans le froid et l'humidité. Elle aurait pu se casser une jambe, perdre conscience. Elle aurait pu heurter le lavabo de la tête et avoir une commotion cérébrale. Elle aurait pu mourir. Conroy serait rentré, et il l'aurait trouvée morte.

Heureusement que Mrs. Black était là et avait su quoi faire. Elle l'avait remise sur pied avec délicatesse et compétence, l'avait réconfortée et soignée, sans faire aucune allusion à sa jupe et à sa culotte souillées, ou à cette humiliante mare sur le carreau de la salle de bains. Marion Robinson avait été touchée au plus profond d'elle-même par l'idée qu'elle n'était plus invulnérable. C'était bien pis que lorsque Conroy avait vendu la voiture, pis que la mort de son mari, pis que l'année où, à Stratford-on-Avon, Coral Brown avait obtenu tous les rôles que Marion méritait évidemment.

Pendant des jours, elle s'était raccrochée à Conroy, s'était faite exigeante, autoritaire. Elle l'avait obligé à quitter son bureau pour qu'il soit tout à sa dévotion. Rien ne lui faisait plus peur que d'être abandonnée dans un appartement vide où elle risquait de mourir sans que personne s'en aperçoive. Quand il lui avait dit que Mrs. Black avait accepté de venir passer quelques semaines chez elle, elle avait cru voir les feux de la rampe s'allumer de nouveau.

Mais pas question de montrer son soulagement. Elle avait froncé les sourcils.

— Je n'aime pas avoir une étrangère à la maison.

— Mais ce n'est pas une étrangère. Nous la connaissons depuis des semaines.

— Très peu ! Mais enfin... Puisqu'elle est infirmière diplômée.

Quelle joie de ne plus être seule ! De savoir qu'on vous aidera à vous habiller et à vous laver, qu'on vous apportera une tasse de bon café sur un joli plateau et non dans une tasse malpropre comme le faisait cette impossible femme de ménage (elle avait décampé sans demander son reste dès qu'on lui avait demandé de donner un petit coup de main, ces gens n'ont aucune loyauté), qu'on aura quelqu'un à qui parler, quelqu'un qui sera obligé de faire tout ce qu'on voudra !

Pendant plusieurs semaines tout avait été parfait. Mrs. Black — Grace — avait été d'une efficacité impressionnante. Certes, elle ne pouvait s'empêcher d'appeler Marion « chère madame », ce qui était commun mais partait d'une bonne intention. Certes, elle avait tendance à suivre ses habitudes et non celles des Robinson, mais c'était inévitable. Elle avait aussi amené le médecin à lui parler à elle et non à Mrs. Robinson, mais, puisque c'était pour lui donner des directives, cela aussi était compréhensible. Marion se félicitait d'avoir fait un si bon choix. Grace était une perle.

Mais, au fond, avait-elle vraiment renoncé à toute visée sur Conroy ?

Les soupçons de Marion avaient commencé à poindre quand ils étaient allés au pub, un dimanche. Pour une heure, tout près, mais quand même... Pour avoir ainsi changé ses habitudes, Conroy devait avoir été poussé par Grace. Marion avait été payée pour savoir qu'il pouvait être très opiniâtre quand il s'agissait de ses chères habitudes. Ses deux sorties de la semaine, Marion avait fini par s'y faire car elle ne se sentait pas menacée. Personne d'autre n'était impliqué. Il aimait simplement jouer au bridge (les parties du samedi soir avec les Loring ne lui suffisaient pas) et s'asseoir au

175

milieu d'inconnus bruyants dans un bar du West End (pourquoi ? grand Dieu, mais *chacun ses goûts*). Il avait toujours été très réservé, ne montrant jamais ses émotions, même quand elle le faisait rentrer dans sa loge les soirs de première, au milieu des bouquets et des télégrammes. Comment donc avait-il pu se laisser mettre le grappin dessus par cette Carole ?

Mais c'était de l'histoire ancienne. Depuis qu'il était revenu, il s'était montré le meilleur des fils. Ses petites bouffées d'indépendance étaient tout à fait supportables (bien qu'elle n'ait pas apprécié la vente de la voiture, elle aimait tant leurs sorties). Qu'il veuille partir seul en vacances... Non, c'était impardonnable, même si elle savait bien qu'elle n'aurait pas pu le suivre. Mais au moins cela ne lui faisait pas de mal. Il en revenait inchangé, tout juste un peu bronzé, et, si elle se plaignait bruyamment, elle savait bien qu'elle n'avait aucune raison sérieuse de le faire.

Dès les premières minutes, Marion avait compris que Mrs. Black ne serait pas une nouvelle Carole. Cette veuve d'âge mûr, avec son tailleur de confection et ses chaussures à semelle de caoutchouc, sa façon de parler qui trahissait une origine populaire, ferait une gouvernante parfaite. Veuve depuis longtemps et ne désirant pas se remarier (sinon elle l'aurait déjà fait), ayant de quoi vivre, infirmière diplômée — qui pourrait mieux qu'elle s'occuper de Marion Robinson ? C'était ce que Conroy avait en tête, évidemment. Avant la chute, Mrs. Black était une agréable dame de compagnie. Après la chute, elle était devenue indispensable.

Et les choses étaient allées leur train. Conroy se sentait soulagé, sa mère satisfaite d'avoir sous la main un instrument aussi complaisant. Quelle chance !

Oui, jusqu'au jour où ils étaient allés au bar. Ce n'était pas l'idée de Conroy. Impossible. Il avait dû essayer de refuser, mais n'avait pas voulu paraître impoli, ni braquer le factotum de sa mère. Ils n'étaient pas partis longtemps. Une heure environ. Mais en rentrant il avait un air presque réjoui. Mrs. Black, elle, ne dissimulait pas qu'elle s'était bien amusée. Oh, comme d'habitude elle avait apporté à Mrs. Robinson son grog au whisky et sa bouteille d'eau, l'avait aidée à se coucher et lui avait frictionné les pieds à l'eau de Cologne avant de lui souhaiter de faire de beaux rêves (c'était agaçant, mais soit!). Pourtant, il y avait en elle quelque chose de trop satisfait. Conroy n'avait rien dit, avait ouvert une bouteille de bourgogne et s'était installé devant la télévision pendant que Grace aidait sa mère à se coucher, toujours aussi ours. Malgré ses somnifères, Mrs. Robinson avait eu un sommeil agité.

Le lendemain, elle avait observé Grace avec plus d'attention. Elle n'avait apparemment pas changé, mais ne montrait-elle pas quelque familiarité envers Conroy ? Ne lui souriait-elle pas avec quelque chose comme de la complicité ? Ne prenait-elle pas, parfois, les manières brusques de Mrs. Robinson ?

Mais oui! Elle n'était plus si prompte à aller lui chercher ceci ou cela. « Attendez, chère madame, j'arrive », mais elle n'arrivait pas, et Mrs. Robinson sentait le coussin de travers qui lui sciait le dos, n'arrivait pas à atteindre le *Radio Times* (que Grace lisait parfois la première, incroyable!), ou, pis encore, devait se retenir en attendant d'aller aux toilettes. Les souvenirs de Mrs. Robinson ne faisaient plus recette : « Chère madame, vous me l'avez déjà raconté », et elle filait dans la cuisine sans demander son reste. Ou bien elle installait Mrs. Robinson sans ménagement sur son lit, la soulevait trop violemment sous les bras pour l'appuyer contre les coussins, la laissait trop longtemps assise sur le siège des toilettes où elle prenait froid aux genoux. « Désolée, chère madame, mais je ne peux pas être partout à la fois », disait-elle. Elle suivait Mrs. Robinson de si près, dans le couloir, que celle-ci se sentait obligée de se presser.

Elle n'aimait pas se presser. Cela la rendait nerveuse

alors qu'elle ne l'avait jamais été, même les soirs de
première. Toujours maîtresse d'elle-même. Maintenant,
oui, elle était nerveuse.

Elle essayait de s'en tirer par un regain d'autorita-
risme. « Mon mouchoir ! » « Ce thé est beaucoup trop
fort ! » « Vous devriez savoir que je ne prends jamais
de moutarde ! » Plus de « s'il vous plaît » ni de « merci ».
Du fond de sa chaise longue, furieuse d'avoir perdu sa
liberté, elle se battait pour retrouver un pouvoir, une
autorité sur cette femme qui, les premières semaines,
avait paru la plus soumise des esclaves.

Elle avait l'impression qu'elle s'était trompée. Non,
elle ne s'était pas trompée, on l'avait trompée (elle ne
se trompait jamais, c'était un principe). Conroy s'était
montré si soucieux de son confort qu'elle avait consenti
à l'intrusion d'une étrangère. Elle avait tout de suite
compris que Grace n'était pas fréquentable, mais appartenait à la partie instruite de la population domestique,
un peu comme une cuisinière de grande maison ou une
habilleuse de théâtre (Jessie, qui s'était occupée d'elle
pendant toute la période de *Poivre et Sel*, était tout à
fait de ce genre). Ce pouvait être un avantage : elle sau-
rait se tenir à sa place. Mais après la chute de Marion,
cette place n'avait plus été la même. Sa présence était
devenue providentielle, car, au fond d'elle-même, et
sans se l'avouer clairement, Marion vivait dans la ter-
reur d'une autre chute, d'un infarctus, bref, de mourir seule et finalement impuissante. Elle entendait
donner un rôle essentiel à cette Mrs. Black qui montrait tant de respect pour elle. Mais on l'avait trompée.
Les gens étaient bien tous les mêmes, allez, intéressés,
toujours ! Mais qu'est-ce qui intéressait Mrs. Black ?
Conroy ?

Lorsque Conroy était là, Grace était toute douceur,
attention, discrétion, une parfaite gouvernante. Parfois, dans la cuisine, tout en épluchant des légumes
pour ur des petits plats de Conroy, ou en faisant une

178

vaisselle qu'il essuyait avec componction, il lui arrivait de dire avec bonhomie des choses comme : « Sa Majesté était de bien méchante humeur ce matin. Rien de ce que je faisais ne trouvait grâce à ses yeux. » Son visage s'assombrissait, et elle riait de bon cœur en ajoutant : « Je n'y fais même pas attention. Pas quand elle est dans cet état. Avec les vieilles personnes c'était toujours comme ça, elles ont leurs petites manies. » Un jour ou deux après, elle disait un peu moins gaiement :

— Votre mère était dans une de ces rognes aujourd'hui, rien ne lui convenait. J'avais l'impression d'être une souris que le chat rapporte à la maison.

— Il ne faut pas vous laisser impressionner.

— Oh, non, ne vous tracassez pas. Les vieilles personnes ont leurs humeurs. Souvent elles s'en prennent à ceux qu'elles aiment le plus. C'est un problème de manque d'irrigation sanguine des vaisseaux du cerveau.

Il essuyait un verre, comme s'il se lavait les mains de ce qui se passait.

— Je sais que c'est parfois difficile...

— Elle a bien le droit. Une grande dame comme elle. J'essaie de ne pas prendre ça trop à cœur.

Elle rinçait la serpillière, vidait la bassine pleine d'eau grasse, et se tournait vers lui en souriant.

— Les vieux soldats ne meurent jamais !

Un jour, il lui proposa spontanément d'aller passer une heure au pub. Effondrée dans sa chaise longue où elle regardait les nouvelles de neuf heures, Mrs. Robinson les vit partir avec des larmes de rage dans les yeux.

Après, sans renoncer à ses soirées du mercredi — il revenait ponctuellement un peu après minuit, quand Grace, déjà au lit, fumait une dernière cigarette et écoutait tout doucement son transistor —, il avait cessé d'aller dans le West End le dimanche et accompagnait Grace au pub du quartier. Aurait-il craint de l'offenser en retournant seul à l'endroit où ils s'étaient rencontrés ? Préférait-il vraiment sa compagnie et la proximité de la maison ? Une fois par semaine aussi, en gros, si Grace s'était plainte de sa mère, il l'emmenait prendre ce qu'il appelait un « bol d'air » : un gin-vermouth pour elle, deux verres de bourgogne pour lui, pas plus d'une demi-heure, mais c'était assez pour calmer une contrariété qu'elle dissimulait mal. Il parlait de tout et de rien, mais en revenait toujours à l'importance qu'avait sa mère pour lui, et à la joie profonde qu'elle avait de la présence de Grace. Au début, Grace avait surtout parlé de sa propre indignité (il faut se montrer compréhensif, c'est une femme merveilleuse, on ne vit qu'une fois...), mais, peu à peu, son impatience grandissante lui fit sciemment insinuer des doutes dans l'esprit de Conroy.

— J'ai parfois l'impression d'être au bout du rouleau. Je ne fais rien comme il faudrait, dit-elle en tournant son verre de gin-vermouth entre ses doigts d'un air pensif.

— Elle se sent frustrée d'avoir perdu son indépendance. Elle a toujours été habituée à mener une vie indépendante.

— Ça se voit.

— Ça n'a rien à voir avec vous. C'est qu'elle a toujours...

— Oui, bien sûr, je comprends ça. Elle a toujours été la reine des abeilles, et pour elle c'est difficile aujourd'hui. Mais moi non plus je n'ai pas envie de perdre mon indépendance. Ce n'est pas agréable de se faire houspiller comme une domestique quand on essaie seulement de rendre service.

— Elle se laisse emporter. Avec son arthrose...

— Peut-être vaudrait-il mieux qu'elle entre en maison de santé. On pourrait la soigner. Ils font des opérations épatantes à présent. On vous remet en état exactement comme avant.

Il blêmit, mais elle continua :

— Je me demande combien de temps je vais arriver à supporter ça. Si son état ne s'améliore pas, ce sera

180

impossible. Il y a trop de généraux, ici, ça ne va pas ! C'est moi qui fais marcher toute la maison. Je donne les soins, je fais les courses, et, quand vous n'êtes pas là, je suis la seule personne responsable. Mais madame prétend continuer à tout régenter et me parle comme si j'étais une pestiférée.

Il était devenu tout rouge pendant qu'elle parlait, et était maintenant blanc comme un linge. Sa voix se fit gutturale :

— Il ne faut pas penser ça, Grace. Elle n'est pas responsable. Nous savons très bien tous les deux ce que nous vous devons.

— Conroy, je sais bien que vous, vous le pensez, dit-elle avec un regard perdu dans le lointain. Et je ne songe pas à me plaindre. C'est une femme merveilleuse. Je suis heureuse d'avoir pu l'aider. Mais j'ai ma propre vie aussi.

Il parut s'effondrer intérieurement. Le désespoir se lisait sur tous ses traits.

— Que ferais-je sans vous ?

— Allons, je suis sûre que vous vous débrouilleriez très bien. Après tout, vous allez bientôt être à la retraite. Vous pourrez faire venir une aide soignante et des repas chauds de la mairie. Et puis, si vous voulez respirer de temps en temps, vous la mettrez en maison de santé.

— Elle en mourrait.

— Pas du tout. Vous, ça vous tuerait, mais pas elle, lança-t-elle en riant de toutes ses dents. De toute façon, nous n'en sommes pas là. Simplement j'en ai un peu assez de recevoir des coups de bâton. Ce serait plus simple si on savait précisément de quoi chacun doit s'occuper dans cette maison, si j'avais une autorité réelle. Comme si j'étais chez moi.

Ses mots restèrent comme suspendus dans le silence qui suivit. On n'entendait que le bruit lointain de la musique d'ambiance, le choc des verres et le murmure des conversations. La lumière tamisée, l'atmosphère de serre chaude du bar que parfumait l'odeur mêlée des cigarettes et de l'alcool, tout cela créait un climat d'intimité douillette où ils pouvaient songer à l'avenir.

Elle laissa le silence se prolonger, puis, lorsqu'elle eut consulté sa montre, laissa échapper une expression de surprise.

— Mon Dieu, vous avez vu l'heure qu'il est ? Je ferais mieux de rentrer si je ne veux pas que Sa Majesté ne se mette en boule !

Elle rajusta son gilet et reprit son sac à main.

— Vous n'êtes pas obligé de rentrer si vous n'en avez pas envie. Je lui dirai que vous êtes allé vous promener.

Elle s'extirpa de la banquette. Il se leva à moitié. Il avait toujours l'air d'être au désespoir.

— Si vous croyez...

— Ne vous en faites pas. Restez un peu. Vous n'avez pas souvent l'occasion de vous détendre. Au revoir !

Et elle quitta le bar en faisant un grand geste de la main. Les portes battirent derrière elle.

Pendant plusieurs jours, Conroy s'abstint de lui proposer d'aller au pub. Peut-être l'avait-elle effarouché en lui faisant envisager d'autres solutions — elle y avait pensé, mais avait pris le risque en connaissance de cause. Peut-être avait-il eu peur qu'elle n'ait vraiment envie de les quitter — c'était ce que Grace souhaitait. Dans ce cas, il fallait le laisser mijoter dans son jus un bon moment. S'il l'avait invitée, elle aurait refusé. C'était une opération pleine de dangers, et Grace avait su ne prendre aucun risque inutile.

Quand Conroy était là, elle était toujours toute douceur et discrétion, le laissant rendre à sa mère mille menus services en prenant l'air de celle qui comprenait qu'il préférait le faire lui-même... Les tâches les plus rebutantes, elle s'en chargeait d'autorité, l'absolvant d'un mot de ces nécessités déplaisantes. « Allez regarder "Panorama", mon cher, disait-elle, je m'occuperai d'elle. »

Et sans tenir compte des regards furibonds de Mrs. Robinson, elle la soulevait habilement de sa chaise, la conduisait aux toilettes, la déshabillait, la couchait. Conroy devait rester devant sa télévision à se demander ce qui se passait, de quels rituels il était exclu, si Grace était sortie de la pièce fâchée, offensée, en colère... ? Grace, en robe de chambre, les pieds sur une des malles marquées MARION CONROY, fumait sa dernière cigarette et écoutait la radio doucement. Elle était aux anges.

Mais quand Conroy était absent, son attitude envers Mrs. Robinson changeait du tout au tout. Elle n'était plus si aimable ni si douce. Quand Mrs. Robinson se plaignait (et elle se plaignait souvent), Grace répondait : « Que voulez-vous, vous avez encore grossi, chère madame. Je ne peux pas faire mieux. » Ou : « Si vous n'y mettez pas du vôtre, je n'arriverai jamais à rien. Je ne peux quand même pas soulever un poids mort. » Elle fumait en travaillant, dans la cuisine, alors que Mrs. Robinson avait spécifiquement défendu de fumer, et même entrait parfois dans le salon la cigarette au bec. Et si Mrs. Robinson protestait, elle avait le front de répondre qu'elle avait oublié et de retourner dans la cuisine où elle éteignait, ou n'éteignait pas, sa cigarette. Les déjeuners de Mrs. Robinson furent de moins en moins variés (mais sa ration d'alcool augmenta), et Grace disait qu'avec ses problèmes de poids Mrs. Robinson devait éviter les plats trop épicés. Et de fait, après les petits plats que Conroy leur mitonnait le week-end, Mrs. Robinson était souvent malade. Le whisky, dont Grace ne la laissait jamais manquer, arrangeait tout cela.

Grace entrait maintenant souvent sans frapper dans la chambre de Mrs. Robinson en lançant des : « Allez, tout le monde ! Il va falloir se remuer... » La vieille dame avait horreur de cela, surtout lorsque, après s'être traînée jusqu'à la coiffeuse, elle procédait à son maquillage, opération à laquelle personne n'avait le droit d'assister. Lotion astringente, lait hydratant, fond de teint étaient soigneusement appliqués sur cette peau douce, au grain serré, qu'avaient maintenue intacte un usage intensif de cold-cream. Ombre à paupières, crayon à sourcils (elle n'avait plus de sourcils naturels, l'âge vous déplumait aux endroits les plus inattendus), fard à joues, poudre de riz, rouge à lèvres. Quand elle entrait, Grace ne manquait pas de prononcer quelque phrase aimable : « Je me demande pourquoi vous vous donnez tout ce mal, chère madame, personne ne vient jamais vous voir », ou bien : « Vous en avez vraiment fait des tonnes aujourd'hui, votre vue doit baisser. » Le coiffeur qui venait depuis des années chez Mrs. Robinson était passé deux fois depuis que Grace était arrivée, et les cheveux de Mrs. Robinson avaient gardé leur teinte aile de corbeau. Mais, à mesure qu'approchait le prochain rendez-vous, Grace avait commencé à dire : « Pourquoi jeter votre argent par les fenêtres, chère madame ? Je peux très bien vous faire un shampooing ; et quant à la teinture (Mrs. Robinson frémit en entendant le mot tabou)... pourquoi ne gardez-vous pas vos cheveux blancs ? J'ai toujours trouvé que les cheveux teints faisaient vieux.

— Et votre couleur de cheveux, elle est naturelle ?

— Oui, répondit Grace en tournant les talons.

Mrs. Robinson avait du mal à trouver les mots pour se plaindre à Conroy de ces mauvais traitements. D'abord ils n'étaient pas souvent seuls, et, lorsqu'elle commençait à se plaindre, son fils se durcissait soudain. Il ne voulait pas l'écouter.

— Elle est d'une familiarité effrayante, Conroy. Elle me traite comme une demeurée.

— Je suis sûr que tu fabules.

— Mais non ! Elle a même osé quitter la pièce alors que je lui parlais, en plein milieu d'une phrase.

Elle savait que ces doléances avaient quelque chose

184

de mesquin. Mais elle ne réussissait pas à parler des incidents les plus humiliants, de la rudesse, du manque de respect pour son intimité, des vérités blessantes, de l'effondrement, sous les coups de boutoir de l'âge, de l'attitude conquérante qu'elle avait toujours maintenue envers ceux qui l'approchaient. Elle ne pouvait admettre, surtout devant son fils, qu'elle n'était plus aux commandes.

— Tu dois lui parler, Conroy, ordonna-t-elle.

Il ne répondit pas tout de suite, mais s'assit en face d'elle, carré et solide d'allure et de visage.

— Impossible, répondit-il.

— Impossible ? Qu'est-ce que tu veux dire ? Impossible ! Ce n'est qu'une employée.

— Exactement.

Il fit une nouvelle pause.

— Elle risquerait de s'en aller.

Un instant elle ne sut quoi répondre, puis :

— Tant mieux. Je ne tolérerai pas qu'on me manque de respect dans ma propre maison.

— Maman !

Il posa les mains sur les accoudoirs et la regarda droit dans les yeux.

— Nous avons besoin d'une aide à la maison.

— Alors trouve-la ! Il y a mille femmes qui seraient heureuses d'avoir une place pareille.

— Non, il n'y en a pas. Nous le savons très bien. Tu te souviens combien il a été difficile de trouver Mrs. Walters et tu as toujours dit qu'elle était incapable. Et avant cela, rappelle-toi des aides ménagères. On ne savait jamais quand elles allaient venir. Elles surgissaient à n'importe quelle heure, ne voulaient pas faire ci, pas faire ça. Il n'y en avait qu'une qui te paraissait passable, et on l'a mutée juste au moment où tu commençais à t'habituer à elle. Tu veux vraiment en revenir là ?

— Non, bien sûr ! Mais il doit y avoir des domestiques à la retraite. Tu pourrais mettre une annonce dans *Lady*, par exemple...

— Quoi qu'il en soit, reprit-il, sa voix couvrant celle de sa mère, nous ne pouvons plus nous contenter de quelqu'un qui vienne pendant la journée. Il faut quelqu'un qui reste à domicile. Tu ne peux plus rester seule toute la journée.

Elle s'effondra un peu plus sur sa chaise. Avant sa chute, sa tête touchait le haut du dossier, maintenant elle était beaucoup plus basse, touchait presque ses épaules recourbées.

— Quand même, une bonne employée à la journée...

— Non, maman, ça n'est pas suffisant. Songe aux nuits...

Elle se redressa, piquée au vif.

— Dis-le, que tu veux la garder ! Elle t'a embobiné. Tu t'en fiches bien que je ne supporte pas cette femme. Elle te mène par le bout du nez.

— Maman !

— Mais oui ! Je m'en doute depuis un certain temps. Quand tu l'as fait venir prendre le thé, un après-midi, j'ai tout de suite vu qu'elle voulait quelque chose. Elle ne connaissait rien au théâtre, comme tous ses pareils. Je ne lui ai jamais fait confiance.

Son visage était devenu tout rouge, et elle s'accrochait aux accoudoirs comme pour s'appuyer dessus afin de mieux se dresser.

— Maman, je l'ai fait venir parce que je pensais qu'elle te serait utile, qu'elle serait une amie pour toi.

— Une amie !

— Une compagne, alors. Et d'abord elle t'a plu, tu t'en souviens bien. Elle a fait toutes sortes de petites choses pour toi, elle t'était très utile.

— C'était à toi qu'elle était utile. Elle t'aidait à fuir tes responsabilités, à ne pas me rendre les petits services que je suis en droit d'exiger de toi. Je sais bien que le mot devoir, aujourd'hui, sonne démodé, mais enfin il existe !

Son visage se déformait sous le coup de la colère et de la peur.

186

— Maman, ne dis pas des choses pareilles !

— Je vais me gêner ! Tu as essayé de te débarrasser de moi en me jetant dans les bras de cette femme, et tout cela pour pouvoir aller courir le guilledou je ne sais où ! Tu t'en moques bien que je sois heureuse ou non du moment que je reste enfermée dans cet horrible appartement du matin au soir.

Elle paraissait gonfler de volume, son courroux s'enflant à chaque étape de la scène.

— Tu as fait venir cette femme dans ma maison pour mieux me délaisser. Tu as demandé à la première venue de diriger ma maison à moi, à ma place !

— Tais-toi... Elle pourrait t'entendre.

— Eh bien, qu'elle m'entende, et toute la rue aussi ! Elle te tient par le bout du nez et tu es trop mollasson pour t'en rendre compte.

Il se redressa de toute sa taille, comme si sa carrure devait suffire à étouffer les vociférations de sa mère.

— Maman, si elle t'entend elle partira sur-le-champ. Nous nous retrouverons sans aide d'aucune sorte, sans domestique, sans infirmière, et je ne peux pas t'aider à aller aux toilettes, à te laver, à t'habiller — ce ne serait pas correct. Nous avons besoin d'elle, maman, les choses ne sont plus ce qu'elles étaient avant ta chute.

Ils se dévisagèrent, et Marion sentit le désespoir l'envahir. Les larmes lui vinrent aux yeux, et elle eut bien du mal à les retenir. Ce n'était pas sa façon de faire. Marion Conroy ne pleurait pas, elle tempêtait, menaçait, avec arrogance et même cruauté. Jamais elle n'avait feint d'être faible. La force, c'était le seul langage qu'elle connaissait. Et maintenant, effondrée dans sa chaise longue, les jambes douloureuses, voilà qu'elle feignait la faiblesse.

— Très bien, dit-elle après réflexion. Je comprends que pour le moment c'est mieux de la garder. Mais tu vas me faire le plaisir de lui chercher une remplaçante. Et vite. Le *Nursing Times*, voilà ce qu'il nous faut.

— Oui.

— Et je te serais reconnaissante de ne plus t'afficher avec elle dans des pubs. Il faut qu'elle sache rester à sa place !

Il ne se sentait plus aussi sûr de lui que tout à l'heure, et il cherchait l'apaisement. Il ouvrit donc le *Radio Times* dans l'espoir que les choses reprendraient leur cours normal, mais ce fut plus fort que lui.

— Je ne peux pas tout arrêter de but en blanc. Elle trouverait ça bizarre. Nous ne pouvons pas l'humilier.

— C'est toi qui ne veux pas l'humilier !

Elle avait recouvré toute sa superbe.

— À ton aise, mais j'ai ta promesse, d'accord ?

Il ne dit rien et s'avança vers le poste de télévision.

— Je voudrais un petit whisky, si ça ne te dérange pas.

— Je vois que Marion a réussi à faire ses griffes sur la pauvre Mrs. Black, fit Dickie Loring alors que le couple revenait chez lui après le bridge du samedi.

— La pauvre, je n'aimerais pas être à sa place, dit Wendy.

— Elle devait savoir ce qu'elle faisait, quand même. Elle me donne l'impression de quelqu'un qui a roulé sa bosse.

— Elle est très sympathique. Et la pauvre Marion a besoin d'avoir quelqu'un à domicile. Elle a pris un sacré coup de vieux, tu ne trouves pas ? C'est d'un triste...

— Le pauvre Conroy serait dans ses petits souliers si elle tirait sa révérence.

Ils habitaient tout près, dans l'un des rares appartements à loyer réglementé derrière Westbourne Grove, et bientôt ils tournèrent dans leur rue. En défaisant sa ceinture de sécurité, Wendy demanda à son mari s'ils ne devraient pas la prévenir.

— Qui, Marion ?

— Non, Mrs. Black. C'est chez elle maintenant, et elle

ne se rend pas compte qu'elle risque de devoir plier bagage du jour au lendemain. Marion peut être parfaitement odieuse.

Comme il pleuvait, elle couvrit ses bouclettes blanches d'un foulard en plastique avant de sortir de la voiture et de s'engouffrer sous le porche. Dickie vérifia que les portières étaient bien fermées, puis la suivit.

— Il faudrait y songer, à l'occasion.

Ils entrèrent, montèrent l'escalier, et ouvrirent la porte de l'appartement. Il lui passa le bras autour du cou et l'embrassa. Ils s'aimaient toujours.

Après la grande scène avec sa mère, Conroy avait laissé passer un dimanche sans inviter Grace au pub. Il était sorti tout seul et était allé à l'*Old George*, mais n'avait rien dit à personne. Ni Grace ni sa mère n'avaient posé de questions. Quand il était parti, Mrs. Robinson avait eu un regard de triomphe pour Grace qui lisait le supplément magazine du *Sunday Telegraph*, et avait dit à son fils : « Ne te presse pas de rentrer, je me débrouillerai très bien. » Les deux femmes avaient regardé la télévision sans échanger un mot jusqu'à l'heure du coucher. Mrs. Robinson débordait de satisfaction, Grace était parfaitement calme. Le déshabillage, la toilette, l'installation dans le lit se passèrent sans anicroches, et chacune put trouver le sommeil sans difficulté.

Nul ne dit rien. Mrs. Robinson ne demanda pas à Conroy s'il avait bien fait passer la petite annonce promise. Elle en était sûre, mais préférait ne pas courir le risque de le lui demander. Elle avait été rassurée de voir qu'il n'avait plus invité Grace, et elle était redevenue plus aimable. Pour Grace elle conta certains de ses plus grands succès de théâtre, avec mille anecdotes sur des vedettes dont Grace n'avait jamais entendu parler. Ce fut l'occasion d'aller chercher les albums de coupures de presse, les albums de photos, la boîte en carton avec ses bijoux de scène, et même de sortir de la chambre de Grace la grosse malle où étaient rangés sous des housses de plastique transparent, bourrées de naphtaline, ses plus beaux costumes de scène — un manteau, une couronne, certaines des plus belles robes du soir de l'époque de *Poivre et Sel*.

Grace avait déjà vu tout cela, et connaissait les anecdotes par cœur. Avec un bon sourire elle laissa passer la vague sans écouter. Elle savait bien que ce corps bouffi et brisé, ces mains décolorées aux grosses veines, ces jambes gonflées, toute cette grande carcasse en décomposition resterait là à pourrir sur pied si elle n'était pas là pour la soulever, la porter jusqu'aux toilettes et retour dès qu'elle en avait envie, exactement comme une domestique. Au moins, dans les maisons de retraite, ils savaient qui était le chef.

Aussi ne dit-elle rien, elle non plus. Elle fut même aimable envers Conroy qui, pendant plusieurs jours, évita autant qu'il le put de se trouver dans la cuisine. Il craignait les reproches, mais Grace ne lui en fit aucun, gardant une attitude de réserve indulgente qui, peu à peu, finit par le rassurer. Il continua de sortir le mercredi soir, et les Loring continuèrent de venir jouer au bridge le samedi (lorsque Marion se montrait trop cassante envers Grace, ils adressaient à celle-ci de petits sourires de sympathie, et, au moment où elle reparaissait pour prendre congé, Dickie ne manquait jamais de lui presser la main un peu plus fort qu'à l'ordinaire) ; mais, le dimanche suivant, Conroy l'invita à sortir, ce qu'elle accepta avec une très digne simplicité.

Il se montra encore moins loquace qu'à l'ordinaire, et elle évita de le brusquer, se contentant de commenter le temps qu'il faisait et les nouvelles du jour — du moins les plus anodines. Elle buvait à petites gorgées, et observait les autres consommateurs ; lui continuait de se taire, morose et mal à l'aise. Pendant ces longs silences elle restait sereine, lui se rembrunissait de plus

en plus. Lorsqu'ils se levèrent, il finit par lui demander si tout allait bien.

Elle sourit en ajustant son fichu.

— La garde meurt mais ne se rend pas. Nous nous
en tirerons.

Il la suivit dans la rue.

— Ça se passe bien avec elle ?

Elle attendit un instant avant de répondre.

— Elle est tellement entêtée. C'est souvent comme ça
avec les vieux et les enfants. Mais je n'ai pas de pouvoir
sur elle, pas officiellement en tout cas, pas comme si...

Le reste de sa phrase se perdit dans l'air du soir.

Devant la porte de l'immeuble elle posa sa main sur
la sienne quand il sortit ses clefs. Sous la pâle clarté
de la lanterne, le visage de Grace paraissait grave et
beau.

— Ne vous tracassez pas, dit-elle. Je ne vous laisse-
rai pas tomber. Pas sans vous prévenir, en tout cas.

Il pâlit. Elle lui tapota la main.

— La garde meurt mais ne se rend pas, d'accord ?

Elle lui prit les clefs, ouvrit la porte. Il la suivit sans
réfléchir.

Il n'y eut plus un mot d'échangé. Conroy alla embrasser sa mère et s'enferma dans sa chambre. Sans dire
un mot non plus, Mrs. Robinson — tel un volcan dont
seuls une lueur furtive, un fugace panache de fumée
signalent la violence intérieure — laissa Grace la lever,
la soutenir, la porter, la mettre sur le siège des toilettes, lui préparer rituellement son petit verre de whisky
coupé d'eau, arranger les oreillers, la faire tomber sans
douceur sur le lit, dissimuler ses pieds aux ongles jaunis
sous le drap, remonter les couvertures, la border,
donner une petite tape au bord du lit, avoir son sourire aimable.

— On enlève son dentier, petite madame ?

Mrs. Robinson ne desserra pas les lèvres.

— Bon, bon, bon ! Mais n'oubliez pas de l'enlever.
Attention aux gencives douloureuses...

Elle éteignit le plafonnier. À la faible lueur de la lampe de chevet, Mrs. Robinson avait l'allure d'un énorme buste en ruine, grotesque sous son châle et sa résille.

— Dormez bien, faites de beaux rêves !

Elle referma la porte, vit qu'il n'y avait plus de lumière chez Conroy, descendit tranquillement au salon, et là, bien installée dans la chaise longue de Mrs. Robinson, les pieds sur un coussin, elle parcourut le programme de télévision de la semaine suivante en fumant sa dernière cigarette de la journée.

Le lendemain matin, tout se passa comme à l'accoutumée. Grace servit à Conroy son petit déjeuner, puis lui lança son habituel « bonne journée ! » avant d'apporter son plateau à Mrs. Robinson et de déjeuner ellemême en lisant le *Daily Telegraph* qu'elle ne prenait plus la peine de replier avec soin alors qu'elle savait fort bien que Mrs. Robinson aimait être la première à l'ouvrir quand elle était habillée et installée sur sa chaise longue. Elle fit la vaisselle, rangea sa chambre et passa l'aspirateur dans le salon. Mrs. Robinson préférait que Grace l'aide à se lever et à faire sa toilette avant — comme cela elle pouvait se peinturlurer tout à son aise —, mais cela n'arrangeait pas Grace, et depuis quelque temps elle ne le faisait plus. La vieille dame devait donc attendre pour aller aux toilettes, ce qui amenait parfois de petits accidents qui étaient loin de déplaire à Grace.

Elles ne se parlèrent pratiquement pas. Mrs. Robinson donna quelques ordres, et Grace aligna ses platitudes habituelles. Mrs. Robinson s'installa sur sa chaise longue, se rendit compte que les pages du *Daily Telegraph* étaient froissées, but quelque chose à onze heures. Grace sortit faire les courses, vérifia ce qu'on passait au cinéma du coin, et prit un café au milieu des treilles en plastique du *Café-ristorante Perugini*. Elle serait bien allée jusqu'à Kensington High Street, puisqu'il faisait si beau, mais il fallait songer au déjeuner de la vieille, et au sien. Elle pourrait toujours y aller plus tard.

Elle prépara du poisson surgelé, ajouta des yaourts aux fruits, et voilà. Elles s'installèrent à la table devant la porte-fenêtre donnant sur la petite cour. L'automne approchant, le soleil ne se montrait que plus tard. Quelques roses étaient encore en fleur, contre le mur blanchi à la chaux, mais les plantes en pot étaient déjà fanées. Mrs. Robinson aurait préféré que Grace déjeune à la cuisine pendant qu'elle aurait tranquillement fini son plateau au salon. Grace, elle, aurait mieux aimé qu'elles mangent toutes les deux à la cuisine. C'était bien plus pratique, même s'il fallait traîner la vieille jusque-là. Mais non, il fallait que cela se passe au salon, mettre la table dans les règles, et écouter les nouvelles de une heure à la radio. Mrs. Robinson prenait un café ensuite, et insistait pour qu'il soit moulu de frais. Au début, Grace s'était pliée docilement à ce caprice, mais maintenant elle faisait juste un Nescafé bien fort. La vieille n'avait jamais remarqué la différence.

Ensuite, Grace aimait écouter *Les Archers* à la radio, mais la vieille ne supportait pas que le feuilleton ait déjà duré plus longtemps que *Le Journal de Jane la gouvernante*. Aussi Grace se hâtait-elle de lui faire faire sa sieste pendant qu'elle suivait le feuilleton en faisant la vaisselle.

Mais pas ce jour-là. Ce jour-là, quand elle vint chercher la vieille pour la mettre au lit, Mrs. Robinson refusa tout net de se lever. Elle voulait rester sur sa chaise longue.

— C'est de la folie, petite madame, vous avez besoin de faire votre dodo.

— Je peux très bien faire mon dodo, comme vous dites, sur la chaise longue. Je refuse de regagner ma chambre.

Arc-boutée sur son déambulatoire, elle avança vers Grace qui dut la laisser passer. Même fracassée, c'était encore un redoutable mastodonte.

— Comme vous voulez. Mais ne venez pas vous plaindre de vous sentir raide tout à l'heure.

Mrs. Robinson ne répondit rien. Quand elle atteignit sa chaise, elle réussit à la contourner et à s'y laisser lourdement tomber. Grace se garda de l'aider et commença à débarrasser la table. On n'entendait que les bruits de vaisselle, et le silence se fit de plus en plus lourd tandis que Mrs. Robinson ne quittait pas Grace des yeux. Elle finit par dire :

— Je sais bien ce que vous cherchez.

Grace marqua à peine un temps d'hésitation.

— Vraiment ? Et qu'est-ce que c'est ?

— Vous courez après Conroy.

Le silence était à couper au couteau, à présent. Grace continua d'empiler les assiettes et les couverts sur le plateau, puis se tourna vers Mrs. Robinson.

— Et qu'est-ce qui vous fait penser cela, chère madame ?

— Je ne suis ni une aveugle ni une imbécile, vous savez.

Un silence s'installa.

— Vous perdez votre temps !

— Vraiment, vous voulez parier ?

Grace se retourna et finit de remplir le plateau.

— Conroy est mon fils.

— Quelle vie vous lui faites mener, à son âge ! Encore dans les jupes de sa mère.

Mrs. Robinson se rembrunit et serra les mains autour des accoudoirs de la chaise longue.

— C'est Conroy qui a choisi de vivre ainsi. Il a sa carrière, son bridge, il fait tout ce qui lui plaît. Qu'y a-t-il d'étrange à ce qu'il soit attaché à sa mère ?

Grace reprit le plateau et sortit de la pièce. Un instant après elle revint enlever la nappe. Son visage était livide, ses yeux de glace.

Mrs. Robinson éclata.

— Il a eu tout ce qu'il a voulu dans la vie. Il était dans l'armée et puis il s'est marié. Vous ne saviez pas cela, hein ?

194

— Bien sûr que si. Je sais aussi qu'elle l'a laissé tomber, n'est-ce pas ?

La vieille dame n'en revenait pas.

— Comment l'avez-vous appris ? Il n'en parle jamais
— Ah non ?

Elle finit de plier la nappe, la lissa, et la rangea dans un tiroir de la commode à côté des serviettes de table. Mrs. Robinson revint à la charge.

— C'était un désastre, un abominable désastre. Il en est sorti brisé. C'est pour cela qu'il est revenu. Et je puis vous assurer, Mrs. Black, que rien ni personne ne pourra le convaincre de se remarier. Rien !

Son visage était rouge, luisant, elle respirait fort. Grace la regarda un moment, puis vint très calmement s'asseoir en face d'elle, dans le fauteuil de Conroy. Elle croisa les jambes, chercha ses cigarettes dans la poche de son tablier, en alluma une et exhala la fumée vers le plafond en se renversant dans le fauteuil.

— Qu'est-ce qui vous fait croire que je cherche à me marier ? dit-elle.

— Une femme comme vous, on sait bien ce qu'elle cherche !

— Vous n'avez jamais songé qu'on pouvait aimer rendre service ? Peut-être que je veux juste rendre les gens heureux.

— Mon cul !

— Quel vilain mot, petite madame. C'est Conroy qui serait surpris. Mais je sais qu'on n'a pas toujours un langage châtié chez les gens de théâtre.

— Conroy ne se remariera jamais !

— Il a bien raison. Le mariage, ce n'est pas le Pérou.

Elle exhala encore un peu de fumée, contente de voir à quel point de fureur était arrivée Mrs. Robinson.

— Le sexe m'a toujours laissée indifférente, chère madame. Le seul avantage du mariage, c'est son côté pratique. On sait qui a quoi et qui recevra quoi en cas de décès. Tout est clair, n'est-ce pas ?

— L'appartement est à mon nom.

— Sans doute, mais si vous étiez irresponsable ?

— Que voulez-vous dire ?

— Supposons qu'on vous place en maison de santé.

Le silence qui suivit eut quelque chose d'électrique.

— Conroy ne me ferait jamais cela.

— Vous croyez ? C'est pourtant ce qu'il devrait faire si personne n'était là pour s'occuper de vous.

Mrs. Robinson fut prise de panique et retomba sur sa chaise, le souffle court.

— Nous pourrions trouver quelqu'un d'autre. Vous n'êtes pas irremplaçable.

— Je le sais fort bien. Vous pourriez sans mal trouver une infirmière à cinquante livres par jour, et plus encore le jour où vous aurez besoin d'une garde de nuit. Vous pouvez aussi demander à la mairie. Ils vous enverront quelqu'un qui passera quand elle pourra, à n'importe quelle heure, et ça ne m'étonnerait pas que ce soit une négresse. Bien sûr, ils ont plein de matériel nouveau — des couches contre l'incontinence, comme si vous étiez un gros bébé, des peaux de mouton pour éviter les escarres. Et puis il est toujours possible de mettre une petite annonce chez le marchand de journaux. On ne tombe pas à chaque fois sur des escrocs ou des assassins.

Les cendres de sa cigarette tombèrent sur le tapis.

Après quelques instants, Mrs. Robinson finit par dire :

— Conroy prendra bientôt sa retraite. D'ici là, nous trouverons une solution.

— Sûrement, après tout, vous n'avez pas baissé si vite que ça. Mais je ne voudrais pas le voir passer sa retraite auprès de sa vieille mère grabataire.

— Mais je ne suis pas grabataire !

— Pas encore, petite madame, touchez du bois !

Elle toucha du bois.

— Vous êtes une méchante femme, dit posément Mrs. Robinson.

Le sang s'était retiré de son large visage maintenant

tout gris, ce qui donnait quelque chose de criard à son rouge à lèvres et à ses cheveux trop noirs.

— Vous essayez de me faire peur. Je ne suis pas grabataire et mon fils ne me mettra jamais en maison de santé.

— Le ciel vous entende, petite madame. J'essaie simplement de voir la réalité en face. Tout ce que je veux dire, c'est que j'imagine mal Conroy se débrouiller sans moi. Il s'est habitué à ce que je sois là, et vous devez reconnaître que je le décharge de bien des soucis, le pauvre garçon. Je ne crois pas qu'il ait envie de passer le reste de sa vie à prendre soin d'une vieille personne — les hommes n'aiment pas trop cela. À mon avis, lorsqu'il se retirera des affaires, il voudra vivre un peu tranquille, voyager, se détendre. C'est tout naturel. Tant que je serai là...

Elle exhala longuement la fumée et chercha un cendrier du regard. N'en trouvant pas, elle se leva et alla jeter son mégot dans la cheminée, en plein milieu du foyer. Elle posa un regard méprisant sur la vieille femme dans sa chaise longue, comme K.-O. dans les cordes d'un ring.

— ... il n'aura pas de soucis à se faire. Il peut garder l'esprit tranquille. Nous nous entendons bien. Je ne crois pas qu'il soit prêt à tout laisser tomber simplement parce que ma tête ne vous revient plus. Avec les vieux, c'est le genre de choses qui arrive. Que voulez-vous que ça me fasse ? En revanche...

Elle se rapprocha de la porte.

— ... J'aimerais être fixée quant à mon statut exact. Je veux dire, « gouvernante », ça fait bizarre. Un peu comme actrice, si vous voyez ce que je veux dire. « Exerçant le métier d'actrice », c'est ce qu'écrivaient les journaux autrefois, et tout le monde comprenait de quoi il retournait. Et puis il ne faut pas oublier le côté pratique des choses — qui va payer les factures, décider de redécorer une pièce ou de changer les rideaux ? Conroy a bien compris que cela risquait de me mettre dans une position fausse, à terme. J'ai toujours voulu être indépendante, et je ne me suis pas privée de le lui dire, mais, après tout, on doit aussi penser à soi, n'est-ce pas ? Vient un moment où mieux vaut régulariser les choses.

Elle ouvrit la porte et sourit gaiement.

— Allons, bavardage fait mauvais ouvrage, comme on dit chez nous. Je ferais mieux de retourner travailler.

Là-dessus elle sortit et referma la porte derrière elle. Après avoir fait la vaisselle, elle alla se promener dans Kensington High Street, comme elle l'avait prévu, et s'offrit un bon thé. Elle prit soin de revenir avant Conroy et trouva Mrs. Robinson sur son lit, le visage livide. Après le départ de Grace elle avait réussi à se traîner jusqu'aux toilettes, mais pas tout à fait à temps. Sa culotte avait souffert, mais elle n'avait eu que la force de rejoindre son lit pour s'y effondrer. Terrorisée, frustrée, elle ne se rendait que trop compte de l'odeur. Ce soir-là elle n'adressa pas la parole à Grace, et ne dit que quelques mots à Conroy. Celui-ci soupira, échangea avec Grace un regard complice, et remercia le ciel d'avoir inventé la télévision.

Quand Grace avait commencé un job, elle n'avait pas l'habitude de traîner. Avec un tact infini elle prit l'initiative d'une sortie au pub, le dimanche suivant, et se montra particulièrement caressante, jamais rebutée par le manque de coopération de Conroy, s'intéressant à son travail, à ses collègues, à ses projets d'avenir, à sa retraite. « Retraite »..., le grand mot avait été lâché, mais comme à regret, ce qui le rendait encore plus inquiétant.

— Certaines personnes vivent difficilement ces loisirs à l'infini, la perte des responsabilités. Il faut choisir soi-même la façon dont on va passer les vingt-quatre heures d'une journée, et ce n'est pas facile. Le bureau vous manque, les collègues, les amis, tout ça... On doit se sentir terriblement seul pendant un certain temps.

198

Elle but une gorgée.

— Mais je suis bien sûre que vous trouverez quelque chose pour passer le temps. Et puis vous avez votre mère.

Elle n'en dit pas plus, et lui non plus, mais elle était certaine d'avoir donné aux pensées de Conroy le tour qui convenait. Pour commencer il lui faudrait se débarrasser de ces lourds rideaux de velours ; une fois nettoyés ils devraient bien se vendre si on savait choisir son marché. À la place elle mettrait quelque chose de gai, de lumineux. Aux murs, elle ferait place nette de tout ce fouillis des années cinquante, de toutes ces photos de théâtre. Et puis elle ferait refaire sa chambre comme il se devait. Elle n'avait pas la moindre intention de s'installer chez Conroy, à moins qu'une fois que tout serait régularisé il n'insiste beaucoup. Une fois de temps en temps, si vraiment elle ne pouvait y échapper, tant pis... Mais elle ne pensait pas avoir à y passer. Conroy n'avait jamais vraiment été un homme — le départ de sa femme et la maladie de sa mère l'avaient privé du peu d'énergie qui lui restait. Certains hommes étaient comme ça, des chats coupés...

Toute à ces agréables pensées, elle rencontra les Loring en sortant de *Derry & Toms*, un ou deux jours plus tard. Ils lui firent fête et l'entraînèrent dans une sorte de café viennois qui sentait bon le chocolat chaud et les vrais gâteaux à la crème. Sur la banquette, Grace retira son fichu et déboutonna son imperméable tandis que Wendy s'extrayait de son gilet de nylon façon angora comme une souris sort de son trou. Face à elles, très élégant dans son blouson de faux daim, Dicky fit un geste de grand seigneur pour appeler une serveuse.

— Comme c'est merveilleux ! s'écria Wendy de sa voix flûtée. On a si souvent eu envie de bavarder avec vous sans en trouver l'occasion. Comment allez-vous, ma chère Grace ?

Grace, qui ne savait pas qu'elles en étaient à s'appeler par leurs prénoms, sourit et se lissa les cheveux.

— Il ne faut pas se plaindre.

— Comment vont les choses chez les Robinson ?

Grace l'examina avec attention, ne vit que sincère compassion sur le vieux visage aux yeux si étrangement jeunes. Elle haussa les épaules.

— Je prends chaque jour comme il vient.

— Nous nous posions la question, poursuivit Wendy, parce que vous avez l'air si détendu.

Quand les commandes eurent été prises, Dicky consacra toute son attention à Grace.

— Nous connaissons Marion depuis des années, une femme merveilleuse, et une bonne actrice autrefois.

— Trop cabotine pour le goût d'aujourd'hui, évidemment, même à la radio. On ne l'imagine pas jouant avec la Royal Shakespeare Company.

Ils rirent de bon cœur.

— Mais sérieusement, Grace, dit Dicky. Comment ça va ? Il nous a semblé qu'elle vous en faisait baver.

Grace baissa les yeux, puis les releva et sourit.

— J'ai l'habitude des vieilles personnes. Elles doivent supporter tant de choses. Il faut être patient avec elles.

— Je suis sûr que vous êtes la patience même.

Dicky prit un morceau de sucre brun dans la soucoupe et l'écrasa entre les magnifiques mâchoires de son dentier.

— Nous la connaissons très bien, vous savez. J'étais au guichet pendant toute la série des *Poivre et Sel*, dès le moment où Wendy y a fait ses débuts.

— Mon Dieu! dit Wendy, ce rôle d'écolière un peu flirt... Ça fait des lustres ! J'aime mieux ne pas en parler.

Les cafés arrivèrent, et ils choisirent des gâteaux.

Dicky croqua d'autres morceaux de sucre.

— Marion et Wendy se sont retrouvées ensuite à la B.B.C. Elles ont duré un bail avec *Le Journal de Jane la gouvernante*.

— C'étaient les beaux jours ! soupira Wendy. L'argent rentrait bien.

— Mon poussin, intervint Dicky en attaquant sa forêt noire, ne regarde pas en arrière.

— Mais franchement, Grace, nous nous tracassons pour vous. Je veux dire, nous savons qu'elle ne pense pas tout ce qu'elle raconte, mais elle est parfois difficile à supporter et nous nous demandions comment vous teniez le coup. Ils seraient perdus sans vous.

Grace parut embarrassée et s'empressa de plonger les lèvres dans sa tasse. Elle n'avait besoin de rien répondre, puisque les Loring lui retiraient les mots de la bouche.

— Marion a toujours été très *grande dame*, et les gens ne supportent plus cela de nos jours. Nous en avons vu défiler tellement, n'est-ce pas, Wen, des aides à domicile, des perles, des étudiantes qui se faisaient de l'argent de poche. Elle les a tous pris à rebrousse-poil.

— C'est pour Conroy que nous sommes surtout désolés. Le pauvre est tellement adorable avec elle.

— Mais quelle vie ! Il n'est vraiment pas son maître.

— Il aurait dû couper les ponts il y a des années, soupira Wendy tout en faisant bien attention à ce que la crème de son éclair ne se répande pas brusquement sur l'assiette.

Grace, qui s'était modestement contentée d'un chausson aux pommes, se jeta à l'eau.

— Elle a prétendu qu'il avait été marié.

— Oh, là là ! s'étouffa Wendy. C'est exact. Un vrai désastre !

Pour être juste, Dicky fit remarquer que ce n'était pas la faute de Marion.

— Mon poussin, c'est vrai qu'il y a eu une grande bagarre quand il a annoncé la nouvelle, mais je ne crois pas qu'ils se soient reparlé avant que Carole ne s'enfuie avec cet Australien. De toute façon, il n'est pas revenu chez sa mère tout de suite. Il a fallu que *Le Journal de Jane la gouvernante* s'arrête et qu'elle soit si perdue...

— Oui, mais maintenant il est coincé, le pauvre chéri. Ou plutôt il l'était jusqu'à votre arrivée. C'est pour cela que nous tenons tant à ce que vous puissiez rester. Il a tellement besoin d'un peu de liberté.

Grace réfléchit bien, puis avança prudemment :

— Je me demandais s'il n'avait pas envie de se remarier.

Dicky vida sa tasse.

— Impossible, ma chère. Il aime trop sa Rosemary, et elle est catholique à tous crins.

Grace vit trente-six chandelles. Elle eut l'impression que tout son sang refluait vers ses pieds pour remonter aussitôt violemment à son visage. Quand elle reprit ses esprits, Dicky commandait encore du café.

— Mais chut, Grace, c'est un secret, dit Wendy d'un air grave, Marion ne se doute de rien.

— C'est le secret le mieux gardé depuis le jour J, ajouta Dicky.

— Il ne peut la voir que le mercredi à cause de ses enfants. Enfin, ce ne sont plus vraiment des enfants, évidemment, mais ils sont là tous les week-ends et ont terriblement besoin qu'on s'occupe d'eux quand ils rentrent du collège. Il faut leur laver leur linge et tout ça, et puis ils espionnent pour le compte de leur père. Il est catholique lui aussi, même s'il l'a quittée, et tout ça est très triste.

— Marion serait au comble de la fureur si elle l'apprenait. Carole a été déjà difficile à avaler, mais Rosemary, ce serait bien pis. Voilà pourquoi il a inventé cette histoire de club de bridge.

— Pauvre cher Conroy, c'est affreux pour lui d'avoir à lui mentir tout le temps. Depuis combien de temps cela dure-t-il, Dicky, quatre, cinq ans ?

— Cinq, sans doute. Ça fait quatre ans qu'il nous a craché le morceau. Il était complètement désespéré. Il ne savait plus à quel saint se vouer. Le pauvre diable !

— Et voilà, Grace. Ils sont très liés. Lui l'idolâtre, n'est-ce pas, Dicky ? Si vous restez, peut-être pourront-ils se voir un peu plus. Ses enfants ne sont pas là pendant la semaine, vous voyez, Grace, mais il devait être auprès de sa mère depuis qu'elle est handicapée. Si vous n'étiez pas là... Vous êtes l'envoyée de la Providence.

— Sacrément merveilleuse. Vous êtes sa force, et son rocher, et sa tour et sa force.

Wendy posa sa petite patte sur le bras de Grace et la regarda bien en face.

— C'est pour ça que nous nous tracassions. Pas seulement à cause de la façon dont on vous traite, mais à cause du pauvre Conroy. Tout le monde mérite un petit coin de bonheur dans sa vie, vous ne croyez pas ?

Grace réussit enfin à parler.

— Comment est-elle, Rosemary ?

— En y repensant, dit Dicky en se penchant en arrière et en souriant de toutes ses dents, elle vous ressemble beaucoup.

Troisième partie

9.

Cinq semaines s'étaient écoulées depuis la mort mystérieuse de la vieille dame. Au milieu des vols, des agressions, des overdoses et des viols qui étaient quotidiennement son lot, Simpson n'avait jamais tout à fait oublié Miss Sybil Frimwell. Bien qu'il ne l'ait jamais rencontrée — il n'avait même pas vu son cadavre —, il avait eu le sentiment très prenant de sa présence lorsqu'il s'était assis dans sa chambre trop bien rangée, où manquaient ces objets familiers que tout être humain accumule au fil des années. Le fauteuil, derrière la table sur laquelle, étrangement, ne se trouvaient ni tasse ni boîte de pilules, paraissait encore abriter la fragile silhouette et le lumineux regard à peine voilé d'une vieille femme qui avait vécu dans la plus grande solitude, sans même le secours d'un parent, et n'avait dû compter que sur sa volonté pour trouver le courage de mener une vie digne et indépendante. Mr. Sobieski avait du respect pour elle, tout comme le personnel de l'hôpital où elle travaillait. Leslie Pickering lui-même, qui niait farouchement la connaître, avait confirmé ses qualités.

Les photographies retrouvées parmi ses papiers avaient montré une enfant menue et un peu frêle, puis une femme également menue et frêle, au regard toujours éveillé et parfois espiègle, curieux de tout. La dernière photo montrait un groupe d'employés de l'hôpital, sans doute à l'occasion d'une célébration quelconque. Dave avait aussitôt reconnu Miss Frimwell à cause de cette curiosité dans le regard, bien qu'à la date du cliché (les années soixante probablement) elle fût déjà âgée. Ses cheveux s'étaient clairsemés et grisonnaient. Mais c'était toujours la même petite personne déterminée, nerveuse, accrochée à la vie. Pas le genre à dépasser la dose prescrite. Pas le genre à prendre ces pilules non plus, à vrai dire.

Non, il ne l'avait pas oubliée. L'affaire n'était pas classée. Elle lui trottait toujours dans la tête.

Un jour qu'il essayait de rattraper de la paperasse en retard, un après-midi de la mi-octobre, Pickering vint le trouver. On n'avait trouvé aucune autre empreinte sur la pendulette de Pickering, et si, après un délai infini, Blane avait dû la lui rendre en maugréant, il se demandait toujours si ce n'était pas lui qui avait fait le coup. Blane n'était pas du genre à laisser facilement tomber une idée. Un crime avait été commis, il devait donc avoir un auteur. Blane ne se résignait pas à dissocier le criminel de son crime. Ils devaient monter main dans la main à bord de l'arche de la Loi, et y rester. Simpson était impardonnable, à ses yeux, d'avoir découvert cette pendulette qui avait le mauvais goût de ne pas avoir été volée chez Miss Frimwell, et ils ne discutaient jamais de l'affaire.

Pickering était maintenant assis dans une des salles d'interrogatoire, l'air tendu. Sa grosse veste était ouverte — on voyait la doublure, en tissu écossais — et il tripotait une casquette à la Lénine entre ses doigts nerveux. Son crâne chauve luisait. Lorsque Simpson entra, ses yeux s'agrandirent. Il fit mine de se lever, se rassit, et souffla un « bonjour » fatigué.

Simpson prit place en face de lui.

— Que puis-je pour vous, monsieur ?

Il était très surpris mais s'appliquait à n'en rien montrer, arborant le sourire aimable du type sympathique, du fonctionnaire compréhensif.

Pickering rapprocha légèrement sa chaise et se pencha vers Simpson. Il tripotait toujours sa casquette.

— J'ai pensé à quelque chose. Pas grand-chose sans doute, et je dois vous faire perdre votre temps, mais je me suis dit qu'on ne sait jamais.

— C'est à propos de Miss Frimwell ?

— Exactement. Je sais que ça fait longtemps, et ce n'est qu'un détail, mais il me trotte dans la tête et je n'arrive pas à l'oublier. Et puis il y a cet autre policier, je le vois tout le temps.

— Mr. Blane ?

— Je ne sais pas comment il s'appelle. C'est celui qui était avec vous. Je le vois tout le temps.

— Qu'entendez-vous par là ?

— Rien, sûrement. J'ai dû imaginer tout ça. Mais voyez-vous, je suis très, très sensible. Un mort dans la maison, la police, les interrogatoires, tout cela... Quand vous avez emporté ma pendulette, ça m'a fait un choc. Je n'arrivais plus à dormir.

— J'espère qu'elle marche toujours. Nous avons pris soin de la remonter régulièrement.

— Oh, oui, pour ça elle est en très bon état. Elle retarde un peu, mais elle l'a toujours fait. Non, c'est que je n'arrivais pas à comprendre pourquoi vous vouliez voir ma pendulette à moi. Vous comprenez, j'étais très choqué.

— Je suis désolé, monsieur.

Il était vraiment dans tous ses états, plus rose que jamais. Jamais la casquette ne retrouverait sa forme d'origine. Se pourrait-il qu'au bout du compte... ? Mais non. La pendulette ne portait que ses empreintes. Des centaines de gens en possédaient de semblables. C'était juste une coïncidence à vérifier. Blane était déçu parce qu'il avait pris en grippe les bafouillages et les poupées du petit bonhomme, mais la détention de poupées n'avait rien d'illégal.

Simpson reprit son sourire franc et sympathique.

— Mais vous avez songé à quelque chose de nouveau, c'est ça ?

— Oui, je crois, oui. C'est en voyant cet autre policier, vous voyez, dans cette lumière, sous cet angle — ça m'a rappelé... Enfin, je crois, mais ça ne veut probablement rien dire.

— Voyons toujours.

— Il était tellement agressif. Lorsqu'il m'a rapporté ma pendulette, il a voulu monter, fouiller dans mes affaires comme si... Je sais que je suis trop sensible, mais ça m'a tout retourné.

— Souhaitez-vous porter plainte ?

La formule officielle cachait une réelle inquiétude. Qu'est-ce que Blane avait été manigancer ?

Pickering blêmit.

— Non, oh, non, pas du tout. Je suis sûr qu'il ne faisait que son travail. Je comprends très bien. Mais quand je l'ai revu près de chez moi, de mon travail, et même une fois tout près d'un... club où je me rends parfois, j'ai commencé à m'affoler.

Simpson était prêt à étriper Blane. On n'avait pas le droit de harceler les témoins, bon sang !

— Je suis certain qu'il ne s'agissait que de coïncidences. Après tout, Mr. Blane est dans son secteur. Rien d'étonnant à ce qu'on l'aperçoive un peu partout.

— Bien entendu, bien entendu. Je suis sûr que c'est moi qui m'imagine des choses. Mais il était si agressif quand il a téléphoné, comme s'il pensait... Et quand je l'ai vu passer le portail, l'autre jour, ça m'a rappelé...

— Quoi donc ?

— Il ne m'a pas vu, grâce au ciel. Je suppose qu'il voulait m'interroger de nouveau, encore que je me demande bien pourquoi. Je me suis caché quand je l'ai aperçu. Il a refermé le portail et est parti de l'autre côté. J'étais bouleversé, mais je me suis rappelé...

— Alors ?

— Ce jour-là, un jour où on fermait tôt — vous pensez bien que la pauvre Miss Frimwell est morte ce jeudi ?

— C'est ce que nous pensons, oui.

— Eh bien, ce jour-là je rentrais chez moi. J'étais encore à cinq ou six maisons, à peu près. Il devait être trois heures et demie, quatre heures peut-être parce que j'étais allé déjeuner après avoir fermé l'officine...

Il rougit, tordit un peu plus la casquette entre ses mains.

— Enfin, j'étais allé dans un sauna où j'ai mes habitudes. Cela me détend, m'aide à évacuer les tensions...

Simpson hocha la tête. Il connaissait l'emploi du temps de Pickering. Blane l'avait vérifié.

— En m'approchant, je me souviens maintenant avoir vu — enfin, je pense avoir vu — deux femmes qui passaient le portail. Exactement comme ce policier.

— Elles sont parties dans la même direction ?

— Exactement.

— Vous n'avez pas pu voir leurs visages ?

— Non, elles étaient de dos. Je n'y avais pas fait attention. Elles pouvaient fort bien sortir de la maison d'à côté. Mais en voyant ce policier, l'autre jour, dans cette lumière, sous cet angle, je n'ai plus eu de doute. Elles sortaient bien de chez nous.

Il leva les yeux vers Simpson. Sa rondeur le rassurait.

— Récapitulons. Entre trois heures et demie et quatre heures, le jour où nous pensons que cette femme est morte, vous rentriez chez vous et vous avez remarqué deux femmes qui quittaient les lieux...

— Pas les lieux, juste le jardin. Elles sont sorties du jardin, ont fermé le portail et ont remonté la rue.

— D'accord, elles quittaient le jardin. Vous ne savez pas si elles venaient de la maison, c'est bien cela ?

Pickering fit oui de la tête, se renfonça sur sa chaise, et finit par poser la casquette sur la table.

— Pouvez-vous nous décrire ces deux femmes ?

— Il y en avait une qui était assez grande. Comme

vous à peu près. Elle avait des cheveux châtains, je crois, tout raides, qui lui descendaient jusqu'aux épaules. L'autre était plus petite, elle portait un fichu. Plus corpulente aussi. Elle avait l'air plus âgée.

— Comment étaient-elles habillées ?

— Impossible à dire. Je ne faisais pas attention, vous comprenez, je n'avais pas de raison. Je me souviens juste de deux femmes qui remontaient la rue.

— Essayez quand même.

Pickering ferma les yeux un instant, son visage rond tout raide de concentration.

— Je crois que la plus grande portait un jean, un pantalon en tout cas. L'autre, je ne saurais dire — une jupe, une veste peut-être ? Mais je me souviens de son fichu. De nos jours, il faut avoir un certain âge pour porter un fichu. Comme la reine.

— De quelle couleur, le fichu ?

— Il avait des motifs rose et bleu, je crois. Et la veste devait être bleu marine, sombre en tout cas. La grande, je n'arrive pas bien à me la rappeler. Excusez-moi...

— Je vous en prie. Vous nous avez été très utile. Je me demande seulement pourquoi vous avez attendu si longtemps avant de venir nous voir.

L'angoisse parut ratatiner le visage de Pickering.

— C'est ce policier... quand il a rapporté ma pendulette. Il avait l'air de penser qu'il y avait quelque chose de suspect, et que je pourrais avoir... Enfin, il avait l'air de penser qu'il s'agissait d'un *meurtre*...

Cette fois, il allait lui faire la peau, à Blane !

— Effectivement il existe certains éléments troublants.

— Il semblait croire que la mort de Miss Frimwell avait quelque chose de mystérieux, que j'avais quelque chose à y voir et que vous désiriez m'interroger de nouveau. J'étais bouleversé. Vous savez, je connaissais à peine Miss Frimwell. Je ne savais quasiment rien de sa vie. Je le lui ai dit, je ne lui parlais presque jamais. Je n'étais même pas dans la maison au moment où vous

212

pensez qu'elle est morte. Il me regardait d'un air inquiétant, je vous assure, et il m'a dit que je ferais mieux d'essayer de me souvenir de tout car la police n'aimait pas les gens qui font semblant d'avoir mauvaise mémoire.

Simpson resta prudent.

— Mr. Blane est un policier très consciencieux. Je suis désolé que cela vous ait bouleversé. Il est parfois un peu rude, mais c'est le métier qui veut ça. Et puis, hein, il vous a quand même bien fait retrouver votre mémoire !

— Oui, oui, sans doute. Assurément. Du coup, j'ai beaucoup pensé à cet après-midi, et, quand je l'ai vu sortir, tout m'est revenu. Je veux dire, ces deux femmes étaient sorties exactement comme lui, à la même heure. J'étais bien soulagé qu'il ne m'ait pas vu — heureusement que je n'étais pas à la maison parce qu'il m'affole, je vous assure. Alors je me suis dit que j'allais passer au commissariat, et voilà.

— Vous avez très bien fait, monsieur. Très bien fait. Je vais simplement vous demander de faire une déclaration officielle. Vous donnerez l'heure, les circonstances, les détails vestimentaires, exactement comme vous venez de le faire. Avec le plus de détails possible.

Il repoussa sa chaise.

— Mettez le plus de choses possible, et, avec un peu de chance, nous ne vous ennuierons plus.

Pickering parut rayonner de soulagement.

— Oh, merci. Quel soulagement ! On commence à se sentir si coupable...

— Ne vous tracassez pas, dit Simpson en se levant. Contentez-vous de noter tous les détails dont vous vous souvenez.

— Tout de suite, tout de suite. Je me souviens qu'elles portaient toutes les deux des sortes de cabas assez lourds. Et la plus âgée avait une serviette ou un dossier sous le bras.

Simpson le regarda avec quelque chose comme de l'affection dans le regard.

213

— Auriez-vous envie d'une tasse de thé ou de café ?
On peut aller vous chercher un gâteau, si vous voulez.

Ils se rangèrent devant la maison de Mr. Sobieski.
Blane, plus sinistre et compassé que jamais, se char-
gea d'un côté de la rue, Simpson de l'autre. À tous les
habitants ils demandèrent si deux femmes portant des
cabas étaient passées les voir cet après-midi-là, il y avait
cinq semaines environ.

Simpson dit à Blane de rester dans la voiture et sonna
chez Mr. Sobieski. Il remarqua l'espace vide à l'endroit
où, naguère, « Frimwell » avait été maladroitement
imprimé. Sobieski ouvrit la porte. Il paraissait un peu
plus âgé, mais comme s'il revenait à un état qui lui
aurait été naturel et non parce que ses forces auraient
décliné. Avec courtoisie il fit entrer Simpson dans sa
chambre. Simpson refusa le café qu'on lui offrait et
s'assit en face de Sobieski, sur l'une des chaises à haut
dossier qui entouraient la grande table.

— Je vois que vous n'avez pas reloué la chambre de
la décédée.

— En effet. Sa mort avait quelque chose de spécial.
Elle était si seule... J'ai l'impression qu'on devrait observer une période de deuil. Je m'en occuperai dans une
semaine ou deux. Au fond, ce n'est peut-être pas plus
mal qu'elle reste exactement dans l'état où vous l'avez
trouvée ? ajouta-t-il en souriant.

— Pourquoi cela ?

Sobieski attendit un moment avant de répondre.

— J'ai le sentiment que la mort de Miss Frimwell a
quelque chose d'anormal. Vous ne croyez pas ? Au
début, bon. On la trouve, l'ambulance arrive, et le médecin décrète qu'elle est morte de mort naturelle. On dit
comme cela, je crois. Juste une vieille dame dont le
cœur a lâché. Mais une semaine plus tard, on voit arriver la criminelle. Il y a l'histoire des empreintes digitales, et depuis des semaines on vous voit revenir ici,
vous et votre sergent qui s'intéresse de si près au pauvre

214

Mr. Pickering. Si vraiment sa mort avait été naturelle, je suis désolé de dire qu'on l'aurait oubliée depuis longtemps.

Il regarda Simpson d'un air interrogateur, les mains pendant entre ses genoux.

Simpson se sentit soudain extraordinairement seul. Cela faisait des années qu'il ne s'était confié à âme qui vive. Ni à ses collègues, qui auraient risqué de le trouver faible; ni à ses amis, car il n'avait pas d'amis en dehors de son travail; ni à des femmes — elles trouvaient le métier de policier excitant ou répugnant, ce qui ne lui convenait pas plus dans un cas que dans l'autre; ni à son père, qui avait vieilli et était mort loin de lui. Impossible de parler à Hogarth, son chef, un homme dur pour qui le noir était toujours noir, et le blanc jamais tout à fait blanc. Blane était empêtré dans ses préjugés. Quant à Janice, avec sa confiance touchante et absurde, il n'en était pas question. Il était devenu un homme sans visage, un homme toujours masqué dont le masque cachait un être aussi solitaire que cette vieille Miss Frimwell qu'il n'avait jamais rencontrée mais qui, à ses yeux, était devenue la figure même de l'innocent, de l'être sans défense, de la victime. C'était pour protéger ces gens-là qu'il était devenu policier, pour s'interposer entre ceux qui ne pouvaient pas se défendre et les charognards qui cherchaient à fondre sur leurs proies. Mais ça ne se passait pas comme ça dans la réalité. Les méchants étaient rarement punis, et les victimes rarement sauvées. Dave Simpson avait fini par se perdre dans le marais grouillant de violence, d'envie et de stupidité qui était devenu son univers quotidien.

Le visage de Mr. Sobieski n'avait rien d'un masque. C'était simplement celui d'un vieil homme qui croyait en Dieu, et donc aussi en l'homme. Il y en avait pour qui c'était encore possible.

— Non, dit-il. Ce n'était pas une mort naturelle. On l'a dévalisée, et puis assassinée.

— Oh, fit Mr. Sobieski en se signant. Comment cela s'est-il passé ?

— Je l'ignore. Peut-être un accident, un cambriolage qui a mal tourné. On l'a droguée, et son cœur n'a pas tenu. Nous sommes persuadés qu'on avait mis quelque chose dans sa tasse de thé ou dans une boisson quelconque. Ensuite ils ont tout vidé. Il ne restait pas d'argent liquide, pas de bijoux, pas de radio, pas de pendulette...

— Ah... le pauvre Mr. Pickering avec sa pendulette !

— Ils ont fait place nette et l'ont laissée là. Tout a été nettoyé et ils n'ont pas laissé la moindre trace. Du travail de professionnels.

— Alors ce n'était pas Mr. Pickering.

— Non, ce n'était pas Mr. Pickering — Simpson sourit. Et pourtant Mr. Pickering a trouvé quelque chose. Mon sergent en fait un peu trop, c'est une affaire entendue, mais il a réussi à rafraîchir la mémoire du monsieur, qui est venu nous déclarer que le jour même où, d'après l'autopsie, la vieille dame est décédée, il a vu deux femmes sortir par le portail du jardin. Elles portaient des cabas et ont remonté la rue. Il a donné des descriptions précises..

— Pourquoi si tard ?

Simpson haussa les épaules.

— Cela lui est revenu, peu importe. En fait, je suis ici pour vous demander si par hasard vous vous souvenez de quelque chose de ce genre. Nous savons que vous ne vous trouviez pas dans la maison, cet après-midi-là. Mais n'auriez-vous pas vu quelque part dans le voisinage deux femmes portant des cabas et une sorte de serviette. L'une est grande, jeune, avec de longs cheveux, l'autre est plus âgée, assez petite, et porte un fichu.

— J'en ai vu des centaines comme ça.

— Hélas, oui ! Mais essayez de vous souvenir si vous n'avez pas aperçu des femmes correspondant à cette description qui sonnaient aux portes sans entrer, comme si elles distribuaient des prospectus, par exemple.

216

Mr. Sobieski resta un instant silencieux, puis son visage s'éclaira.

— Jeune homme, la coïncidence nous joue parfois de ces tours... On remarque souvent des gens, dans l'autobus ou chez un commerçant, sans y attacher d'importance. Et puis il arrive qu'on les reconnaisse ailleurs, le même jour mais un peu plus tard. Cela ne veut rien dire, c'est très rare, mais enfin ça arrive, et là je crois que c'est le cas.

— Vous les avez vues ?

— Pas moi, non. Une vieille dame qui reçoit la communion dans notre église. Après la messe nous nous rassemblons pour prendre un café et des gâteaux que les dames ont préparés — nous sommes une communauté très unie, autant par les expériences partagées que par notre foi, nous vieillissons, bien sûr, mais les jeunes sont là pour reprendre le flambeau — ils sont bien polonais, même s'ils sont nés ici. Vous ne trouvez pas que nous sommes un modèle d'intégration, avec notre culture, notre langue, notre Église, qui sont restées vivantes alors même que nous acceptions sans barguigner de nous plier aux exigences de la citoyenneté britannique ? Nous sommes reconnaissants à l'Angleterre de ce qu'elle a fait pour nous. Tout juste un peu amers, parfois, à cause des promesses non tenues. Vous vous souvenez de l'oncle Joseph ? On aurait dû lui arracher les crocs.

Il parut s'abîmer un instant dans ses pensées, mais il se rendit compte que Simpson était impatient d'entendre la suite de son histoire.

— Excusez-moi, je reviens au fait. Cette vieille dame, Mrs. Poniatowska, habite un entresol pas très loin d'ici, dans Marshall Street. Elle parle à peine anglais bien qu'elle vive ici depuis des années. Son mari était un ami à moi. Nous nous sommes battus ensemble sous les ordres du général Anders. Il est mort il y a quelques années. C'était toujours lui qui parlait, dans les boutiques, les autobus, etc., et ils n'avaient aucun ami en dehors de notre communauté. Elle n'a donc jamais eu besoin d'apprendre l'anglais, et puis elle manquait de confiance en elle — c'est une femme très simple, qui vient d'un petit village près de Lvov. Il a réussi à la faire venir après la guerre, comme beaucoup l'ont fait avec l'aide de votre gouvernement. Je vous dis cela simplement pour vous expliquer qu'un jour que nous partagions nos gâteaux d'après la messe, cette vieille dame est venue me trouver, très agitée, pour me dire qu'il avait dû y avoir une erreur administrative, à propos de sa pension peut-être. Elle n'avait rien compris à ce que lui avaient raconté deux femmes qui étaient passées la voir avec toutes sortes de documents. Elles avaient mentionné la Sécurité sociale, deux mots qu'elle connaît bien, mais elle avait été incapable de comprendre le reste, et comme elles ne la comprenaient pas non plus, elles s'en étaient allées.

Il s'arrêta.

— Elle voulait me demander de me renseigner pour savoir si quelque chose n'allait pas. Depuis cette visite, elle vit dans l'inquiétude. Elle est très seule, vous savez, et plus bien jeune.

— Et vous vous êtes renseigné ?

— Non, je croyais que cela n'avait pas d'importance, ou que, si cela en avait, elles reviendraient. Je suis désolé.

Simpson se sentait revivre.

— Quand cela est-il arrivé ?

— Je crois bien que c'était juste avant, répondit Sobieski après un moment de réflexion.

Mrs. Poniatowska était petite et noueuse comme l'écorce d'un vieil arbre. Elle se déplaçait avec difficulté à travers le capharnaüm de sa chambre. Comme un scarabée trébuchant parmi les brindilles, elle ne cessait de s'agiter en tous sens tout en racontant mille choses en polonais. Mr. Sobieski lui répondait de sa voix posée, et Simpson se demandait combien de temps ils pourraient rester dans cette pièce minuscule avant de manquer d'air. La pièce était tendue de lourds rideaux et n'était éclairée, bien faiblement, que par une lampe à pied dans un coin et par une lampe votive derrière une image de la Sainte Vierge. Toutes les surfaces disponibles avaient été recouvertes de napperons de dentelle jaunie sur la plupart desquels trônaient les photographies encadrées d'hommes et de femmes à l'allure raidie par la pose. Ils portaient des uniformes, de riches costumes paysans ou de sombres costumes civils de la fin du siècle dernier. On remarquait aussi d'innombrables photos du pape. Simpson fut prié de s'asseoir sur une chaise couverte de dentelle poussiéreuse et attendit pendant que les deux vieillards préparaient un plateau à napperon, avec du café et des biscuits aux amandes, qu'ils finirent par poser sur la table encombrée de vieux journaux polonais, de tracts, de tricots commencés sur de grosses aiguilles, d'étuis à lunettes et de paquets de bonbons. Ils restèrent un moment silencieux. Tandis qu'ils buvaient leur thé et grignotaient les gâteaux, Mrs. Poniatowska dévisagea Simpson avec le regard méfiant, inquisiteur, de ceux qui se considèrent comme des survivants.

Mr. Sobieski ne s'était pas trompé. Elle ne s'était adressée à lui que quinze jours plus tard, mais les deux femmes avaient bien sonné chez elle le jour de la mort de Miss Frimwell. Elle n'avait compris que les mots « pension » et « Sécurité sociale », et ne les avait pas fait entrer. Après un moment d'hésitation, celle qui portait un fichu s'était impatientée, avait dit quelque chose à l'autre, et elles étaient parties. Mrs. Poniatowska avait fermé la porte à double tour et, dissimulée derrière un rideau, les avait observées pendant qu'elles montaient les marches. La plus jeune portait un jean.

Simpson sentait son cœur battre plus fort. Toutes les raisons qu'il avait eues de devenir policier lui revenaient en foule : l'excitation de la traque et de la capture, le plaisir de faire tourner sa cervelle. Les pièces du puzzle s'emboîtaient parfaitement. Son intuition avait été la bonne. À quelques rues de distance, deux femmes se faisant passer pour des assistantes sociales avaient rendu visite à deux vieilles femmes. La description qu'en faisait Mrs. Poniatowska recoupait celle de Pickering. Les heures concordaient — vers midi, pour Mrs. Poniatowska, au milieu de l'après-midi pour Pickering. Elles n'avaient pas eu de chance avec Mrs. Poniatowska qui ne les avait pas laissées entrer, et elles avaient dû rebrousser chemin. En revanche, elles avaient réussi à s'introduire chez Mr. Sobieski et à gagner la confiance de Miss Frimwell avec leurs dossiers et leurs histoires de pension. Elles l'avaient endormie en versant quelque chose dans la tasse de thé qu'elles lui avaient si gentiment offerte, et l'avaient étourdie en lui parlant de réversion de ceci ou de cela jusqu'au moment où elle s'était endormie. Ensuite, elles avaient tout raflé sans laisser de traces. Du vrai travail de professionnels. Le coup avait raté, voilà tout. L'assassinat ne faisait pas partie de leur combine, ce n'était pas la peine. Non, c'était un accident. Dommage. Dommage surtout pour Miss Frimwell.

Il avait dû y en avoir d'autres. Pas d'autres décès peut-être — encore que..., c'était par pur hasard qu'on avait ouvert une enquête sur celui-ci. D'autres femmes avaient dû être embobinées, droguées, volées. Le schéma classique. Les spécialistes de l'abus de confiance récidivaient jusqu'au moment où ils se faisaient prendre. Ils n'étaient pas intelligents, en général. Malins, roublards, cela oui, mais au fond stupides, incapables de voir plus loin que leur gain immédiat, persuadés qu'ils étaient supérieurs au reste de l'humanité.

Mais pas à Dave Simpson.

Il en aurait embrassé Mrs. Poniatowska — et même ce tordu de Pickering avec ses poupées. Enfin l'affaire prenait corps. Le puzzle se mettait en place. Il n'avait encore que deux pièces, mais cela devrait suffire grâce aux ordinateurs, à l'immense réseau d'informations que la police avait tissé dans tout le pays, à cette organisation tentaculaire dont il n'était qu'un petit rouage, sceptique et démoralisé peut-être, mais actif et réfléchi. Puisqu'il était toujours policier, son devoir était de poursuivre les criminels et de gagner le respect des gens.

Le respect ! Il devait être dingue. Plus personne ne voyait la police comme cela, de nos jours, et surtout pas les flics. Mais c'était son idée autrefois, et elle lui revenait en faisant monter les deux vieux Polonais dans sa voiture. Les dépositions de Pickering et de Mrs. Poniatowska annonçaient le triomphe prochain de Dave Simpson. Il en était sûr, foutrement sûr.

On prit les dépositions, les deux vieux rentrèrent chez eux, et la machine policière se mit en branle. Alors il alla trouver son chef.

Le surintendant Harry Hogarth était assis à son bureau, aussi gras, massif, chauve et laid qu'un lutteur japonais, les doigts croisés sur le ventre. Il remplissait toujours ses costumes jusque dans les moindres replis. De la graisse, oui, mais de la graisse dure, comme celle dont on fait les puddings. Les yeux braqués sur Simpson, il écouta celui-ci demander l'autorisation de rouvrir le dossier de la mort mystérieuse.

— Je croyais que c'était une affaire classée.

— Pas vraiment. On l'avait mise en veilleuse, c'est tout. Mais Blane continuait de garder l'œil.

Au nom de Blane, Hogarth eut un grognement.

— Il est malin. C'est un bon flic.

— Oui, monsieur.

— Qu'est-ce que c'était, une histoire de vol à la petite semaine, non ?

— Il y a eu un mort !

— Et alors, elle n'était pas duchesse. Ce n'était ni la grand-mère d'un député ni la groupie préférée d'un chanteur.

Simpson se taisait.

— La voilà, la vague de criminalité dont nous parlent les journaux...

De sa grosse patte il montra une pile de dossiers.

— Attaques à main armée, viols, overdoses. La mort d'une petite vieille, c'est un accident de la route, rien de plus. Et ne venez pas me citer la Bible ou les poètes, p'tite tête. Je ne suis pas d'humeur.

Il était furieux, mais Simpson ne se laissa pas impressionner. Il avait assez travaillé avec Hogarth pour savoir qu'il le laisserait faire. Un peu parce que l'affaire n'était pas d'importance, mais aussi par devoir. C'était le plus coriace des flics qu'il ait connus. Il en voulait personnellement aux criminels. Et puis il avait toujours eu une tendresse particulière pour Simpson — le vieux flic se sentait seul, avait besoin d'un fils, peut-être.

Hogarth se pencha vers Simpson. Avec son œil furibond, on aurait dit un bison sur le point de charger.

— Vous avez une semaine.

— Merci, monsieur.

— Mais pas question d'avoir Blane.

— Bien, monsieur.

— On n'a pas assez de monde, petit. Il faut se débrouiller.

— D'accord.

— Mais à la fin de la semaine vous revenez sur terre. Quoi qu'il arrive. Compris ?

— Compris.

— Bon.

Il lui serra la main à l'écraser, et Simpson gagna la porte. Au moment où il l'ouvrit, Hogarth se mit à rire.

— Le préfet ne va pas aimer ça, hein, petit !

Simpson sourit à son tour.

— Le préfet n'en saura rien, fit-il en repassant dans le bureau où cliquetaient les machines à écrire.

Grâce aux merveilles de la science, le puzzle prenait forme petit à petit. De tout Londres arrivaient de minuscules morceaux d'information tirés des ordinateurs ou des archives méticuleusement tenues par les commissariats de quartier. Les plaintes arrivaient par paquets, trois ou quatre par zone pendant plusieurs semaines, avec des listes d'objets volés — de petites choses la plupart du temps, des radios, des bijoux sans valeur, mais aussi de temps en temps une fourrure ou une peinture à l'huile. Et de l'argent liquide évidemment, volé juste après le versement des pensions. Toujours à de vieilles dames. Et toujours, si l'on regardait bien les cartes, à proximité de la poste centrale, où l'on versait les retraites, et d'une station de métro. Bien sûr, il y avait aussi l'autobus, mais Simpson pensait que le métro était plus vraisemblable. Cela permettait d'aller plus vite et offrait moins de risques d'être reconnu que l'autobus. Elles avaient commencé en février de cette année, d'abord de l'autre côté de la rivière puis dans les quartiers ouest, un peu à l'est, avant de se rapprocher petit à petit de son territoire. On avait recensé quatre affaires de ce genre la semaine précédente (il y en avait sûrement eu beaucoup plus). L'affaire Frimwell était la dernière. Depuis, rien. Était-ce pure coïncidence ? Ou bien avaient-elles appris qu'elle était morte ?

Il espérait que non. Il tenait à les coincer.

Il prit sa voiture et se rendit à l'une des adresses. Le rapport était très succinct, et s'achevait par : « La dame demande que nous prenions contact avec le ministre de l'Intérieur pour obtenir le retour de deux porcelaines de Chine après décodage. »

Miss Greenham jeta un coup d'œil par la porte du rez-de-chaussée. La chaîne était mise. Il montra son insigne. Elle ouvrit la porte et l'attrapa par le bras pour le faire pénétrer plus vite dans le passage sombre et humide. Ensuite, elle referma la porte derrière lui.

— Ne dites rien, murmura-t-elle. Ce n'est pas sûr ici.

Elle lui fit gagner la pièce de derrière, également plongée dans l'obscurité à l'exception d'un mince rai de lumière qui filtrait à travers les rideaux tirés.

— N'allumez pas, dit-elle, ils pourraient nous voir. Heureusement que vous êtes venu.

C'était une grande femme aux larges épaules voûtées, à la poitrine effondrée jusqu'à ses larges hanches, avec une canne, une couronne de cheveux blancs, et d'épaisses lunettes.

— Vous les avez rapportées ?

— Pardon ?

— Mes porcelaines. Vous les avez ?

Il lui décocha son plus beau sourire.

— Je suis l'inspecteur Simpson, madame, police criminelle.

Il lui montra de nouveau son insigne, mais elle le regarda à peine. C'était son visage qui l'intéressait.

— J'enquête sur une série de vols commis récemment, et si je comprends bien...

— Pas besoin de faire ce cinéma avec moi, dit Miss Greenham avec impatience. Je sais parfaitement qui vous êtes. Il faut simplement qu'on me rende mes porcelaines pour que les communications puissent reprendre.

— De quoi s'agit-il, madame ?

— Vous le savez aussi bien que moi. Vous feriez mieux de vous asseoir. Je n'ai plus mes jambes d'autrefois. J'ai trop côtoyé le danger.

Elle s'effondra dans un fauteuil qui ressemblait beaucoup à la chaise longue de Miss Frimwell, sinon qu'il paraissait encore plus déjeté. Elle appuya les mains sur sa canne et le dévisagea en respirant lourdement.

Il s'assit sur une chaise près de la table couverte de journaux et de coupures de presse, à côté d'une assiette avec de la confiture dessus, d'un couteau sale, d'un douteux paquet de margarine et d'une tasse à l'effigie de Charles et Diana.

— Personne n'a pris contact avec moi depuis qu'elles sont passées. C'est très inquiétant. J'ai peur qu'il ne leur soit arrivé malheur.

— À vos porcelaines ?

— À elles aussi. Mais surtout aux deux dames que vous avez envoyées. Je ne les ai plus revues, même après mon message au commissariat. J'ai peur qu'elles n'aient disparu comme mes porcelaines. Ils sont sans pitié, vous savez.

Les « ils » et les « elles » avaient quelque chose de déroutant. Simpson fit face du mieux qu'il put.

— Si je comprends bien, vous avez appelé le commissariat peu de temps après que les... euh... agents ont quitté votre appartement ?

— Oh, non ! Pas si folle ! J'ai attendu plusieurs semaines. Je ne voulais pas leur mettre la puce à l'oreille. Je savais qu'ils avaient eu le temps de tout décoder et de me renvoyer les porcelaines. Mais comme ils ne me les renvoyaient toujours pas, j'ai décidé d'appeler le commissariat pour qu'ils se souviennent de moi. Je n'arrive pas à passer les messages, vous savez. J'ai peur de sortir, maintenant. Je pourrais manquer un message et je crains qu'ils ne veuillent me faire mon affaire en pleine rue. Ils savent que je suis là-dedans jusqu'au cou et que les autres ont disparu.

Elle regarda tout autour d'elle ; sa chevelure blanche avait quelque chose de fantomatique.

— C'est la seule pièce dont je me serve, maintenant. L'autre n'est pas sûre. Même ici ils peuvent me voir depuis le jardin. Je dois garder les rideaux fermés. Le gentil Mr. Akbar m'envoie son fils pour m'apporter ce dont je peux avoir besoin, et la chère Corinda, à côté, va toucher ma pension. Depuis que vos agents sont partis avec mes porcelaines sans revenir, je suis sûre qu'ils sont après moi. Je n'ose plus sortir.

— Est-ce que ces agents ont emporté autre chose ? demanda-t-il aimablement.

— Oh, oui, évidemment. Mais c'était une couverture. Je m'y attendais. Elles ont emporté des objets sans réelle valeur, de petites choses, histoire de donner de la crédibilité à leur affaire.

— Du liquide ?

— Oui, c'est vrai. Elles ont pris l'argent liquide aussi. J'ai été un peu surprise, mais au fond c'était la meilleure des couvertures. Je suis certaine que Mrs. Thatcher me remboursera.

— Cela va sans dire. On l'a noté quelque part. Je ne sais pas où, mais on en a pris bonne note. Vous savez comment sont ces ministères.

Elle rougit violemment.

— Oh, pour ça je le sais. Pendant toute la guerre j'ai été au ministère du Ravitaillement.

— Cela m'aiderait si vous pouviez me rappeler le nom de ces agents. Vous l'ont-elles donné ?

— Oui, bien sûr, mais je n'y ai pas fait attention puisqu'ils étaient faux. C'est le B.A.-BA.

— Quelle autre couverture ont-elles utilisée ?

— Elles ont dit qu'elles étaient assistantes sociales. Je me suis dit que c'était très malin. Les assistantes sociales peuvent aller partout où elles veulent. Personne ne leur prête attention. Blanches, noires, c'est pareil. Même ce facho d'Enoch Powell n'y ferait pas attention.

Simpson tenta de poursuivre le fil de ses pensées.

— Pourriez-vous me les décrire ? Au cas où elles appartiendraient à ma propre section.

— Que ce soient des femmes, j'ai trouvé ça très malin. Bien mises, calmes, d'âge moyen. Très convaincantes.

— Les vêtements, les cheveux ?

— Je ne fais pas attention à ce genre de chose. Et j'ai toujours gardé les rideaux fermés, dès que je m'en suis aperçue. Puisqu'on n'a pas rapporté les porcelaines, je ne leur rouvrirai pas. Avec les silencieux, on ne sait jamais.

Elle se carra dans sa chaise comme si cela pouvait la protéger.

— Et l'autre ?

— Plus jeune. Assez grande. Sans traits distinctifs. Ça aussi, c'était très malin. Elle avait les cheveux longs comme on faisait il y a quelques années, mais c'est si laid, sauf sur les très jeunes filles. Ces chers blacks ont

226

tellement de chance. Ils n'ont pas ce genre de problème avec leurs cheveux.

— Elles sont restées longtemps ?

— Juste le temps de prendre le thé et d'échanger quelques idées. La jeune a très gentiment préparé le thé pendant que j'expliquais à l'autre ce que je faisais, le lien entre l'I.R.A. et le K.G.B., tout ça. Elle n'a rien voulu me dire, mais je lui ai tout dit. Elle était très compréhensive.

— Quand sont-elles parties ?

Pour la première fois, Miss Greenham parut se détendre, souriant presque.

— Vous ne le croirez pas, mais je me suis endormie. C'était un soulagement, vous comprenez. Je leur avais transmis l'information. Elles m'avaient écoutée. Je me suis endormie sur cette chaise, et, quand je me suis réveillée, elles avaient disparu.

— Vos affaires aussi ?

— Évidemment. C'est ce qu'elles cherchaient, non ?

Simpson ne perdit pas de temps à se demander pourquoi il était si en colère, déterminé à trouver et à arrêter ces minables prédateurs qui s'en prenaient aux plus vieux et aux plus faibles. Il y avait bien des délits plus graves que ceux-ci, et bien des criminels plus cruels. Dans leur cas, on n'avait pas affaire à des violents. Même la mort de Miss Frimwell avait été paisible, et sûrement accidentelle. Mais, sans une autopsie de routine, on l'aurait prise pour une mort naturelle. Combien de vieilles personnes avaient-elles été privées de leurs rares possessions sur cette terre et en étaient-elles mortes une semaine, un mois, une année plus tôt que la normale, n'ayant plus rien à regretter ? Combien d'autres en avaient été traumatisées à jamais ? Dans toute l'Angleterre on trouvait de vieilles gens, hommes et femmes, qui pouvaient être charmants ou mal embouchés, sobres ou alcooliques au dernier degré, fous ou sains d'esprit, mais tous avaient le droit de vivre aussi long-

227

temps qu'ils le pouvaient, arc-boutés sur leurs trésors, les objets qui leur rappelaient qu'ils avaient été jeunes, qu'ils avaient aimé et été aimés, qu'ils avaient travaillé, et que leur savoir-faire avait une valeur reconnue. Les voler, c'était commettre un meurtre, les priver de leur passé, les mépriser ouvertement. C'était le mépris qui mettait Simpson en fureur.

Il rendit visite à toutes celles qui avaient porté plainte, toutes celles qui étaient de son ressort en tout cas (il n'y en avait pas beaucoup). Il en avait assez d'empiéter sur le territoire des collègues, même si ce n'était pas l'envie qui lui manquait. Le schéma était toujours le même : deux assistantes sociales, l'une d'âge mûr, l'autre plus jeune, qui lui promettaient des allocations supplémentaires, thé, assoupissement, réveil et découverte, parfois des jours après, que les petits trésors et l'argent liquide avaient disparu. Étonnement, honte, indignation et, pis que tout, humiliation d'avoir été roulé. Les vieux perdaient de toute façon peu à peu confiance en eux, et un coup pareil leur montrait qu'ils n'étaient plus capables de se prendre en charge. Aucun objet n'avait jamais réapparu. On en trouvait des descriptions dans les rapports de police, quelquefois, mais les objets eux-mêmes étaient trop petits ou trop anonymes pour qu'on les retrouve jamais. Ils étaient perdus à jamais, et il y avait perte de vies humaines aussi — celle de Miss Frimwell, par exemple.

Il avait parlé avec les responsables locaux des services sociaux. Jamais ils n'avaient demandé à quiconque de faire ce genre de visite ; ces allocations supplémentaires n'avaient jamais existé ; pas de Mrs. Black, pas de Mary parmi leur personnel. Les femmes qu'il poursuivait étaient des escrocs au sang froid.

Il se sentait plein de colère et de frustration. Il n'avait plus qu'une semaine, moins, maintenant. Pour la première fois, il eut envie de dire à Jan ce qu'il faisait. Elle ne lui serait pas d'une grande utilité, car ce n'était pas une lumière, mais elle l'écouterait sans poser de questions, et le simple fait de devoir s'exprimer l'aiderait. Pour être la petite amie d'un flic, il fallait des qualités très particulières, et Jan avait celle de ne jamais poser de questions. Il se demandait quelquefois si elle avait toute sa tête. Mais l'amour est une drogue, et on ne lui avait pas montré d'amour depuis son enfance. L'amour de Jan suscitait en lui un désir de protection qui n'était pas fondamentalement différent de celui qu'il éprouvait pour ces vieilles femmes, ses vieilles à lui.

Parfois, pourtant, la passivité de Jan l'exaspérait, surtout quand il se sentait, comme ce jour-là, plein d'une colère rentrée. Il n'arrivait pas à se résigner à regarder de vieilles séries comiques sur la petite télévision qu'il avait louée pour elle — il l'avait pas mal aidée depuis que sa tante était partie, sachant qu'elle était financièrement un peu juste à présent qu'elle devait vivre seule. C'est vrai qu'elle travaillait maintenant quatre jours par semaine chez le Grec (au noir, il ne voulait pas le savoir), et il avait bien l'intention de lui trouver un vrai boulot, déclaré, normal. De l'ordre.

Il devait bien y avoir moyen d'épingler ces deux femmes, mais comment faire ? Il regardait l'écran de télévision mais ne voyait rien. À peine s'il sentait la tête de Jan blottie contre lui. Il ne resterait pas ce soir. De toute façon, elle avait ses règles, et puis il n'avait nulle envie de baiser. Il sentait qu'il aurait dû être au turbin, poser des questions, éplucher des rapports, refaire ce qu'il avait déjà fait en vain.

Quelque part il devait bien exister une clef à cette énigme.

— Tu es bien silencieux, Dave.

— Ça va.

— Tu restes, ce soir ?

— Non, pas ce soir. Je vais bientôt partir.

— Oh, Dave !

Il savait qu'elle avait de la peine, croyant qu'il ne restait pas parce qu'ils ne pouvaient pas faire l'amour. C'était un peu vrai, mais il en fut irrité. Pourquoi se

229

dépréciait-elle ainsi ? Il la serra dans ses bras et aussitôt elle se pendit à son cou, l'embrassant longuement, profondément. Il sentit ses reins frémir, mais il se détacha vite d'elle. « Eh, calme-toi ! » La fermeture Éclair de son survêtement s'était prise dans la chaînette qu'elle portait au cou, et il eut du mal à se libérer. Il était impatient.

— Tu veux du café ?

— Je vais en faire.

— Laisse, c'est moi qui vais le faire !

Il alla brancher la bouilloire, nettoya les deux tasses qui traînaient près du canapé, et versa le Nescafé. Les nouvelles venaient de commencer. Il était neuf heures.

— Les Communes — Tu te rends compte que Mrs. Thatcher se teint les cheveux ? Le Moyen-Orient — Je croyais que c'était fini, cette histoire. Un leader noir — Pour ça, il est basané ! Un syndicaliste — Regarde un peu ces dents. Un commissaire de police défendant ses hommes après l'évasion d'un voleur plein de ressources.

— Il nous prend pour des imbéciles.

— Qu'est-ce que tu veux dire ?

— Eh bien, tu sais. C'est probablement un flic véreux, un truc comme ça.

— Laisse tomber. Tout le monde sait qu'il y a des flics véreux, Dave.

— Bien sûr, quelques-uns. Mais il y a aussi de bons types. Comme moi. J'en ai ras la casquette d'entendre cracher sur les flics. Ils devraient essayer de faire mon boulot, rien qu'un peu.

Il buvait son café, sans remarquer que Jan s'était figée comme le lapin en plein champ qui s'aperçoit que les chiens sont après lui. Elle ne disait plus rien et ne commenta même pas la visite de Lady Di à une école maternelle quelconque. Quand il éteignit la télévision et dit qu'il allait s'en aller, elle se leva silencieusement, et elle ne répondit pas à son baiser. Elle se contentait

230

de le dévisager d'un air plus étrange encore qu'à l'habitude. Il se dit que ses règles étaient peut-être douloureuses, mais bientôt il ne pensa plus qu'à Miss Frimwell.

Janice entendit la porte se refermer, puis le bruit de ses pas et la voiture qui s'éloignait. Elle se rassit sur le canapé. L'écran de télévision était vide, à présent. Elle n'était pas sûre d'avoir bien compris. « De bons types comme moi », avait-il dit, pas « de bons types » tout court. Il en était, ça ne faisait pas un pli.

Et ça expliquait bien des choses. Pas étonnant qu'il ne lui ait rien dit. Ces types-là ne disaient jamais rien. Prudence élémentaire. Les heures de travail irrégulières, le mystère qui planait sur son travail, et même sur l'endroit où il habitait, tout devenait soudain plus compréhensible. Il avait raconté qu'il était fonctionnaire. Eh bien, les flics étaient des fonctionnaires un peu spéciaux, voilà tout ! C'était elle qui s'était persuadée qu'il travaillait à la poste. Il ne l'avait jamais encouragée. D'ailleurs, il ne disait jamais rien. Et elle ne demandait plus rien de peur de le perdre.

Elle se renfonça dans les coussins épais qui couvraient le canapé et se mit à pleurer. Les larmes coulaient le long de ses joues et dans son cou, jusque sur son pull. Elle les essuya du revers de la main. Jamais ils ne pourraient vivre ensemble. Pas étonnant qu'il ne l'ait jamais amenée chez lui. Il devait partager un appartement avec un collègue, une collègue peut-être. Pas étonnant non plus qu'il ne lui ait jamais présenté un ami, qu'ils n'aient fréquenté personne.

Il était flic.

Elle commença à paniquer. Elle se leva et se mit à arpenter la chambre à grands pas, d'un mur à l'autre, puis entre les meubles dépareillés. Un flic ! Qu'est-ce qu'elle lui avait dit au juste ? Rien, sûrement, puisque tant que Grace avait été là elle avait été entraînée à ne jamais débiter que des mensonges. Et, depuis que Grace était partie, elle n'avait plus rien à cacher. Elle joignait les deux bouts comme elle pouvait grâce à ce que lui donnait Mr. Theodore — elle comprenait maintenant pourquoi Dave avait tellement insisté pour qu'elle travaille ; il avait dû deviner qu'elle faisait des choses pas catholiques et il voulait la remettre sur le droit chemin. Mais il ne l'avait pas balancée parce qu'il l'aimait. Oui, il l'aimait pour de bon. Pas comme les autres, tous ces cochons...

Elle s'allongea sur le lit et laissa couler ses larmes sur l'oreiller. Elle l'avait perdu, et avec lui s'envolaient ses derniers espoirs. Elle avait l'impression de se dissoudre dans ses larmes. Bientôt elle s'endormit.

Elle se força à aller travailler le lendemain matin — c'était un mercredi, il n'y avait pas grand monde dans le magasin, juste quelques retraités qui bavardaient devant le rayon des surgelés et de jeunes mères avec leurs enfants en poussette qui venaient acheter des paquets de biscuits. Mr. Theodore était au comble de la fureur parce qu'il venait de découvrir qu'un lot de yaourts avait passé la date de fraîcheur. C'était la faute de son gendre, Costa, qui les avait laissés au fond de la chambre froide par mégarde. Costa se tenait silencieux tandis que Mr. Theodore jurait, criait, faisait de grands gestes menaçants dans l'arrière-boutique d'où il surveillait d'un œil noir les clients et Janice qui étiquetait des boîtes de nourriture pour chat.

Janice était comme sur un nuage. Quand elle s'était réveillée, elle était persuadée d'avoir mal compris. Dave n'avait pas pu dire ça. Bien sûr que non, il n'était pas flic. Tout allait bien. Mais en prenant son petit déjeuner, puis en se maquillant, elle avait senti le désespoir l'envahir. Elle ne s'était pas trompée. Tout s'emboîtait trop bien. Elle alla travailler comme un zombie, incapable de penser à rien.

232

Quand la boutique ferma, à une heure, elle revint tout de suite à la maison.

Grace était là, qui triait une quantité de couverts en argent qu'elle avait étalés sur le lit.

Elle sourit à Janice.

— Oh, bonjour, Jan. Je me disais bien que tu ne devrais pas tarder. Allons, ma fille, entre. Tu ne vas pas rester plantée là.

Elle se retourna vers le lit où elle se remit à ranger les couverts par six, puis à les envelopper dans du papier journal.

— D'où viens-tu ? demanda Janice.

— C'est toute une histoire. Disons que j'étais sur un bon coup, mais que ça n'a pas marché. Je ne m'en tire pas trop mal, quand même.

Elle contemplait avec une fierté non dissimulée le lit couvert de son butin. À côté, on voyait trois valises de cuir, de différentes tailles, et des sacs en plastique.

— On n'a pas de mouchoirs en papier pour emballer tout ça, ou des petites boîtes ? Je ne voudrais pas que ça se mélange.

Comme hypnotisée, Janice s'approcha du lit. En plus des fourchettes et des couteaux, il était couvert de ces objets disparates qu'elle avait appris à bien connaître, mais plus nombreux et plus beaux. Dans une boîte d'acajou ouverte on découvrait des couteaux et des fourchettes à dessert à manche de perle, bien alignés dans des compartiments de serge verte. Il y avait trois timbales de baptême en argent massif, et plusieurs cendriers d'argent. Dans un foulard de soie de toute beauté étaient emballées des porcelaines de Chine. Dans d'autres foulards de soie (pour homme comme pour femme) on découvrait d'innombrables bijoux, des chaînes en or, des broches, des épingles à tête de perle, et une montre de gousset en or. Il y avait des brosses à manche d'ivoire, un flacon d'argent et une boîte à cigares ; des chemisiers en soie, un twin-set en cachemire. Sur les oreillers s'étalait une veste de brocart guillochée d'or, avec un col de renard, et sur le dossier d'une chaise un manteau d'astrakan.

Janice n'en croyait pas ses yeux.

— Où tu as trouvé tout ça ?

— Il y a aussi les valises — elles sont solides, du beau cuir, on devrait en tirer quelques shillings. J'ai laissé tous mes vieux trucs là-bas. Je n'ai apporté que mes affaires de toilette et quelques vêtements. J'ai rempli aussi ma vieille valise. Et les sacs en plastique. Quel boulot ça a été d'emballer tout ça !

Elle commença à ranger les couverts dans un des sacs en plastique.

— J'ai appelé un taxi qui m'a emmené à King's Cross, et j'en ai pris un autre pour venir ici.

— Tu ne m'as même pas écrit, Grace.

— Non, mais tu sais, je n'avais aucune idée de ce qui allait m'arriver. Ne reste pas les bras ballants. Il faut emballer tous ces petits trucs.

Automatiquement Janice lui obéit et entreprit d'emballer dans des demi-feuilles de papier journal les objets les plus petits tandis que Grace allait chercher des mouchoirs et un foulard dans les affaires de Jan. Elle s'en servirait pour les bijoux.

— Merci, ma chère. Je ne voulais pas traîner avec toute cette marchandise.

— Pourquoi es-tu revenue ?

— C'était commode, vois-tu. J'avais toujours ma clef, et je pensais bien que tu serais encore là. Tu n'es pas si débrouillarde. Et si jamais tu n'y étais plus, ce n'était pas grave.

Jan fut prise de panique. Soudain elle s'arrêta d'emballer et fixa Grace, les yeux exorbités.

— Tu n'as pas l'intention de rester ?

— Juste un jour ou deux, le temps de me débarrasser du plus gros. J'irai au marché et chez le vieux Feinstein cet après-midi. Ensuite, pour les fourrures et les vêtements, je rangerai tout ça dans les valises et je l'emporterai à... Peu importe. Je l'emporterai demain matin.

234

— Ce n'est pas possible.

— Comment ça, pas possible ? Je suis ici chez moi.

Elle soupesa un des sacs en plastique après y avoir ajouté un dernier objet.

— Dave risque de venir !

— Tu es toujours avec lui ? Eh bien, tu vas devoir t'en passer pour ce soir. Ta tante est passée te voir.

— Grace... C'est un flic.

— Quoi ?

Il semblait qu'un iceberg avait envahi la pièce. Luisant, silencieux, immobile et massif. De chaque côté du lit, les deux femmes se dévisageaient, immobiles comme des statues. Le visage de Grace était devenu livide, puis s'empourpra jusqu'à la racine des cheveux.

— C'est un... quoi ?

— Un flic.

Jan se mit à trembler de la tête aux pieds et recula jusqu'au mur, le visage aussi blanc que l'avait été celui de Grace.

— Tu sors avec un flic ?

— Je ne savais pas. Il ne me l'avait pas dit.

Elle commença à bredouiller. Le mur, derrière elle, semblait un obstacle plus qu'un point d'appui.

— Je n'ai jamais su ce qu'il faisait. C'était juste un type comme un autre. Je croyais qu'il travaillait à la poste, avec ses horaires bizarres. Je n'ai jamais su non plus où il habitait. Il ne m'en parlait jamais.

— Et tu ne lui as rien demandé ?

— Je ne voulais pas le contrarier.

Grace prit une bouffée d'air. Elle s'était un peu calmée, mais restait plus menaçante que jamais.

— Alors, comment as-tu appris qu'il était flic ?

— Il l'a laissé échapper. Il ne s'en est pas rendu compte.

— Quand ça ?

— Hier soir.

— Bon. Fais tes valises.

À son habitude, Grace fonçait.

— Qu'est-ce que tu dis ?

— Fais tes valises.

Elle posa les valises sur le lit et commença à y ranger les chemisiers et le reste des petits objets.

— Non !

— Je ne vais pas te laisser derrière moi pour que tu me balances dès qu'il te regardera dans le blanc des yeux.

— Il ne sait rien... Rien de rien.

— Il ne va pas tarder. Regarde-toi un peu.

— Mais non. Il croit que je ne fais rien de mal. Je travaille, je vais avoir des papiers en règle.

— Et tu crois que tu vas t'en tirer comme ça ? Tu crois que tu vas pouvoir rester tranquillement au pieu avec ton petit flic chéri ? Fais un peu marcher ta cervelle ! Combien de temps faudra-t-il pour que tu craques et que tu lâches quelque chose, ou que tu aies l'impression qu'il est après toi ? Merci bien ! Ce n'est pas ce que je voulais faire, mais je n'ai pas le choix. Tu viens avec moi.

— Non !

Elle se mit à pleurer, appuyée contre le mur, les bras et les cheveux pendants, pâle comme la mort. Toute la vie qui lui avait été insufflée au cours des dernières semaines semblait s'être retirée en un instant.

Grace la regardait avec un mépris total. Elle rangeait, continuait à emballer. Soudain, elle s'arrêta.

— Qu'est-ce que c'est que ce truc que tu as autour du cou ?

Janice tortilla la chaînette du médaillon entre ses doigts tremblants.

— C'est ce que tu as pris chez cette vieille ordure il y a quelques semaines. Je t'avais dit de t'en débarrasser. Je te l'avais dit !

Elle passa de l'autre côté du lit, prit Janice par le bras et la secoua comme un prunier. Elle était rouge de colère.

— Je te l'avais dit ! Je te l'avais dit ! Ne garde rien.

236

Rien qu'on puisse reconnaître. Je te l'avais dit ! Ils ont des listes, des ordinateurs, ils peuvent tout retrouver. Ce bout de pacotille que tu portes est forcément sur une liste quelconque, et ton mec est flic !

Elle poussa Janice qui s'effondra sur le lit, les cheveux dans les yeux.

Grace la regardait froidement.

— Quand reviendra-t-il ?

— Je n'en sais rien.

— Bon, il faut qu'on soit parties d'ici une heure. Dommage que je ne puisse pas vendre tout de suite. Il faudra qu'on essaie plus au nord. Prends juste quelques affaires, des sous-vêtements, laisse tout le reste. On pourra facilement se payer de nouveaux habits quand on sera installées.

Elle alla prendre les deux valises bon marché qui se trouvaient sur l'armoire et les lança sur le lit. Ensuite elle ouvrit les tiroirs de la coiffeuse.

— Vas-y. Fais tes valises.

— Je ne peux pas !

— Grouille-toi !

Ce n'était pas du tout ce qu'elle avait pensé faire. Elle avait mis à sac l'appartement des Robinson pendant que la vieille ronflait dans son fauteuil après avoir ingurgité son bouillon baptisé de sherry, comme d'habitude, et enrichi du reste des comprimés de somnifères que Grace avait emportés quand elle avait quitté Janice. Elle les avait écrasés sur la planche à pain des Robinson après que Conroy fut parti travailler, et les avait mélangés à la boisson de sa mère. Cela n'avait pas traîné. Bientôt elle ronflait et se laissait aller dans son fauteuil comme un vieux morse répugnant. Grace avait vite fait le tour de l'appartement, remplissant à la hâte valises et sacs en plastique. L'argent liquide — il y avait des centaines de livres en billets dans la maison, à peine cachés —, elle l'avait fourré dans son sac à main. Elle avait mis sens dessus dessous la commode de Conroy, et jeté ses costumes par terre. Exprès. Parce qu'elle

237

savait combien il détestait tout ce qui ressemblait au désordre. Froidement, après avoir empaqueté tous les objets de valeur, elle avait déchiré les papiers du divorce et la photo de Carole June — les papiers du divorce avaient été coriaces.

Elle avait tout emballé (abandonnant ses vieux vêtements, des choses achetées au supermarché, anonymes), passé le manteau d'astrakan de Mrs. Robinson, et appelé un taxi. Ensuite, elle était retournée dans le salon étouffant et sombre voir comment allait la vieille. Elle était toujours inconsciente. Grace lui aurait bien pris ses bagues, mais cela risquait d'être difficile avec ses doigts gonflés. Après un moment de réflexion elle avait brisé le verre qui protégeait un grand cadre, au-dessus de la cheminée, dans lequel on voyait une demi-douzaine de portraits en pied de Marion Conroy. Puis elle avait tranquillement été attendre le taxi dans l'allée. Il n'y avait pas grand monde à cette heure. Conroy ne devait pas rentrer avant une heure tardive — elle avait choisi délibérément de déménager un mercredi. Et elle se souciait comme d'une guigne de ce qu'il allait découvrir. Elle se moquait aussi de savoir comment la vieille se réveillerait, si elle se réveillait jamais.

Elle était revenue chez Janice parce que c'était commode, comme elle le lui avait dit. Elle avait toujours une clef et connaissait les fourgueurs et receleurs du coin. Elle pourrait revendre tout son lot sans qu'on lui pose aucune question, avant d'aller dans les Midlands. À Birmingham, peut-être. Avec ou sans Janice. Sans elle, probablement. Juste le Big Boss.

Janice avait cessé de pleurer, mais restait prostrée au milieu des oreillers. Grace alla tirer les rideaux.

— Remue-toi, ma fille. Je vais préparer du thé.

Jan rejeta ses cheveux en arrière et s'assit sur le lit.

— Mais je l'aime, Grace !

— Tant pis pour toi.

— On allait s'marier.

— Avec un flic ?

— Je ne peux pas le quitter, Grace. J'en mourrai.

— Mais non. Tu vas mettre les voiles, et vite.

Grace alla prendre les tasses et les sachets de thé. Elle parlait d'une voix brève, cassante.

— Il ne lui aurait pas fallu longtemps avant de te coller aux basques. Et qu'est-ce qu'il aurait fait à ce moment-là ? T'embrasser sur la joue en disant que tu avais été une méchante fille et qu'il ne fallait surtout pas recommencer ? C'est ça que tu crois ? Mais enfin, Jan, c'est son boulot de coffrer les gens. Il t'aurait mise au trou dès qu'il aurait eu un indice. Et l'indice, tu l'as autour du cou, pauvre cloche !

Janice sanglota.

— De toute façon, ça sent le roussi pour moi aussi. S'il t'agrafe, il ne tardera pas à m'agrafer aussi. Tu ne sais pas où j'étais, mais tu en sais beaucoup trop sur moi pour que je te laisse en tête à tête avec un flic. Merci bien, Jan. Crois-moi, tu n'as pas intérêt à me laisser tomber.

Elle versa l'eau bouillante sur les sachets de thé, et apporta les tasses sur la table.

— Allez, remue-toi. On n'a pas toute la journée !

10.

L'inspecteur Dave Simpson s'était pris la tête à deux mains. De l'autre côté du bureau, le surintendant Harry Hogarth le regardait sans rien dire. Il s'était un peu renversé en arrière, ce qui faisait ressortir sa corpulence. Les mains calmement posées sur le buvard où l'on voyait une lettre, il ne montrait pas la moindre émotion. Mais dans ses petits yeux qui ressemblaient à ceux d'un hérisson malin, on aurait pu reconnaître comme une lueur d'affection.

Après un moment, il dit :

— Je ne peux pas accepter, P'tite tête.

— Il faut, pourtant. J'ai fait une sacré boulette.

— C'est vrai.

— Je suis un flic pourri.

— Non, tu es un pauvre con.

Simpson se frotta les yeux. Il ne pleurait pas, mais c'était tout comme. Son visage était hagard, couvert de sueur, et il regardait Hogarth sans le moindre espoir.

Il était allé chez Jan ce soir-là, vers neuf heures, quelque chose comme ça. Il avait la clef. La pièce était vide. L'armoire et les tiroirs étaient grands ouverts, la moitié de ses vêtements manquaient ou avaient été jetés sur le lit au milieu de vieilles feuilles de papier journal froissées. Sur la coiffeuse il n'y avait plus qu'un peu de poudre, des traces de rouge à lèvres, des mouchoirs en papier.

Deux tasses avec des sachets de thé étaient encore sur la table. Deux mégots étaient écrasés au fond d'une soucoupe. Mais Jan ne fumait pas.

Très alarmé, il était revenu vers le lit et avait commencé à réfléchir. Son cœur s'était mis à battre plus fort au fur et à mesure que son instinct de policier reprenait le dessus. Avec beaucoup de précautions il avait fouillé la pièce. Au fond de l'armoire, dans un vieux sac en plastique, il avait trouvé une veste en brocart style années vingt, avec un col de renard blanc et, prises dans les poils, deux boucles d'oreilles en perles artificielles. Il y avait un carré de soie qui sentait la naphtaline caché sous le lit. Sur la table de nuit se trouvait toujours son réveil à lui, ce réveil bruyant qu'elle remontait toujours mais oubliait de faire sonner, et en dessous un morceau de journal — un morceau resté blanc, sans doute une publicité. Elle y avait griffonné, sans doute avec un crayon à paupières : « Je t'aime, Dave. »

Au comble de l'inquiétude il était descendu à la cave où un vieux Sikh à la barbe fleurie et au turban impeccable — il sentait le curry à plein nez — l'avait écouté avec componction, mais n'avait pu que lui dire qu'il n'avait rien vu ni rien entendu. Les maisons à côté étaient presque toutes vides, et personne n'avait rien vu non plus, à l'exception d'un vieil homme qui avait remarqué un taxi — « on n'en voit pas beaucoup par ici » — pendant qu'il se rasait devant la fenêtre — « pour la lumière, vous voyez ». Il devait être midi parce qu'il aimait bien se raser avant d'aller déjeuner et boire sa demi-pinte. Il avait vu une femme d'âge mûr. Un peu comme celle qu'il avait l'habitude de voir et qui avait disparu depuis quelque temps. Mais il n'en aurait pas mis sa main au feu. Elle était toujours avec une jeune qui avait les cheveux longs. Elle était restée là, il l'avait vue, toute fardée de la tête aux pieds. Il n'avait rien vu d'autre parce que bon, il s'était rasé, quoi, il était sorti, puis avait piqué un roupillon en rentrant. Voilà, votre honneur.

La tante ! Il l'avait aperçue quelques semaines plus tôt quand il était allé vérifier la véritable adresse de Janice, avant que cela ne devienne sérieux entre eux, avant le départ de la tante. Les deux assistantes sociales. Le médaillon...

Il était revenu au commissariat le cœur lourd et avait fouillé dans les rapports signalant des objets volés. Et il avait trouvé la description du médaillon dans une plainte déposée par une retraitée deux mois plus tôt, parmi d'autres objets. Jan ne le quittait jamais, même au lit, elle pensait que ça l'excitait de la voir nue avec juste ce médaillon... Peut-être, d'ailleurs.

— Tu es un pauvre con, répéta Hogarth, mais tu es un bon flic. Et c'est normal. C'est moi qui t'ai choisi, qui t'ai tout appris, P'tite tête. Pour moi ça suffit.

— Pas pour moi. Pas maintenant.

— Moi, ça me suffit. C'est moi le patron. Qui s'occupe de cette affaire à part toi ?

— Personne depuis que vous avez retiré l'affaire à Blane.

— Et je te la retire aussi. Va te reposer aux archives ou n'importe où, fais le point, retrouve-toi. Tu as toujours la clef ?

Simpson fouilla dans sa poche et en sortit la clef qu'il posa sur le buvard à côté de sa lettre de démission. Hogarth la prit, l'essuya vigoureusement avec un mouchoir douteux, et la reposa sur le buvard. Puis il déchira la lettre de démission en petits morceaux qu'il jeta dans la corbeille à papiers.

— Je vais envoyer quelques-uns de mes gars là-bas, dit-il imperturbablement. Ils ne manqueront pas d'y trouver des empreintes intéressantes.

— Il y aura les miennes aussi.

— Oui, eh bien, on les fera disparaître. Il y a aussi des petites choses intéressantes d'après ce que tu dis — la veste de brocart, notamment. Elle était trop grande pour qu'on l'ait empaquetée, et trop reconnaissable. Il y a sûrement des plaintes déposées par des petites vieilles à droite, à gauche. Avec un peu de chance, une autre a pu se faire attaquer pendant qu'on reste là à ne rien faire, et porter plainte. On a de bonnes descriptions aussi. Les deux vieilles que tu es allé voir ont encore un peu de mémoire. Rien qu'avec ce que cette Greenham a raconté, il y a de quoi tracer un portrait-robot. On n'a pas besoin de toi.

— Mais...

Hogarth l'arrêta d'un geste.

— C'est moi qui fais marcher cette section, fiston. Je me tamponne le coquillard de ce que tu veux et ne veux pas. Je connais mes gars et je veux des résultats. C'est tout ce qui m'importe. Tu es un bon flic, P'tite tête, et tu es un de mes gars. Maintenant, du balai !

Simpson se leva. Il se sentait soudain très vieux. Il était dégoûté à l'idée qu'il avait été si aveugle, qu'il avait été joué. Surtout, il était triste à l'idée de la trahison, de la fin des espérances. Il l'avait vraiment aimée. Et elle aussi, il le savait. Ils auraient pu faire quelque chose ensemble : elle lui aurait apporté la sécurité, il lui aurait apporté le salut. Ses blessures n'étaient pas profondes, même si elles faisaient mal. Celles de Janice risquaient de la tuer un jour.

Comme Miss Frimwell.

Hogarth le regarda s'éloigner.

— Je crois qu'on les pincera, P'tite tête. Un jour ou l'autre.

— Je sais, dit Simpson, et il quitta la pièce en refermant doucement la porte derrière lui.

Cet ouvrage a été composé
par Charente Photogravure à Angoulème
et imprimé par
B.C.A. à Saint-Amand-Montrond (Cher)
pour le compte des éditions Robert Laffont.

Achevé d'imprimer en avril 1992.

Imprimé en France
Dépôt légal : mai 1992
N° d'édition : 33823 - N° d'impression : 92/142